在未来的岁月里，这一代人的虚构文学创作，留下了铁一般的真实和感动人心的力量。

DANGDAI XIAOSHUO YUEDU WUZHONG

当代小说阅读五种

（增订本）

陈思和 著

陕西新华出版传媒集团
陕西人民出版社

陈思和，现任复旦大学文科资深教授、复旦大学图书馆馆长、博士生导师。当代著名文学评论家。著有《陈思和文集》七卷等。

序

《当代小说阅读五种》是2008年我在香港岭南大学做访问教授期间，应陈平原教授之邀约而编辑的一本小书，由香港三联书店初版，刚出版，就被复旦大学出版社孙晶女士整套书系引进，于是又出了一本简体中文版。转眼快十年过去了，现在陕西人民出版社王颖华女士慧眼注意到这本小书，愿意重新再版，我自然很高兴。现在，一般学术著作初版以后就再无人问津，很少听说能够再版或者重新印刷，所以，对我来说自己一本小书能够在十年后仍然唤起读者的兴趣，还是一件令人高兴的事情。

关于编这本小书的想法，我在书的原序里已经曲曲折折地讲了一些。现在也没有什么需要补充的内容。只是这些作家们依然勤奋地耕耘在当代文坛。这十年中，莫言荣获了诺贝尔文学奖；张炜写出了十卷本的大书《你在高原》并获得茅盾文学奖；余华的《兄弟》在国外获得了广泛的传播和好评；阎连科活跃在海外的图书市场，新著不断出版，连续获得海外文学大奖如马来西亚花踪世界华文文学大奖、捷克卡夫卡文学奖、香港浸会大学世界华文文学长篇小说“红楼梦奖”等殊荣；贾平凹更是进入了创作的井喷高潮，继《秦腔》后，接连创作《古炉》《带灯》《极花》《老生》和《山本》等，几乎每一部新作都带来文坛上的争议和震荡。每一位作家都值得我们去认真研究，每一部作品都需要我们去仔细阅读，因为这是关系到中国新世纪文学的道路将朝着哪个方向发展，究竟要怎样走下去的大问题。50 后一代作家起步于国家劫后中兴之初，与国家的改革开放艰难同步，终于到达创作的成熟阶段。这个阶段，维持了十年甚至二十年的光阴，创造了“五四”新文学以来中国文学的辉煌。当然站在这个高峰之巅的远不止这几位作家。而且近十年来，60 后作家也相继奉献出扛鼎之著，其成就如何，还有待时间的检验，但作为一种文学现象，不能不引起我们从事评论和研究的文学工作者的关注。

这两代作家有很大的共同性。他们都是在“文化大革命”中度过了童年或者青少年时期，童年记忆和青年生活经历对他们的人格塑造产生了至关重要的影响，他们无法遗忘这段历史；同时他们又都是在劫后恢复高考时期进入高校接受正规教育，或者在拨乱反正的历史关键时刻开始写作，思想解放运动是他们成长的共同背景，在 1989 年以前，已经基本上奠定了他们健康向上的正能量的世界观和人生道路。在他们的作品里，对历史的大是大非的认识基本上不会错乱，对于社会名利的诱惑也大都看淡了，见识有高低，才华有大小，但是他们的创作真诚地表达了自己对时代、生活现实的独立思考，艺术地描写了人性在社会发展中被撕裂的痛苦呻吟，他们没有对社会现象文过饰非，也没有对人性做虚伪夸饰的表现。在未来的岁月里，也许其他能够留下来的学术媒介文字均不足为信史，而这两代人虚构的文学创作，却留下铁一般的真实和感动人心的力量。

因此，研究这两代作家的作品，整理他们的传记与创作的文献资料，使之成为一种新的文学经典，这在文学史研究领域有着重大意义。我希望有更多的研究者来做这项工作并把它做好。为此，近年来我虽然忙于其他领域的工作，但对于这两代作家的创作依然充满了期待和信心。我相信他们虽然都站到了文学高原之巅，但依然有更为深远的精神之境在召唤着、提升着，还能走向更高境界的写作空间，为中国当代文学留下理想的高度。

为此，我愿意再版这本小书，并且遵从出版社的要求，增加了补编，这三篇论文分别是对莫言和贾平凹后来作品的评论，因此仍然属于“五种”。特此说明。

2019年6月1日作于鱼焦了斋

目录

补编

试论阎连科的《坚硬如水》中的恶魔性因素

陀思妥耶夫斯基(Foedor Dostoevsky, 1821—1881)在《群魔》的扉页上引用《路加福音》第八章里的一段话："刚巧在不远之处，正有一大群猪在饲食。群鬼就要求耶稣准许它们进到猪群里，耶稣答应了。群鬼就离开了那人，投入猪群去。那群猪忽然冲下悬崖，掉进湖里统统淹死了。"①陀氏用这个故事来形容当时俄罗斯混乱的道德与社会状况是否准确，一向是有争论的，但这个"魔鬼附体"的比喻却使人联想到人类历史上某些疯狂的阶段。在这样的阶段，"魔鬼"作为一种客体的意象制约了主体的理性，同时它又是通过主体的非理性的疯狂行为来完成一种灾难的创举。关于这样一种介于主客体之间的诗人疯狂的因素，基督教经典与陀氏小说里称之为"魔鬼附体"，而在文学史上，则有一个与此相对应的现象：the

①陀思妥耶夫斯基：《群魔》(上)，南江译，北京：人民文学出版社，1983年，扉页。

daimonic。根据比较直接的理解，可以把它译作“恶魔性”。我们从陀氏引用的圣经故事里还可以进一步来理解这个词：这个故事的背后还有某种拯救的含义，因为当魔鬼附在猪的身上疯狂地跳进湖里，那个被魔鬼纠缠的人却获得了拯救。我的理解，“恶魔性”主要体现在猪疯狂冲下悬崖的一刹那，它意味着，这种恶魔性同时也包含着某种神的意志，大破坏中包含了大创造的意图。

如果联系到20世纪的世界性现实环境，那么，陀思妥耶夫斯基对恶魔性的忧虑非但不是无的放矢，而且至今还闪烁着先知的光彩。它的现实依据完全不同于以前几个世纪，那是在人类文明获得了高度发展、科学技术使人的本能欲望获得了最大释放的前提下，关于两次世界性的大战、德国与日本的法西斯运动、犹太人集中营、越战和柬埔寨的大屠杀以及“9·11”事件引发的对恐怖主义的世界性围剿等等，都可以成为重新思考恶魔性这一范畴的材料。本论文正是在这样的思考基础上，借助对当代作家阎连科(1958—)[①]的一部长篇小说《坚硬如水》的文本分析，来讨论中国当代文学中有关恶魔性的变异形态及其含有的世界性因素的意义。

---

①阎连科，中国当代著名小说家。1958年生于河南省嵩县的一个偏僻小镇。1978年应征入伍，1985年毕业于河南大学政教系。1991年毕业于解放军艺术学院文学系。主要作品有长篇小说《日光流年》，中篇小说《年月日》《耙耧天歌》等。《坚硬如水》是一部以“文化大革命”为背景的长篇小说。

一、"恶魔性"在世界文学创作中的体现及其在文学研究中的应用

"The daimonic"一词起源于古希腊，在西方文学创作中具有悠久的传统，但其一般出现在诗人、神学家的创作与议论之中，真正引起文学史批评家的关注似乎还是近代的事。20世纪70年代出版的一部美国心理学家罗洛·梅(Rollo May)写的通俗读物《爱与意志》[①]，其中第五章专门探讨了daimonic与爱欲之间的关系。作者在介绍这个概念的历史演变时，用了整整一节的篇幅来介绍这个概念的历史演变过程。作者在注释里承认，他这方面的论述材料来自沃尔夫冈·楚克尔博士(Dr. Wolfgang M. Zucker)的一篇尚未发表的论文*The Demonic: From Aeschylus to Tillich*。这篇论文现在已经公开发表了[②]。如果对照两者的内容，在历史知识方面，罗洛·梅的书里确实没有提供更多的东西。同时，从这篇论文所引用的相关资料里也可以看到，关于这个问题，学术界只是就单篇作品中的

---

①Rollo May. *Love and Will*, New York: Dell Publishing Co. Inc., 1974. 此书有多种中译本。本论文引文所依据的是罗洛·梅：《爱与意志》，冯川译，北京：国际文化出版公司，1987年。

②Wolfgang M. Zucker. *The Demonic: From Aeschylus to Tillich*, in Theology Today, Princeton, April 1969, Vol. 26, No. 1, edited by Hugh T. Kerr ed., pp. 34–50. 中译本出版较晚，见沃尔夫冈·楚克尔：《魔性：从埃斯库罗斯到蒂里希》，杨宏芹译，载《国际文学人类学研究》(人文新视野，第五辑)，史忠义、卢思社、叶舒宪主编，天津：百花文艺出版社，2006年，第66—82页。本章节论述的部分材料也参考了该论文。

恶魔意象发表过一些片段看法，并没有系统地给以阐述。而远比他们更早就注意到这个问题并且第一个从世界文学史的角度论述恶魔性因素的，是中国的鲁迅（周树人，1881—1936）。他的《摩罗诗力说》写作于 1907 年[①]。

罗洛·梅和楚克尔在探讨恶魔性[②]时都追溯了古希腊时期的“daimonic”一词，其词根是 daimon，古希腊语则是 δαίμων。根据这样的提示，我们不妨来分析这个词在古代希腊文献里的原始意义。

这个词在古希腊哲学家的著作里经常出现。在柏拉图（Plato，前 427—前 347）对话里，《申辩篇》里记载苏格拉底（Socrates，前 469—前 399）被人指控有罪，他的罪是他腐蚀了青年人的心灵，相信他自己发明的神灵，而不相信国家认可的诸神。苏格拉底毫不犹豫地承认了他自己的神灵是他从小就相遇的一种声音：“我与之相遇始于童年，我听到有某种声

---

①《摩罗诗力说》写作于 1907 年，初刊于《河南》杂志第 2 号和第 3 号，1908 年 2 月和 3 月。现收入《鲁迅全集》第 1 卷，北京：人民文学出版社，1982 年。

②对“恶魔性”这个词，罗洛·梅和楚克尔使用的英语各不相同，前者用 the daimonic，后者用 the demonic；尽管罗洛·梅在《爱与意志》中认为这两个词只是拼写不同而已，但 demonic 与 daimonic 的用法仍有所不同。demonic 的含义有两种：一、恶魔性的，魔鬼似的，邪恶的，残忍的；二、力量和智慧超人的，像一种内在的力量、精神或本性那样激烈的，有强大和不可抗拒的效果和作用的，非凡的天才的。当用作第二种含义时，为了区别，一般拼写成 daemonic，与此对应的德语词是 dämonisch；而 daimon 又与 daemon 等同。所以，结合本论文所探讨的内容，既可以选用 daemonic，又可以用 daimonic。以上内容参见：Ph. D. Philip Babcock Gove ed.. *Webster's Third New International Dictionary*, U. S. A.: W. & C. Merriam Company; *The Oxford English Dictionary*, Vol. Ⅲ, Oxford University Press, 1978; C. T. Onions ed.. *The Oxford Dictionary of English Etymology*, Oxford University Press, 1966.

音，它总是在禁止我去做我本来要去做的事情，但从来不命令我去做什么事。”他说，为了服从神的命令，他接受了这种义务，神的命令以神谕、托梦以及其他各种神圣天命的形式出现。[①] 正因为这种 daimon 是以神秘的方式接近他，所以他不可能违背它的声音，甚至就在他被判决死刑的时候，因为那种灵异的声音没有来阻止他，所以他慨然赴死。从《申辩篇》里的描写可以得出几个印象：1. daimon 是一种与当时希腊国家承认的诸神相对立的神灵，从正统的观点来看，也可以称之为“魔”；2. 它是以某种神秘的方式来接近人，指示人的行为，也就是所谓“魔鬼附体”；3. 它对当时的国家意识形态和社会秩序具有某种破坏性，以至于国家要对苏格拉底处以死刑；4. 被附体者对这种力量的服从高于一切，甚至于生命，因为他在这种对既成秩序的破坏里面感受到一种未来新世界的创造。

柏拉图的另一篇对话《会饮篇》里，柏拉图又通过苏格拉底与女巫第娥提玛的对话，讨论了 daimon 与爱神的关系。第娥提玛告诉苏氏：爱神爱若斯(Eros)不是神，而是介乎神与凡人之间的 daimon。这种拟人化的 daimon 是人与神之间的传语者和翻译者，他们感发了一切占卜术和司祭术，一切关于祭礼、祭仪、咒语、预言和巫术的活动。神本来不和人混杂，

①柏拉图：《柏拉图全集》第 1 卷，王晓朝译，北京：人民出版社，2002 年，第 20、22、30 页。由于各种译本对 daimon 的译法不同，本论文为了方便阅读者理解，在引用译文时，这个词一律用原文。

但是由于daimon的存在，人与神之间才有往来交际。爱若斯就是daimon中的一个，他的来历十分可疑，是“富有”神醉酒后与“贫困”神交配而生的孩子，他粗鲁丑陋，赤着脚，无家可归，但是他又有着“富有”神的血统，追求善和美，敢于勇往直前，百折不挠，为了达到目的而诡计多端。柏拉图进而论述了，这样一种爱的力量其实是来自生殖的冲动，也就是生命延续的本能需要。[①] 柏拉图第一次论证了daimon与性爱的关系，换种说法，daimon包括了性的冲动和原始的生命力，是一种把神性与人性结合起来的力量，它不是来自外界，而是来自人自身的内在生命驱动力。对爱欲的这种理解后来直接启发了奥地利心理学家西格蒙得·弗洛伊德（Sigmund Freud，1856—1939）的里比多的理论，他爱把自己的理论与柏拉图的爱欲说挂起钩来[②]。这个词还出现在古希腊的其他哲学家的著作里，如赫拉克利特（Heracleitus，约前540—约前480与470之间）有一句名言：人的性格就是他的daimon[③]。也就是把这个概念与人的内在的某些因素联系起来。

在古希腊悲剧里，埃斯库罗斯（Aeschylus，约前525—前456）的《波斯人》里直接使用了“daimon”这个词。这个故事是古代波斯王塞尔克塞斯统兵二十万和海船六百艘大举入侵希

①《柏拉图文艺对话集》，朱光潜译，北京：人民文学出版社，1959年，第240—241页。

②转引自 Douglas N. Morgen. *love*: *Plato*, *the Bible and Freud*, Englewood Cliffs, N. J. Prentice - Hall, 1964, p. 173. 弗洛伊德接受柏拉图的爱欲观点有过一个过程，可以参见罗洛·梅的《爱与意志》，第81—90页。

③转引自杨宏芹的译文，见《国际文学人类学研究》，第69页。

腊，过赫勒斯庞特海峡的时候，他企图用锁链像锁住奴隶那样锁住大海，结果这种狂妄的念头使他大败。悲剧并不是正面表现战事的失败，而是通过波斯王的母亲的噩梦和父亲大流士亡灵的显现，来叹息波斯王的悲剧命运。下面是大流士与他的妻子阿托莎的对话："如此庞大的军队，他的陆军，何以过得海峡?""精巧的设计使他轭连起赫雷的港湾，开出一条路线。""什么?他越过了波斯普罗斯海域?""是的，是某位神明，使他如愿。""悲啊，必定是某位强健的daimon的干预，使他痛失理智。"接着是大流士的一段谴责他儿子的独白："当人们急于自取灭亡，daimon会介入其间。……他是一个凡人，出自愚蠢，梦想征服所有的神明，包括波塞冬在内。我儿的心智肯定出了问题。"①埃斯库罗斯指出了强大的daimon不仅会使人无法掌握自己的命运而遭遇毁灭，同时也与人自身的心智不健全有关，因此被daimon所驱使的人还必须为自己的错误承担责任。

如果我们总结上述古希腊的有关文献中daimon的各种复杂含义来界定这个词，首先可以肯定，在古希腊人的观念里，daimon并不是一个反面的词。它仿佛与神明相通，但又有着区别，是介乎人神之间的一种中间力量。它神通广大，但又常常在人们失去理智的时候推波助澜，所以既有客体性，又与人的性格、心念、本能密切相关。它是对社会某种正常秩

①埃斯库罗斯：《埃斯库罗斯悲剧集》，陈中梅译，沈阳：辽宁教育出版社，1999年，第115—117页。

序的破坏，包括对社会意识形态的正统性(苏格拉底)、对社会伦理与道德的制约性(第娥提玛)以及对自然界规律的神圣性(波斯王)的破坏，但在这种强烈的破坏动机里仍然包含了创造的本能和意愿。罗洛·梅把它定义为："是能够使个人完全置于其力量控制之下的自然功能。性与爱、愤怒与激昂、对强力的渴望等便是例证。它既可以是创造性的也可以是毁灭性的，而在正常状态下它是同时包括两方面的。"①

从古希腊到20世纪的西方文学，恶魔性(the daimonic)的传统一直没有中断过。但后来的基督教义把魔鬼的概念完全驱逐出神明世界，上帝的世界与魔鬼的世界完全对立起来，形成了二元对立的凝固思维模式，魔鬼与恶魔性之间的联系也被撕裂开来，恶魔性的丰富含义被简化与阉割。中世纪的文学只有邪恶的魔鬼却少了生动丰富的恶魔性。于是，恶魔性的另外一个含义——与世俗、民间文化相关的含义，慢慢地被发展出来了。daimon一词在拉丁语里被译作genius，是守护神的意思，在晚拉丁语中又具有创造欲、天赋、才华、天才等含义。在近代西方文化里，恶魔性因素往往转移到天才的艺术家身上。楚克尔指出：

> ……重新发现the demonic，把它视为一种不能以善恶尺度来衡量的魔力，是由18世纪末反理性崇拜

①罗洛·梅：《爱与意志》，冯川译，北京：国际文化出版公司，1987年，第126—127页。

的天才造成的。它是对启蒙运动、功利主义的中产阶级的秩序观念以及流行的道德神学和理智主义神学的根本反抗的表现。这种表现的必不可少的社会先决条件，在于旧社会秩序的崩溃和新边缘艺术家阶层(他们不再扮演熟练匠人的角色)的诞生。只有在这个时候，才可以称他们是“艺术家”(artiste, Künstler)，这种称谓不再单指特殊的职业，更是指一种超乎社会价值、经济价值之等级制度的生活方式。与此同时，诗人们开始看到，他们的同伴和朋友从前是在哲学家和学者当中，而现在却在视觉艺术家和音乐家中。恰恰是因为世俗和宗教的王公贵族不能再把画家和音乐家雇佣到他们府邸里，支付给他们薪金，才使各类艺术家们作为自由人来发展自己关于“天才”(genius)的思想体系。

按照这一新的观点，艺术家就不再只是那些学习使用画笔和刻刀或能够弹奏各种乐器的人了，现在他必须天生具有某种超自然的力量，他必须有天才或者甚至他自己就是一个“天才”。天才与众不同，他是另类，既不能被社会所理解也不能由社会去评判。不仅他的行为不顺从于既定的行为规范，而且奇异的作品也使其超凡脱俗。因此，艺术家既不能享受到对社会有用的职业的舒适和报酬，也不能被迫去受制于社会习俗的规定和约束。

> 然而关键在于，艺术家天才的这种特别的、边缘的身份不是他们自由选择的结果，而是被一个半神性的力量，即“守护神”(genius)附身作用的结果。所以，艺术家天资的实现不是一项人为的成就，而是一种受难、一种激情。因此，一般的善与恶、有用与无用的分类都不能运用到天才身上。他的所作所为、他的受苦受难正是他的命运。他并不因为是一个非凡的艺术家，所以才是一个天才；相反，正因为他被神灵附身，所以他才是一个艺术家……①

这样一种以天才自居的恶魔性使艺术家自觉与世俗社会相对立，他茕茕独立，傲然不羁，常常听从心灵的召唤，而置社会道德、国家法律于不顾，因此也被庸常的社会众数视为魔鬼。在西方浪漫主义文学传统里，从诗人拜伦(George G. Byron，1788—1824)、雪莱(Percy B. Shelley，1792—1822)，到普希金(A. Pushkin，1799—1837)、莱蒙托夫(M. Lermontov，1814—1841)以及东欧诗人密茨凯维支(Adam Mickiewicz，1798—1855)、裴多菲(Petöfi Sándor，1823—1849)等为一支脉，发扬的是反抗社会强权俗习、特立独行的浪漫主义的传统，他们大都具有强烈的反抗强权的情绪，当他们的国家甚至是别的弱小国家被强国所欺凌的时候，他们这种反抗的情绪又转变为强烈的爱国主义的情绪。所以他们的恶魔性又往

①引自杨宏芹的译文，见《国际文学人类学研究》，第71—72页。

往与夸张的英雄主义联系在一起。中国的鲁迅正是站在这个立场上发表《摩罗诗力说》，总结和发扬了这一恶魔性的传统。日本有学者经过缜密研究而揭示鲁迅著文的材料多来自日本学术界当时流行的《拜伦——文艺界之大魔王》等著述[1]，但这恰恰说明了鲁迅所拥有的正是当时日本学者所缺乏的综合世界文学并为现实思想服务的能力。鲁迅从日本介绍西方诗人的零星传记著述中提升了拜伦的"魔王"精神，从而梳理出一个"摩罗诗力"的传统："摩罗之言，假自天竺，此云天魔，欧人谓之撒但，人本以目裴伦(拜伦)，今则举一切诗人中，凡立意在反抗，指归在动作，而为世所不甚愉悦者悉入之，为传其言行思惟，流别影响，师宗主裴伦，终以摩迦(匈牙利)文士。"[2]以英国的拜伦始，以匈牙利的裴多菲终，这就是鲁迅根据中国"别求新声于异邦"的现实需要整合出来的一条西方文学的恶魔性传统。

20 世纪，随着西方神学传统与文艺复兴以来的现代文明遭遇到前所未有的挑战，一方面西方现代主义文化思潮以反叛的姿态推动了原有文明大厦的摧毁，另一方面法西斯主义夹杂在这股反叛思潮中掀起了新的恶魔狂潮，使人们对这个概念的重新关注有了现实的依据。最近我阅读了一篇研究托马斯·曼的长篇小说《浮士德博士》的学位论文。德国伟大作家托马斯·曼(Thomas Mann，1875—1955)正是用重新阐释浮

---

①北冈正子：《摩罗诗力说材源考》，何乃英译，北京：北京师范大学出版社，1983 年。
②鲁迅：《鲁迅全集》第 1 卷，北京：人民文学出版社，1982 年，第 66 页。

士德这一经典形象的方法，对现实中极为复杂的德国现代文化的生成及其遭遇、未来的可怕做了极其深刻的艺术表现，这一表现熔铸在他的长篇小说《浮士德博士》中。小说主人公是一位与魔鬼有过签约的天才音乐家，但他与歌德笔下的浮士德的不同之处是他把自己的创作严格限制在音乐的殿堂里，不仅他的书斋与周围处在百分之百的隔绝状态中，而且在心理上也完全隔绝。评论家卢卡契（Georg Luacs，1885—1971）尖锐地指出了这一现象是因为“这位新浮士德所接触的知识界迈着一种反动透顶的假绅士派荒唐可笑的死人舞蹈的舞步，匆匆迎向法西斯主义的野蛮行径”，所以，他的“怕见世界”是对“当今人类的典型态度”①。这种典型态度也可以用来解释20世纪许多卓越的现代主义作家把“恶魔性”看作内心世界的一种原始情感和驱动力。论文作者运用恶魔性的理论视角解析这部迷宫一样的伟大作品，并在解读小说的过程中发展了罗洛·梅关于恶魔性因素的定义：“它是指一种宣泄人类原始生命蛮力的现象，以创造性的因素与毁灭性的因素同时俱在的狂暴形态出现，为正常理性所不能控制。随着人类文明的进步与理性的增长，它往往被压抑，转化为无意识形态。在人的理性比较薄弱的领域，如天才的艺术创作过程、某种体育竞技比赛活动、各种犯罪欲望或者性欲冲动时等等，它都可能出现。它也会外化为客观的社会运动，在各种战争或者反

①卢卡契：《现代艺术的悲剧》，收《卢卡契文学论文选》第1卷，范大灿译，北京：人民文学出版社，1986年，第566页。

社会体制、反社会秩序以及革命中，有时也会表现出来。还要补充说明的是，在其创造性与毁灭性俱在的运动过程中，毁灭性的因素是主导的因素，是破坏中隐含着新生命的可能，而不是创造中的必要破坏。但如果只有破坏而没有创造，单纯的否定因素，也不属于Das Dämonische。”①这里虽然讨论的是德语里的Das Dämonische，其意义基本与英语里的the daimonic相同，关键是强调了这个词义中的“在其创造性与毁灭性俱在的运动过程中，毁灭性的因素是主导的因素”。这一结论强调了恶魔性因素向内心转移的特征，也反映了对恶魔性因素这一本质特点演变到20世纪的现实性的整体性思考。

中国现代文学从一开始就被包容在世界性的因素之内，它既与世界文学思潮有直接或间接的影响关系，同时又离不开自身现实环境的产生条件②，所以它对于恶魔性这样一种完全西方化的传统并不感到陌生。如果从鲁迅提倡的“摩罗诗力”开始，这个艺术因素可以追溯到狂人身上，当狂人面对整个传统和守旧的市民道德的压力时，他幻想出被“吃”的恐怖景象，甚至把被吃者与吃人者互相置换，揭示了每个人都可能是“吃人者”。这个人身上具有的透彻觉悟和不顾一切要反对传统、与庸俗社会为敌的疯狂行为，正是来自拜伦式的魔

①本文引用的是中国社会科学院外国文学研究所杨宏芹副研究员的学位论文《试论托马斯·曼的〈浮士德博士〉中的恶魔性的意义》。该论文后来有部分章节载《当代作家评论》2002年第2期、《复旦学报》2003年第3期。

②关于世界性因素的理论，请参考拙文《关于20世纪中外文学关系研究中的世界性因素》，载《中国比较文学》2000年第1期。

鬼形象，也是鲁迅对西方浪漫主义恶魔传统的一种功利的理解。狂人的内心世界是被黑暗笼罩的，他把“吃人”的意象上升到一种普遍的原始本能，在这一方面又熔铸了尼采(Friedrich W. Nietzsche，1844—1900)、弗洛伊德等人的现代学说中与恶魔性相关的因素。同样的角色还有鲁迅笔下的《长明灯》里的疯子，他孜孜不倦地阴谋要把一盏长明灯吹熄。散文诗《野草》里，魔鬼形象更是频频出现，但与小说不同的是，这些用象征手法创作出来的魔鬼形象，更多的是体现了叙事者内心分裂的一种声音，正如陀思妥耶夫斯基艺术世界里的魔鬼，“是出现在意识表层的分裂的自我，变了样的自我”[①]。

这样一种综合了几个世纪以来西方文学原型的恶魔性因素，恰恰是鲁迅依据中国现实环境，为世界性的恶魔性因素提供的东方半殖民地的独创品种。它与中国自身传统里的神魔小说并不一样，与狐仙树精的民间鬼故事也不一样。它的西方化特征使这一意象朝着两个方向开拓自己的形象空间，就是犯罪与疾病，于是，狂人、疯子、罪犯往往成为恶魔性因素的主要承担者。与它的西方原型一样，中国文学里的恶魔性因素随着环境的变化时隐时现，不断变化着自身形象及其内涵。在这样的背景下来讨论当代作家阎连科的长篇小说

①赖因哈德·劳特：《陀思妥耶夫斯基哲学》，沈真等译，北京：东方出版社，1996年，第330页。

《坚硬如水》[1]，就不难看出艺术形象的内涵是如何随着环境的变化而发生变化的。公平而论，《坚硬如水》里的主人公在他的家乡程岗镇所做的革命举动，只是要求炸毁传统理学文化的象征：程寺和牌坊。这在“文化大革命”的政治动乱中是极为表层的小灾小难，在当时的革命形势下不可能遇到什么阻力，如果从反传统的文化渊源来说，也很难割断这个人物与“五四”反传统文化背景下的狂人形象之间的联系。“文化大革命”时期红卫兵运动有一种对“五四”精神和鲁迅精神的不自觉的模仿，恐怕也是与这种狂人、恶魔的特殊意象有关[2]。

二、《坚硬如水》与恶魔性因素

如果仅仅从“文化大革命”题材的角度上来评价《坚硬如水》，我觉得是不适当的，因为从描写“文化大革命”的现实历史的角度来衡量，这部小说有很多违背真实的地方。但正因为它不是一部一般地描写“文化大革命”时期生活细节的作品，它才在精神现象上凸现了时代的怪异和真实。它是一部重现

---

①阎连科：《坚硬如水》，武汉：长江文艺出版社，2001 年。本文中引用的小说片段均依据这个版本。

②“文化大革命”中在红卫兵运动中曾经流行过一出大型话剧，叫作《敢把皇帝拉下马》，描写“文化大革命”中有一个红卫兵因为反对刘少奇而被迫害的故事，那个主人公被誉为新时代的“狂人”。杨健的《文化大革命中的地下文学》（北京：朝华出版社，1993）中也曾提到此戏。还有一个例子是，京剧样板戏《红灯记》里李玉和“赴宴斗鸠山”里有一句台词，原来叫作“魔高一尺道高一丈”，在 1970 年的改定本里，改作“道高一尺魔高一丈”。可见当时占主流地位的红卫兵和“四人帮”造反派都曾以“狂人”“魔”自居。

恶魔性因素的书，而“文化大革命”给这种怪诞的人性欲望提供了一个表演场景。这部小说的封面上印着这样的广告词：“本书并不纯粹是一对青年男女的情史，关于原欲、疯狂和变态，而是一个小山村乃至全民族，曾经有过的一场梦魇。二十年前，我们曾经如痴如醉，举国狂欢，二十年后，又有谁深入人性的底邃探究罪恶的本原？……”这是典型的中国式的文学批评模式：一方面暧昧地暗示这本小说里含有的原欲、疯狂和变态等因素，另一方面又强调作家的本意是要探究中国历史上的“文化大革命”的灾难原因。在这里人性因素与社会因素构成了一对互动的关系，既可以理解成原欲等人性因素受到了更为本质的现实社会环境的制约；也可以反过来理解，这样一场历史性的灾难，正是与人性中的原欲、疯狂和变态等因素相关。从个人的原始欲望到民族的疯狂记忆，这之间若隐若现的联系如果需要用一个概念来给以涵盖，那只能是这个词：the daimonic（恶魔性）。

以往描写“文化大革命”的作品过于重视历史的真实性和思想的批判性，人性的堕落服从于整体上的政治批判和思想反思。而在这部小说里一切都颠倒过来，恶魔性成为主要描写对象。阎连科本来就是一位写鬼故事的高手，他的“耙耧山脉”系列小说里鬼气缠绵，叙事者似乎行走在阴阳两界的交叉道上。他笔下经常出现与凡人同处一个空间的鬼魂，而且多数是与普通的中原农民一样，善良软弱，畏缩鬼祟，有时候还不得不求助于世俗的庇护。但《坚硬如水》却一反常态，出现了感情极为浓烈、故事极为凄厉、如痴如狂、超越生死的一对厉鬼。叙事者是一个即将被枪决的死刑犯，小说叙述可以理解为叙事者踏在阴阳界上的迷狂自述，而且这个叙事者在尾声部分出现时已经是一个死去多年的鬼魂，他一扫以往耙耧鬼世界的颓败伤感，有力地凸现出恶魔性的可怕与魅力。高爱军较之鲁迅笔下的狂人形象大大发展了“恶”的一面，使邪恶欲望成为其恶魔性格中占有主导地位的一面。从鬼故事到恶魔性，阎连科的小说灵感获得一次根本上的飞跃，他不再是小打小闹地对现实进行温和讽刺，而是能大气磅礴地从人性深处展示出“文化大革命”时代的致命的精神要害。

由于中世纪以来魔鬼被驱逐出神明世界，西方文学中恶魔性与魔鬼不能不发生分离。西方文学经典里把恶魔性看成一种英雄的精神狂想，而这种狂想又往往是通过魔鬼启发或者引诱出来的。歌德（J. W. V. Goethe，1749—1832）的《浮士德》是代表作。歌德在晚年与爱克曼（J. P. Eckermann，1792—1854）的谈话中曾明确表示，魔鬼靡非斯特没有恶魔性，因为它太消极了，Das Dämonische 只显现于完全积极之中，像拿破仑、拜伦这样的人才具有恶魔性[①]；但他说他也受过 Das Dämonische 的影响，也就是说在某一些方面，歌德也具备了这样一种魔力，比如他对《浮士德》的创造。如果从人物性格特征出发，浮士德确是一个有着鲜明恶魔性格的人，他的恶魔

①爱克曼：《歌德谈话录》，朱光潜译，北京：人民文学出版社，1982 年，第 236 页。朱光潜先生译作“精灵”，在周学普先生翻译的《歌德谈话录》中，他将此译作“魔性”。

性正是在魔鬼的引诱下才被激发出来。这就是西方文艺作品里出现的一种“恶魔性—魔鬼”的对应结构。在托马斯·曼的《浮士德博士》和陀思妥耶夫斯基的《卡拉马佐夫兄弟》里都存在这样一个结构。在中国小说里，具体的魔鬼形象几乎很少出现，扮演这个魔鬼角色的往往是一些抽象空洞的物象，如《狂人日记》里日记的第一句话：“今天晚上，很好的月光。”于是月光就成为诱发狂人恶魔性的“魔鬼”，因为见了它，狂人就觉得“精神分外爽快”，而以前“全是发昏”①。这种把魔鬼泛化是中国恶魔性小说的一个艺术手法。我们再来看《坚硬如水》，其魔鬼意象，即诱发高爱军和夏红梅的“革命狂魔症”的竟是“文化大革命”时期的音乐。现在人们回忆“文化大革命”时期的狂热很少回忆到当时的革命音乐对人的可怕折磨，只是在电影《阳光灿烂的日子》里才精心设计了一些音乐的场景。这是因为人们回忆革命音乐丝毫也激发不起怀旧的闲情逸致，它本身对人在精神上充满了恐吓和威慑力。《坚硬如水》的男女主人公每次进入狂魔状态时必须有音乐刺激，这种声音起先是来自广播，后来逐渐来自人物的内心幻觉，音乐产生魔力，能让主人公感到它铺天盖地地涌来，进而把他们的理智完全摧毁。这一“音乐—魔鬼”的象征，既逼真地抓住了“文化大革命”时代的情绪特征，又如实地刻画出主人公精神发狂的某些症状，这是对“文化大革命”时代精神与恶魔性关系的相

①鲁迅：《鲁迅全集》第1卷，北京：人民文学出版社，1982年，第422页。

当成功的书写。

再进而推论，在高爱军和夏红梅的二人世界中似乎也存在着这样一种对应结构，即高爱军性格中的恶魔性因素正是在遭遇夏红梅以后被诱发出来的。夏红梅在与高爱军的关系中也扮演了一个魔鬼的角色，这时候的音乐又成为夏红梅诱惑高爱军的道具，演示着“革命”的幻术。这个故事我们可以看作是一个长期受性压抑的复员军人在返乡路上企图诱奸患有疯病的女人未成(那无列车的铁轨象征了这次不成功的性犯罪)，造成了以后一系列的性幻想。而这个女人一直是鼓励高爱军政治野心和政治狂热的“魔鬼”的化身，高爱军有段自白：“革命让我着魔了，夏红梅让我着魔了，我患的是革命和爱情的双魔症。”[1]这似乎可以看作这一诱惑结构的注脚。他们狂热做爱的场景都是在阴森可怕的地下世界，如坟墓、崖沟及人工挖掘的地下坑道，近于魔鬼现身的场所。在坟墓里夏红梅以裸身舞姿相诱，当两人肌肤相亲时高的膝盖又碰到一根人骨，高后来抚摸夏的身体时说：“她似乎等我对她的触摸她等了几千年，终于就在墓里躺下时候等到了。”[2]鬼气一直弥漫在他们两人的爱情生活中。当他们在地下坑道里狂热做爱时，夏红梅与高爱军有一段激情台词更加说明诱惑的关系：

夏：你把那土粒给我弄掉。

---

①阎连科：《坚硬如水》，武汉：长江文艺出版社，2001 年，第 35 页。

②阎连科：《坚硬如水》，武汉：长江文艺出版社，2001 年，第 86 页。

高：你是叫镇长去把那土粒弄掉吗？

夏：高县长，你把我奶上的土粒弄掉吧。

高：天呀，你能动用县长了？

夏：高专员，你用舌头把那土粒舔掉吧。

高：老天啊，你唤高专员就像唤你的孩娃哩。

夏：高省长，用你的舌尖尖把我奶头儿上的土粒舔掉吧。

高：你唤我革命家。

夏：天才的革命家，你是中国大地上冉冉升起的灿烂之星，你舌尖上的泉水滋润着干渴的人民和大地，请用你的泉水把我乳头上的那粒黄土冲掉吧。①

夏红梅的这段台词有意将性的欲望与权的欲望巧妙地糅为一体，一步紧扣一步地往上推进，演示出一幅灿烂的前景。夏红梅在男人的高亢性欲的迷醉中巧妙地点燃其政治野心，高爱军也正是在女人的激情性欲的刺激下步步走上夺权的巅峰。从性欲到权欲，高爱军积压在潜意识里的恶魔性欲望强烈地爆发出来。从上面的对话中我们不难看出，夏红梅扮演了诱惑者的角色。

接下来的问题更加严重，夏红梅的丈夫跟踪到地下坑道，于是发生了一场谋杀案。细心的读者会发现，在这场暴力事

①阎连科：《坚硬如水》，武汉：长江文艺出版社，2001年，第173页。

件中夏红梅始终是主动的、冷静的，她及时提醒了高爱军，高称之为“神灵的提醒”，并且不动声色地掩盖了那件凶杀案。从强烈的性爱到政治的夺权再到残忍的谋杀，事情正在逐渐发生变化，原有的反叛精神发生了质变，拜伦式的摩罗诗力转而成为卡拉马佐夫式的原始的狂乱与凶杀。恶魔性因素就在这样两个微不足道的小人物的欲望和挣扎过程中，通过罪与病的演示，终于使他们与“文化大革命”发生了精神的联系。

由于“文化大革命”的劫难首先落在中共党内高层领导以及知识分子身上，所以通常的“文化大革命”研究以及有关“文化大革命”的文学作品，都是以展现干部或者知识分子的灾难为其目的，而对“文化大革命”中一向以积极拥护者面目出现的普通群众所扮演的角色缺乏关注的兴趣。“大多数普通中国人的经历、感受和行为以及他们与政界人物的相互作用”①，被致命地忽视了。阎连科的《坚硬如水》如果说是以“文化大革命”为书写背景，并且通过恶魔性因素的描写来把握“文化大革命”时代的精神特征的话，它的值得称道的地方正是将普通农民的欲望和反抗的悲剧性命运与“文化大革命”联系起来了。“文化大革命”最显著的特征正在于它关系着千百万人的行为方式。这一点令人想起奥地利精神分析学家、马克思主义社会学家威尔海姆·赖特(Wilhelm Reich，1897—1957)的观点：“不管法西斯主义在何时何地出现，既然它是一个由人民群众

①王绍光：《理性与疯狂——文化大革命中的群众》，香港：牛津大学出版社，1993 年，第 1 页。

产生的运动，它也就表露在群众个体的性格结构上所显现的特点和矛盾。与通常的看法相反，它不是一个纯粹的反动的运动，毋宁说它代表着造反情绪和反动社会观念的混合。”①赖特是弗洛伊德的得意门生，他对人的性格结构有独特的理解。在他看来，性格结构具有三个层次。在表面层次上，正常人是含蓄的、彬彬有礼的、有同情心的、负责任的、讲道德的。第二个层次则完全由残忍的、虐待狂的、好色的、贪婪的、嫉妒的冲动所构成，代表着弗洛伊德的“无意识”或者“被压抑的东西”。只有第三层次才是人最基本的生物核心，才是诚实的、勤奋的、爱合作的、与人为善的，是人的自然健康的基础。但是从第三层次产生出来的里比多冲动，经过第二层次时常常就会发生反常的扭曲②。中国“文化大革命”时期的人们性格与此相类似，当下层群众在反对第一层面的社会虚伪规范时，造反的情绪往往集中在第二层面上，做出了强烈的歪曲性的表达，转化成恶魔性的欲望化现象。

如果用赖特的性格结构理论来看高爱军复员回乡时所面对的程岗镇，那正是一个彬彬有礼的有道德的社会，体现了人的性格结构的第一层面的特征。“二程故里”不仅是近千年来封建意识形态传统的权威象征，而且是以程姓为主体的家

①威尔海姆·赖特：《法西斯主义群众心理学》，张峰译，重庆：重庆出版社，1990 年，第 4 页。

②威尔海姆·赖特：《法西斯主义群众心理学》，张峰译，重庆：重庆出版社，1990 年，“序言”，第 1—3 页。

乡民间风俗的凝聚体。小说故事所发生的1967年到1969年的两年多时间，本来是“文化大革命”历史上最混乱、对既成秩序冲击最厉害的时刻，奇怪的是程岗镇犹如世外桃源，传统社会的庙堂文化与民间文化相循环的运行轨迹依然在进行。代表着基层权力的程天青与扮演着民间文化守护神角色的程天民依然能微澜不兴地控制着程岗镇的秩序(他们上面还有着代表庙堂权力的王镇长)。但这种权威、道德、秩序三者合一究竟给程岗镇的生灵们带来什么呢？我们从两个主人公的家庭来看：夏红梅的丈夫(程天民的儿子)是个性无能者，除了用扎针，完全无法治疗夏由性压抑造成的疯病，而高爱军的妻子(程天青的女儿)愚蠢到只知道生育不知道爱情，与牲口无异。他们的生命力是枯萎的、无生气的，他们无论有没有生殖能力都不能使生命勃发出创造的激情，他们的血管里的血已经不再奔腾，已经不再是红的，也不再是热的，他们虽生犹死。高爱军的恶魔性正是在反抗这种巨大的社会道德压抑中喷薄而出，他与夏红梅的伟大情欲在种种见不得人的压抑与逼仄中开放出惊心动魄的生命之花。尽管这种情欲正是赖特所说的性格结构的第二层面的反常现象，不可避免地伴随了混乱、罪恶与兽态，但仍然洋溢着生命冲动和狂欢的威慑力，它的巨大的破坏与再生性依然同体存在着。因此，从高爱军的小人物的欲望及其形态中，我们多少可以联想到“文化大革命”中群众运动的某些影子。

如果我们把恶魔性因素与“文化大革命”时期的高爱军的

疯狂行为相对照，可以看到以下几个特征：首先是他面对着巨大的压抑性力量，或是传统的权威，或是道德的权威，甚至是自身的性的压抑等，都几乎是不可动摇的，所以他的反叛情绪只能以反常形态出现。其次是这种反常形态严重触犯了社会道德的规范，只有堕落到罪恶或者是疯狂病态的境地，才能展示这种反常行为的全部形态。再次是这种恶魔性需要有一个“魔鬼”意象作为媒介来给以引诱，才能被真正地激发出来，这就是“恶魔性—魔鬼”的对应结构。在中国的文学创作中，把这样一种大逆不道的反叛因素置于“文化大革命”背景下表现是最合适不过的。高爱军性格里表现出来的恶魔性如果还原到古希腊时期人们对这个词的理解，他要炸毁程寺的行为可以看作对传统意识形态权威的反叛，他的狂热性爱与谋杀可以看作对传统家庭道德的破坏，那么，他缺乏的还有第三个冲突，即对自然规律的神圣性的轻蔑和冒犯。高爱军夺取村干部的权力后没有重犯塞尔克塞斯的狂妄错误是阎连科的一大疏忽，因为“文化大革命”时期农村的新掌权派好大喜功破坏自然生态正是一大时代精神，农业学大寨和改天换地正是当时的主旋律。我这么苛求这部小说并非是真要作者对恶魔性的原始含义做出刻舟求剑式的模仿，只是从“文化大革命”时期主要的几大恶魔性特征来看，作者把主人公的恶魔性特征仅仅归结到性的欲望和权的欲望，而忽视了对物（生产力的提高的变异形态）的欲望，是不够全面的，高爱军的性格也因为对生产劳动的缺少主动而显得不甚丰满。

三、当代文学中的“文化大革命”叙述与恶魔性因素

本节我们将继续探讨恶魔性因素与当代文学中的“文化大革命”叙述的内在联系，以及《坚硬如水》所存在的不足。我先要引一篇很有才气的批评《坚硬如水》的文章，作者把阎连科笔下的1967年高爱军的山村革命和法国1968年“五月风暴”做了跨越时空的对比，认为两种社会文化空间结构下知识青年的造反与疯狂做爱似乎都验证了非理性原欲的巨大的毁灭力量。但是作者随即指出：“单从故事的空间表现形态而言，两者的不同在于，巴黎街头‘越想造反，越想造爱’的刺目标语，在集体渎神运动的背后，表现出造反和性爱行为的统一指向——它们共同作为抗议社会虚伪道德伦理与极右政治体制的颠覆性力量而存在，并因此获得了公众效应，直至波及思想界和艺术界的巨大变革；而1967年的高、夏革命却是一场不折不扣的造神运动，它试图离心出‘革命+恋爱’的叙述框架，性爱故事一开始就作为某种非法的私密生活，鬼魂般战战兢兢地四处游荡，以畸形怪谲的形态在远离公众的‘地下’幽暗空间里(地道、墓洞、水沟、远离人烟的河滩)茂盛地生长。而另一方面，在全民禁欲的社会道德规范下，私人身体与‘反常’性行为的展示和描述，即便是以隐秘的状态进行，也常常只有‘地上’的权力阶层才可能享有豁免权。……这样一来，作者在构造这两个主题化的叙事空间过程中，如何处

理好它们彼此之间意义粘连却又呼应参照的关系，如何在阐发个人相应的历史记忆时把握好其中普遍共性的‘度’，就遇到了一些难以预测的危险。”①

如果用历史比较的方法来研究这一世界性的现象，法国1968年“五月风暴”与中国1966年的“文化大革命”确实存在很大的差异性；如果从表面的历史知识来看，小说里权欲与性欲的关系确实存在着巨大的分离性。但如果我们引入恶魔性因素来考察两者关系，它们恰恰是同一个恶魔性体系内的欲望因素。主人公没有因为狂热爱情就消解了革命的意义，相反，在主人公的意识里两者是完全一致的。因为相同的家庭处境使他们切肤地感受到权力的压力和性欲的压抑，而且他们也意识到要获得真正的性解放就必要先摧毁各自家庭的权力者，也就是村基层组织的权力者。这两者是同一的而不是分裂的。小说最后两人在程氏经籍上表演疯狂做爱正是要证明这一点。

“文化大革命”中的恶魔性因素不仅沟通了民间的各种欲望，同时也沟通了“文化大革命”的最终目标与民间欲望之间的联系。中国的“文化大革命”远比法国的“五月风暴”残酷而且复杂，当时几乎所有的政治行为都体现了最高层权力集团的意志冲突，而群众的个人行为及其命运，从反映这根本意志来说总是不真实的。局部地区的老百姓起来造反，反对压

---

①聂伟：《空间叙事中的历史镜像迷失——〈坚硬如水〉阅读笔记》，载《当代作家评论》2002年第4期。

在他头上的各级权力机构，直到推翻他毫不了解的国家主席，这是他主观上永远无法获得逻辑解释的一个幻景。当时遍及全国的群众造反运动，对老百姓来说，为了夺取某种权力、为了获得更多的物质分配、为了报某种私仇，甚至为了实现某种人性的欲望，都是具体而真实的，但是归结到最终的大目的却是为了打倒国家主席，“反修防修”，那又是极为虚幻的、毫不相干的。要沟通这两者之间的关系，驱动人们为一个虚幻的大目标去奋斗，只能依赖人的原始欲望。那就是恶魔性成为推动“文化大革命”的原始动力的缘由。由此我们可以理清造神与原欲之间的关系了。造神运动是上层的、虚幻的，但是恶魔性恰恰能够使大大小小的民间野心家都自以为是一尊神，以为自己的行为能够影响国家以至世界革命。当国家权威被摧残以后，全国造反组织在最高权力(所谓无产阶级司令部)的神圣指挥下造成了一个类似多神教的混乱局面。在多神教的时代里，恶魔的存在意义就是体现在每个恶魔都具有终极意义①。我们只要看夏红梅对高爱军极为卑贱的阿谀奉承，她使用的吹捧手段与当时人们对最高权威的造神手段如出一辙。正是这样一个个小的造神运动形成了专制主义的广泛的社会基础。所以在高爱军的革命时代里，原欲没有什么亵渎权威的积极意义，只是权力欲望的各种变形表现。

---

①保罗·蒂里希:《系统神学》，收《蒂里希选集》(下)，何光沪译，上海：上海三联书店，1999年，第1154页：“多神论当中的恶魔因素之根源，就在于每一种神力，都自称为终极的主张。”

推而究之，高爱军的浪漫行为也正是“‘地上’的权力阶层才可能享有的豁免权”之一。

然而我们还可以深入一步讨论下去，恶魔性因素不仅沟通上层权力集团的意识形态与下层民间社会之间的联系，它甚至在一定程度上还参与到“文化大革命”上层权力斗争中去，并起到决定性的作用①。这令人想起陀思妥耶夫斯基的《卡拉马佐夫兄弟》里那个著名片段：“宗教大法官”。它讲的是基督第二次降临人间，发现一切都没有照他的愿望做，但是人间的宗教大法官却把他抓在监狱里。他们有一场对话，大法官指责基督：“你没有权力在你以前说过的话之外再添加什么，也没有权力再来妨碍我们。”②那个法官依照当年魔鬼诱惑基督的三个主张引导了人民，但是这一切又都是以基督的名义来做的，即使基督本人也无法推翻他自己创建的人间世界。所以我们只能假设，如果基督真的想纠正这一切，那他只能让大法官把他放到柴草堆上烧死，再当一次“魔鬼”。陀氏想告诉人们的是，基督是无法与人民之间实现真实的沟通的，横贯其间的只能是卡拉马佐夫式的原始力量：贪婪的、淫荡的

---

①关于这个问题比较复杂，“文化大革命”中有许多材料可以看作恶魔性因素的暗示。比如毛泽东在发动“文化大革命”初期批评他创建的党的各级领导人，多次使用了与魔鬼意象有关的比喻。如批判当时的中宣部：“你是阎王殿，小鬼不上门。打倒阎王，解放小鬼。”批判林彪集团：“我猜他们的本意，为了打鬼，借助钟馗。”（《建国以来毛泽东文稿》第12册，北京：中央文献出版社，1998年，第31、72页。）

②陀思妥耶夫斯基：《卡拉马佐夫兄弟》，耿济之译，北京：人民文学出版社，1981年，第374页。

和残忍的原欲。在这种混乱里面，很难分清基督名义下的魔鬼主张和恶魔横行中可能隐含的基督的反叛。如果以此来对照高爱军和夏红梅的“革命与原欲”，他们几乎是重演了卡拉马佐夫式的闹剧，他们的权欲的发泄和性欲的发泄的内在同构性远比1968年的法国青年的造爱运动深刻得多，也复杂得多，因为表面上分裂并相互抵触的原欲运动(地上/地下两个世界)在精神上仍然是统一在最高的造神运动中的轨迹上。

既然恶魔性因素在“文化大革命”叙述中具有如此广泛和深刻的涵盖量，那我们再回过来衡量《坚硬如水》的不足就很清楚了。本文在前面已经指出过，在对“文化大革命”时期的生活细节的真实性展示方面，这部小说是经不起仔细推敲的。阎连科是一个观念性非常强的作家，往往为了观念而牺牲细节的真实性，所以把性的原始欲望作为推动主人公夺权和革命的第一动力，虽然能把原欲的疯狂性和威慑力比较充分地展现出来，却没有能够将原欲与当时最根本的指导思想和文化体系深刻地联系起来，因此无法更加深刻地揭示出“文化大革命”的残酷本质。如果说法国“五月风暴”中造反与做爱是同步性的反叛行为，达到对当时社会权力结构的颠覆，而阎连科笔下的中国的恶魔性并没有产生对最高国家权威的颠覆力量，它只能是分散在世俗民间的层面上自我游戏和自我消解。如果说二十年前“文化大革命”的造神运动还在人们头脑里保持着残余的权威性的时候，《坚硬如水》可能会产生一定的颠覆作用，而在二十年后的今天，人们对“文化大革命”的历史已经认识模糊不清的时候，《坚硬如水》中的原欲也许只能发挥出玩笑的作用而无法引导人们再进一步去探讨历史悲剧的根源。假如一个从未听说过“文化大革命”的青年人读了这部小说以后，他对“文化大革命”会产生什么印象呢？进而，我们要问：为什么在西方是一个极为严肃、人们甚至于不惜以生命抵押为代价的恶魔性因素，到了中国作家的笔下就仅仅是荒诞和可笑的闹剧呢？

我之所以要讨论《坚硬如水》，并非是针对阎连科的创作而言，我是想借以讨论一个久久困扰着我的问题：在新的世纪之初我们如何来总结那些曾经出现在我们过去生活中的悲惨事件？在普遍轻浮的现实环境下，阎连科是当代极少数的几个严肃的有思想的作家之一，他能用恶魔性因素来叙述“文化大革命”就证明了这种知识分子的宿命。但我想问的是，我们把历史仅仅当作历史，当作一件与我们今天毫不相干的陈旧故事来言说，那么，我们今天的意义在哪里？不用讳言我们中有许多人都把今天看作一个没有来历的新天地，全球化的大门就像阿里巴巴的符咒，一下子就向我们展示出辉煌的前景，而指导我们奔向前景的，仿佛也是一个没有来历的全球化理论，它是一个横向的移植，把我们与曾经不远的历史完全隔绝开来。而当历史与我们毫无血肉的联系的时候，它就成了一个任何理论都可以随心所欲地打扮的姑娘。

我并不想指责阎连科以里比多的原欲来解释“文化大革命”的荒诞和暴行具有过多的游戏色彩，因为里比多的理论同样可以联系到西方的恶魔性的理论，我也没有认为恶魔性是唯一可以解释“文化大革命”的切入口。回顾20世纪最后20年的文学创作，在反思和描写“文化大革命”这样一个残酷历史现象方面的成就几乎微乎其微。这里当然有许多客观上的限制，但创作主体缺乏明确的思想理论武器也是一个不可推辞的原因。对“文化大革命”反思的第一个理论突破是关于忏悔，以巴金(1904—2005)为代表的老作家曾经为后人的“文化大革命”叙述提供了一个高贵人格的榜样；而阎连科关于恶魔性的“文化大革命”叙述在忏悔的叙述立场上推进了一大步，这是毫无疑义的。在这个意义上我认为是难能可贵的。但是与忏悔的概念一样，恶魔性的概念也是来自西方源远流长的文化史，如果我们要引进这个概念来解读中国的历史和文学，那么，我们首先应该知道这个概念与我们本土文化体系之间究竟有什么关系，占有什么位置。

对此，我不得不说到西方文化对恶魔性因素的态度。因为恶魔性产生在西方，而且长期被正统的基督世界排斥为异端，尤其在经历了世界性的大战与法西斯运动以后，人们是怎样来看这种被普遍认为是异端邪恶的文化因素的？保罗·蒂里希(Paul Tillich，1886—1965)是当代研究恶魔性最具权威的宗教理论家，他在《系统神学》里，却以极大的包容性谈到了恶魔性，他把恶魔性看作连上帝也可能有的一种因素，在讨论基督教的三位一体的学说时，他强调了第二项原则(圣子)，说：“没有这第二项原则，第一项原则(圣父)就会是混沌的，是燃烧着的火，却不会是创造性的基础。没有这第二项原则，上帝就成了恶魔性的。就会以绝对的隔绝为特征，就会成为‘赤裸的绝对’。”[①]他认为上帝与其称作天主，毋宁称作天父。因为“当上帝被称作天父时，主人似的因素也已包含其中。两者不可分割；即便是强调其一胜于其二的企图，也会破坏两者的意义。主若不是父，便是恶魔性；父若不是主，便是温情论”[②]。这不是强调爱的问题，蒂里希是把早就被基督教义驱逐出去的恶魔性重新召唤回来，既然连上帝的形象如果没有正确解释的话也可能具有恶魔性，那么，恶魔性的存在就只能正视而不能回避，只有把恶魔性放在上帝的身边才能随时警惕它、认清它和限制它。包容了恶魔性以后的西方文化，同样能够再生出新的遏制恶魔性的因素，西方文化本身正是这样在不断包容自己的对立面中辩证地丰富地壮大和发展的。

再回到我们讨论的“文化大革命”叙述来理解这个问题。当“文化大革命”叙述从忏悔言说到恶魔性的言说，有没有一种可能像蒂里希那样，从我们自身的文化传统中找到这种恶魔性因素的种子和起源？我们轻易回避甚至拒绝讨论“文化大革命”那样严肃的问题，把它与我们的今天隔绝起来。隔绝的结果是不仅忽视了恶魔性存在的现实，而且连同包容恶魔性的文化传统也一起丢弃。20 世纪，为了推进中国的现代化进

①保罗·蒂里希：《系统神学》，收《蒂里希选集》(下)，第 1190 页。

②保罗·蒂里希：《系统神学》，收《蒂里希选集》(下)，第 1236 页。

程，中国的知识分子已经主动断裂过自己赖以安身立命的文化传统，然而对深深埋藏于文化内核里的恶魔性因素从未给以恰当的认识和警惕。就如一个人的生命中可能深藏了恶魔性一样，一种文化的内在核心里，也会隐伏着恶魔性的因素，有了它才可能使文化内核不断发生裂变、燃烧和斗争，推动着文化的自我更新和发展。“文化大革命”在今天就已经成为我们文化传统里的一个恶魔性，如果忘却了这一点，或者漫画式地叙述它，或者把它隔绝在我们的传统以外，那么，我们永远也不可能真正接受历史事实的真相，也永远不可能叙述出一个真正让我们接触到痛感的“文化大革命”历史。

2002 年 5 月 20 日完成于黑水斋

原刊于《当代作家评论》2002 年第 4 期

试论张炜的《外省书》与《能不忆蜀葵》中的恶魔性因素

欲望是一种真正的能，它有点像等待开发的铀——那种威力啊……

——张炜《外省书》

一、为什么要用恶魔性因素来解读张炜的小说

能想到这样一个题目，缘于我在不久前读到的一篇论述德国伟大作家托马斯·曼的小说《浮士德博士》的论文[①]，虽然论文所论述的《浮士德博士》我没有机会阅读，但从德国文学以至欧洲文学传统中提炼出来的恶魔性因素，引起我极大的

①我指的是中国社会科学院外国文学研究所杨宏芹副研究员的学位论文《试论托马斯·曼的〈浮士德博士〉中的恶魔性的意义》。该论文后来有部分章节载《当代作家评论》2002年第2期、《复旦学报》2003年第3期。

兴趣。世界性的因素[①]有没有可能在中国当代文学中有所反映，是否体现出中国作家在全球性的格局下与外国作家同步思考，以及何以显现世界性因素的本土环境特点，都是我所关注的领域。为此我曾尝试将恶魔性因素移用到中国当代文学研究中，首先是讨论"文化大革命"题材书写中的恶魔性因素[②]，进而要讨论的是全球化历史进程中的恶魔性因素的特征及其相关问题。伴随着新世纪到来的，有两个事件都可能直接影响我们对人文精神的思考模式和认知当前世界的方式，那就是中国加入世界贸易组织和"9·11"以后的世界性对峙的新格局，前者是中国从经济到文化的发展都被有效地纳入全球化体制的分水岭，而后者，是当因意识形态的对立而形成的世界性冷战消解以后，世界霸权所面对的主要挑战对手变得更加暧昧，更加血腥和疯狂，以致形成非理性化或者恶魔化的对抗。如果从恶魔性因素的角度来考察这些现象，有可能会给我们更多的启发。

我在探讨阎连科小说中的"文化大革命"书写时曾经表达过类似的意思：当代人的社会生活都是从历史发展而来，当代人也总是生活在历史之中，正如我们都意识到"文化大革命"这场灾难不是从天而降的一样，中国当代生活也不是从天

---

①关于世界性因素的理论，请参考拙文《关于20世纪中外文学关系研究中的世界性因素》，载《中国比较文学》2000年第1期。

②即拙文《试论阎连科的〈坚硬如水〉中的恶魔性因素》，已收入本书。本论文是它的续篇。

而降的，它是从历史的阴影里走过来的，所以我们在考察当代知识分子的人文追求的时候，不能不注意到即使是受到全球性经济利益的横向制约，当代中国的现象仍然需要有一个历史的总体把握，历史的阴影总是存在的，恶魔性因素在不同环境下会呈现不同的意象。20 世纪的最后十年中国社会发生激烈变动，知识分子的精英阶层被迅速地分化瓦解，我曾经把这样的文化状态称为“无名”的时代，意味着再也没有一种大一统的意识形态能够笼罩一切人的思想行为，一切都处于相对和多元的状态之中。出于对知识分子传统道路及其价值取向的绝望，有一批真正对社会有所期待的作家此时此刻转向了历来被主流文化形态所遮蔽的“民间”，虽然“民间”只是作家笔下的一个文学性的想象世界，而且用以与现实的浮夸世界对立的形态也各不相同，但在作家们的心里，他们一致地把“民间”当作理想和人格的寄托地，同时也作为他们向社会现状发出质疑、批判的根据地。张炜是最早寻找到他的“民间”世界的作家之一，他的“民间”就是元气充沛的大地上的自然万物竞争自由的生命世界，《九月寓言》曾把他的“民间理想主义”发挥得淋漓尽致。但是张炜没有把“民间”世界视为逃避现实的世外桃花源，他仍然坚持了《古船》时代的知识分子精英的批判立场，创作了一系列引起争议的中长篇小说。近几年他连续创作长篇小说《外省书》和《能不忆蜀葵》，引起的争论更加激烈，我发现这种近于偏执的争论与其所批评的对象中，隐含了批评者对张炜的某些传统风格所不能涵盖的新的因素的陌生感与焦虑感，那包括了作家超越现实的政治层面和自然的“民间”层面直接面对中国现代化进程中出现的复杂状况而发出的心声，以及作家个人所特有的思想探索与人格冒险。由于这样一些因素的怪诞显现，其遭到误解以至引起争论都是正常的。但是我仍然以为这两部作品对张炜来说是重要的，它们不是张炜向新的创作高峰过渡的标记，而是文学直接面对当下生活的血肉相连的展示，并在展示中隐含了传统的批评术语所无法涵盖的新因素。生活中无法命名的东西应当先由文学来命名，对此评论界可以用各种术语来命名它，而于我来说，为论述的方便，则借用现成的英语daimonic的中译：恶魔性。

有关这定义，那篇关于《浮士德博士》的论文中对恶魔性因素的研究给了我很有力的鼓励，与《浮士德博士》的主人公一样，《能不忆蜀葵》的主人公也是一位被誉为天才的艺术家，他同样有一个象征性地把自己的灵魂抵押给魔鬼的奇遇，由此我联想到西方文学中浮士德式的追求模式，再由此上溯到《外省书》两位主人公的怪僻性格，用恶魔性因素来给这种怪诞性格命名是可以成立的。这个概念还可以从《蘑菇七种》的“文化大革命”书写中延伸过来，构成一个完整的“‘文革’时期的夺权斗争—改革开放时期的自我释放—全球化时期的欲望追求”的中国式恶魔性因素的发展轨迹。这些行为和心理或多或少都碰触到一些概念，诸如疯狂、原欲(里比多)、破坏欲、原罪感等等，美国心理医生、《爱与意志》的作者罗洛·

梅曾说到心理治疗中命名的重要性："我们依靠命名，直接地面对病魔的世界。医生和我站在一起，在这个炼狱中，他知识比我丰富，他知道更多的魔鬼的名字；正因为如此，他就能在技术上充当我的向导，给我指引下地狱之路。在某种意义上，诊断可以被看作现代人大声叫出暗中作祟的魔鬼的名字的一种方式。"[①]命名是为了更好地面对，所以我把张炜、阎连科等作家创作中的某些性格命名为"恶魔性因素"，也正是鼓励这种面对恶魔性的必要勇气。

"恶魔性"这个词，在希腊语里是 daimon，在英语里既可以是 demonic，也可以是 daimonic，这两个词的意义可以互相替代使用，但是细微的差别仍然是存在的。demonic 的含义有两种：一种是指恶魔性的、魔鬼似的、邪恶的、残忍的；第二种是指力量和智慧超人的，像一种内在的力量、精神或本性那样激烈的，有强大和不可抗拒的效果和作用的，非凡的天才的等。当被用作第二种含义时，为了区别，一般拼写成 daemonic，而 daimon 又与 daemon 等同[②]，所以，daimonic 可以用来指 demonic 的第二个含义。结合本文使用"恶魔性因素"的意义，我比较倾向于 daimonic，这意味着恶魔性因素其实是深深隐藏在人自身的内在性里，面对恶魔性也有了真正面对自

①罗洛·梅：《爱与意志》，冯川译，北京：国际文化出版公司，1987 年，第 185 页。

②以上内容参见：Ph. D. Philip Babcock Gove ed.. *Webster's Third New International Dictionary*, U. S. A.: W. & C. Merriam Company; *The Oxford English Dictionary*, Vol. Ⅲ, Oxford University Press, 1978; C. T. Onions ed.. *The Oxford Dictionary of English Etymology*, Oxford University Press, 1966.

己的勇气，看到了人性中所含有的恶魔性的因素。在那篇关于《浮士德博士》的论文中，作者把恶魔性定义为："它是指一种宣泄人类原始生命蛮力的现象，以创造性的因素与毁灭性的因素同时俱在的狂暴形态出现，为正常理性所不能控制。随着人类文明的进步与理性的增长，它往往被压抑，转化为无意识形态。在人的理性比较薄弱的领域，如天才的艺术创作过程、某种体育竞技比赛活动、各种犯罪欲望或者性欲冲动时等等，它都可能出现。它也会外化为客观的社会运动，在各种战争或者反社会体制、反社会秩序以及革命中，有时也会表现出来。还要补充说明的是，在其创造性与毁灭性俱在的运动过程中，毁灭性的因素是主导的因素，是破坏中隐含着新生命的可能，而不是创造中的必要破坏。但如果只有破坏而没有创造，单纯的否定因素，也不属于 Das Dämonische。"①虽然论述的是德语的"恶魔性"，但其解释则更加符合本文所要表达的思想。

既然恶魔性因素是"指一种宣泄人类原始生命蛮力的现象，以创造性的因素与毁灭性的因素同时俱在的狂暴形态出现，为正常理性所不能控制"，那么，它必然是以某种非理性的形态展现其本来面目，为我们日常生活中的道德因素和社会规范所不能容忍，同时它又是深深扎根于人类原始生命的本能之中，总是以与人性相沟通的形态发出它的存在信息，

①引自学位论文《试论托马斯·曼的〈浮士德博士〉中的恶魔性的意义》。

唤起人们对快乐和欲望的记忆。这是文学长廊里一种新型的、充满内在辩证性的性格形象，认识这种性格形象就要求我们打破传统的二元对立的思维模式，将艺术视界由外部世界转向内心深处，使一切明朗化的对立和冲突都变得暧昧而且暗淡。以张炜的创作为例，这几年他的小说创作发生了很大的变化，原来他在创作中所依据的二元对立的绝对叙事模式——这在《古船》里表现为隋赵两家水火不容的家族复仇[①]，在《柏慧》《家族》里更加鲜明地表现为两个家族、两种血统的对立[②]——均被轰然摧毁，《外省书》的人物结构里，虽然还保留着二元对立模式的残余，但人物性格的复杂含义已经模糊了森严壁垒。如果我们以习惯上的正反两组人物来排列，师麟(鲈鱼)、史珂(鲷鱼)、师香(狒狒)、师辉为一组，史东宾、史铭、马莎为一组，两组之间的差异只在道德范畴的高低而不在形而上的人格优劣，无所谓“好人”与“坏人”之分。小说里企业家史东宾最后如痴如醉地爱上师辉，流浪女狒狒脱离保护人师麟而投向史东宾的保镖电鳗怀里，都消解了张炜原来小说世界留下的泾渭分明的人物图像。鲈鱼与电鳗最后的身体器官比试也很有意思，它意味着人物在意识形态或人格立场上的对立已经过渡到一种纯粹的生命形态的比试；

①关于《古船》的分析，可以参见拙文《关于长篇小说结构模式的通信 · 致张炜谈〈古船〉》，收《笔走龙蛇》，济南：山东友谊出版社，1997 年，第 395—400 页。

②关于《柏慧》《家族》的分析，可以参见拙文《良知催逼下的声音》，收《犬耕集》，上海：上海远东出版社，1996 年，第 161—178 页。

里比多的强弱成为对人的命运的根本性嘲弄。再到《能不忆蜀葵》中的两个主要人物桤明与淳于阳立，构成了一种互补的关系而不再对立。张炜小说创作的另一个变化是，作为一位对社会发展形态持有清醒反思的作家，在保护自然生态与破坏性的经济开发之间，张炜毫不犹豫地站在保护自然生态的一边，反对人们以任何理由对自然生态进行掠夺和破坏。这种不无极端的态度使张炜对近十多年来的经济开发始终怀有戒心。早在20世纪80年代中期，《古船》的结尾部分有个意味深长的细节：在一场旷日持久、极其残酷的阶级斗争终于结束的时候，在洼狸镇的芦青河水又重新高涨了的时候，人们听到一个不祥的消息——地质队为寻找地下水失落了一个置镭的铝筒。在这里，镭元素无疑象征了科学时代的新的矛盾和困境，也暗示了新经济时代知识分子人文关怀的新的指向。在20世纪90年代，随着张炜对"民间"世界的重新发现，他对于现实生活中的经济开发总是采取拒绝和逃避的态度，在日甚一日的经济大潮的催逼下，《柏慧》里的主人公一退再退，传说中的徐福东渡的史诗歌谣不绝于耳，虚构的"民间"世界总是他的理想乐土。《九月寓言》的结尾更是地下矿井塌方使小村陷落，但小村的精魂则如宝驹腾空而起，象征着"民间"所升腾的勃勃生机，"民间"理想主义完成了"卒章显志"的意境。而《外省书》虽然也弥漫了绝望的氛围，但张炜却以极为复杂的感情描写了海边的开发事业，他对开发商史东宾等人的欲望追求没有给以简单否定。关于这个变化，批评家雷达最早看到了，他指出：“张炜创作上的变化还表现在，更加客观、冷静、平和地看待一切生灵，不是从观念和义愤出发，而是从生活出发。如果说张炜原先对商品化时代道德沦丧现象的疾愤有点隔岸观火式的距离，那么现在他进入了某些人事的内部，将之视作整体生活中的必然。史东宾也好，马莎也好，皆有其存在的理由。”①这种变化不仅仅意味着张炜原来小说中的人物图列有所改变，更重要的是标志了他不再到以往历史或者虚拟的“民间”世界里去寄托灵魂和理想，而是直接面对鱼龙混杂的当下社会生活，并企图在介入这种生活时探索出知识分子的人文理想来。

但这又绝不意味着张炜对现实生活状况认同和妥协，他的批判依然悲怆而尖锐，他的绝望依然迷茫而高贵，让人很容易联想到俄罗斯古典作家们面对那个“一切都翻了一个身”的社会变革时的忧伤。主人公对现实的批判和绝望都真诚而严肃，他们面对着社会剧变，仿佛是眼睁睁地看着至爱的人患了绝症，原先健壮的身体在恶性细胞的侵袭下一寸寸溃烂，不断地被戕害被蚕食，他们心如刀割，却只能体验无能为力的沮丧与痛苦。面对了这样的现实生活，也就是面对了现实生活的藏污纳垢和生机勃勃同时并存的客观状况，也就是面对了“恶魔性”定义所说的“以创造性的因素与毁灭性的因素同时俱在的狂暴形态”，这不仅仅是原生态的生活状况，同时还

①雷达：《激愤过后的沉思——张炜〈外省书〉》，载《光明日报》2001年2月15日。

包含了介入这样的生活的人格内涵。张炜所关心的当然是后者，他是要问一下在经济大潮的呼啸中人文精神的声音何在。这种探索使他的小说充满了辩论色彩，好像他又一次随着《古船》里的隋抱朴去读屈原的《天问》，他有一系列的疑问尖锐指向苍天大地和人间。但是生活毕竟发生了巨大变化，今天社会生活的庞杂步伐里混杂着千百万人的巨大欲望和追逐热情。一方面是盲目的群众被这时代赋予的千载难逢的时机激发起无穷无尽的欲望和想象力，他们要求改变贫困命运而不惜铤而走险；另一方面则是权力者、钻营者、冒险家、投机分子、腐化乱纪者、暴发户、外国资本势力等精心编织起来的一张笼罩全部社会的网络，毁灭性地制造着一个个所谓的“奇迹”。这种时候最为本质地构成人们的行为动机的，或者最大力度地刺激起人们追逐热情的，只能是人自身所激发起来的欲望，而不是外在的所谓理想或客观生活的目标，我把这种内在欲望称为“原欲”。如果从西方文学传统来说，原欲也包含在恶魔性的表现之中，因为恶魔性可以通过多种形态表现出来。

当我使用“原欲”这个词的时候，我曾经犹豫过，因为我不太了解，在西方是否也有相应的概念，虽然这个汉语词被社会广泛接受正是来自西方术语的译介。大约比较早地用这个词来翻译弗洛伊德著作的概念的是中国台湾学者，如林克明译的《性学三论》里，Libido 译作“原欲”[①]。在中国大陆的学

---

①弗洛伊德：《爱情心理学》，林克明译，北京：作家出版社，1986 年。本书依据的都是这个版本。

者中也有把这个词译作原欲的，但现在通用音译“里比多”，在弗洛伊德早期著作里把与性有关的各种欲望本能及其能量称作里比多，后期著作里扩大了这个概念的含义，包罗一切的生命本能，包括自爱、他爱、自我保存、性、繁衍种族的愿望、生长及实现自己潜能的倾向等等。而荣格也认为凡是与本能有关的均可以称作里比多。而本能(instinct)的概念在精神分析学的解释中是指构成人格的下层基础，指人在进化过程中残留的生物心理，即无法排除干净的原始欲望[①]。我想，对原欲(里比多)、本能这些概念的理解中还应该引进一个概念——“生命”。本能离不开生命的原始构成和冲动，也就是弗洛伊德所归纳的“生本能”和“死本能”。在原欲—本能—生命三位一体的结构里，原欲是最基本的、与性冲动有关的因素，生命又是最终的范畴。在西方的文化传统里，宗教的传统是不可忽视的。《圣经》所说的伊甸园里两棵树，一棵是知识之树，一棵是生命之树，人类的祖先因为破了知识树上的“密”才有了原罪，所以，以知识为基础的文明造成对人的生命本能的压抑，而抵制这种压抑的力量只能是来自人类还没有解码的那棵生命之树，只有对生命之树的孜孜不倦的探索和追求，才构成人类真正地摆脱原罪意识、肯定自我存在的人文的进步。原欲理论正是生命树上结出来的果实，所以它不可能用理性和文明的标准去规范，也不可能用人类

①本段落参考了鲁枢元等主编的《文艺心理学大辞典》，武汉：湖北人民出版社，2001年，第198—200页。

知识谱系来归纳。原欲与原罪的对立与冲突，我们将在张炜的小说里进一步认识到。

但是，当原欲(里比多)这一纯粹西方概念移植到以描写中国社会现实为特征的当代小说世界，仍然是存在着严重错位的。我在批评阎连科的《坚硬如水》时曾经指出过，阎连科以里比多的原欲来解释“文化大革命”的荒诞和暴行具有过多的游戏色彩，会忽视“文化大革命”浩劫的诸多历史的社会的原因。同样的是，在今天的社会发展中，原欲当然起到重要的作用，但在中国古代文化传统里，性压抑并不能构成人的生命原欲的全部内涵，所以当我们借助恶魔性因素来解释“原欲”这个汉语词时，我想，这个词不应该解释成“原始的欲望”(仅仅指“里比多”)，而应该解释为“原型的欲望”，即人们在长期的社会实践中构成的几种基本的欲望目标和形态。我们将要讨论的是，在中国当代社会的巨大欲望浪涛中，哪些欲望是属于“原型的欲望”，也就是最为本质的欲望，而这与恶魔性因素又是怎样的关系？这一点正是要通过对张炜近期小说的探讨来解决的。

二、张炜小说里的恶魔性因素——原欲诸种

我在关于《坚硬如水》的恶魔性因素研究中曾经列举了古希腊有关文献中“恶魔性”一词的各种复杂含义，大致可以肯定，在古希腊人的观念里这不是一个反面的词。它仿佛与神

明相通，但又有着巨大区别，是介乎人神之间的中间力量。它神通广大，常常在人们理性比较薄弱的时候推波助澜，构成对社会某种文明秩序或正常权威的颠覆，其颠覆对象包括社会意识形态的正统性、社会伦理道德的制约性以及自然界规律的神圣性，在这种强烈的颠覆动机里仍然包含了创造的本能。罗洛·梅把“恶魔性”定义为：“是能够使个人完全置于其力量控制之下的自然功能。性与爱、愤怒与激昂、对强力的渴望等便是例证。它既可以是创造性的也可以是毁灭性的，而在正常状态下它是同时包括两方面的。”①如果以这样的标准来解读张炜小说中的恶魔性因素，我觉得应该以张炜在20世纪80年代创作的中篇小说《蘑菇七种》为开端，以他在20世纪90年代创作的长篇小说《外省书》和《能不忆蜀葵》为主体，综合地探讨张炜小说中的“原型的欲望”以及恶魔性的因素。

“欲望三部曲”是我对张炜的这三部作品的艺术概括，“欲望”在张炜的创作中是一个不自觉的隐性结构。在显性层面上，张炜是一个持二元论的作家，政治为中心的现实层面和自然为中心的“民间”层面始终交织在他的艺术世界里，常常各不相容。在描写前一层面的《古船》《家族》里，“民间”层面退出了他的艺术视野；而表现后一层面的《融入野地》《九月寓言》等，美丽的大地哲学又淡化了现实层面的严酷斗争。正因为读者对张炜的阅读期待有所不同，他的每一部作品都引起

---

①罗洛·梅：《爱与意志》，冯川译，北京：国际文化出版公司，1987年，第126—127页。

过激烈争论。但我以为，前一层面是社会环境与社会教育造就的张炜人格的自觉投射，表达了知识分子精英批判的立场；而后一层面的“民间”世界更能体现张炜的阴柔含蓄的艺术风格，他毕竟是一个属于大地的“民间”歌手，有一种与现实世界格格不入的“民间”因素制约着他的创作倾向。而恶魔性因素则是在这两个层次以外的第三个层次，代表着人类精神世界的一部分。我研究当代文学中的“民间”形态时，一直有个很难说清的感受。我觉得“民间”世界本来不是给作家提供与现实社会尖锐冲突的战场空间，它是一种自在的世界，与现实世界并存而又格格不入的空间，因此它保存了许多现实世界所不容的审美因素，同时也显现了个人性自由发展的理想所在，它的许多怪诞和狰狞现象显示的另一种粗糙的生存方式，只是证明了多种生活方式都有存在的合理性，而不是要取而代之。所谓的“民间理想主义”的乌托邦性质也往往体现在这里，张炜的《九月寓言》在这一特征上表现得非常出色。而恶魔性因素则是另外一个显在的精神审美空间，它不回避现实世界矛盾冲突的尖锐性和残酷性，或者说，它本身就是来自现代文明推进过程中的负面效应，同时又是以毁灭性的姿态表现了生命意义的对立和文明制度的精神反抗。张炜对现代性的质疑态度和对生态环境的关注，以及对“民间”藏污纳垢审美精神的融会贯通，都引导了他倾向于对恶魔性因素这一精神领域的发掘和表现。但要指出的是，关于恶魔性的审美因素及其精神构成在中国当代文学中还远远没有充分地展开，阎连科与张炜的小说所呈现的恶魔性因素都仅仅在原欲(原型的欲望)的层面上有所涉及，还没有达到西方现代文学具有的令人战栗的深刻程度，诸如“恶”的人性因素、罪感与忏悔、复仇与恐怖等等。阎连科与张炜所不一样的表现在于，阎连科创作中对恶魔性的表现有所自觉，他的许多好小说都是鬼气缠身、意象惊人；而张炜创作中的恶魔性因素则是无意识的流露，我们读张炜小说时，发现恶魔性因素往往是破碎的、混乱的、复杂的，但又恰恰是从这些不自觉的流露中，我们似乎更加清楚地看到了恶魔性因素的原始的状态。

《蘑菇七种》：“文化大革命”时期的权欲斗争及原欲的雏形

在张炜的小说系列里，较早地体现恶魔性因素的是一部怪诞的中篇小说《蘑菇七种》。这部小说一直没有引起张炜作品研究者的重视，它不仅比较早地体现张炜的“民间”追求，而且处处着墨于恶怪意象的描写。小说开始第一段就这样写道：

> 叫“宝物”的是一条丑陋的雄狗，难以驯化。它的品行实际上更接近于狼。给他取名字的人是这方世界的君王，叫“老丁”。它从小就皮毛脏臭，神气凶悍，咬死了很多同伴和猫。……很多人想打死它，都没有得手。可是老丁的话它句句听，二者之间心心相印。老丁说，“宝物，你遭嫉了。”它恶毒的眼睛

湿润着，盯着这个像石头刻成的老人：消瘦矮小，额头鼓鼓，口是方的，张开很大。智慧的主人呐，英勇无敌，威震四方。

这段描写已经把恶犬宝物的魔鬼性凸现出来，再配上一个诡计多端的主人，仿佛是浮士德主仆的出巡。恶犬宝物横行树林中了蜘蛛的剧毒，神志昏迷中却看到了人世间恐怖的恶毒景象，结果被唱进民间歌谣里："毒蘑菇演化出的故事万万千，俺宝物也略知一二三。"故事所描写的时间背景是"文化大革命"，叙述语言、故事细节都带有那个时代的特点。那个神秘莫测的树林就是一个与外部世界(场部)对立的独立王国，小六是总场指定的组长，但在树林里没人理会，老丁是自封的场长，却受到了包括恶狗宝物在内的树林众生的拥戴，由此建构起一个神话般的民间世界。这也是一个欲望充溢的世界，在树林外的贫穷农民的眼里，树林是个天堂般的好地方，贫穷的姑娘要假扮作鬼来偷取玉米饼；而在权力部门的眼里，树林又是个可怕难驯的独立王国。小说里最精彩的一幕是总场派工作组下林子调查，树林里的枯木朽株一起努力演化出种种凶相，把他们吓得狼狈鼠窜，把他们赶出了树林。故事发展荒诞不经，叙事视角忽人忽狗，却把"文化大革命"中司空见惯的基层夺权运动写得出神入化。

"暮色苍茫，树影如山，宝物出巡了。"这既是神话的开始，也是欲望的发端。真正"出巡"的当然不是一条狗，而是恶犬宝物的主人、树林里的君王老丁，恶犬只是他内心世界的恶魔性的向外投射。他横行树林却义薄云天，为了保持树林君王的地位，使用出全部权术来与场部指定的组长小六做惊心动魄的斗争，最后利用神巫力量把小六置于死地。小六固然是一个小丑式的角色，但要在争权夺利中置人于死地也忒恶毒，除了用恶魔性来解释，无法为老丁做出辩护，因为本来就是恶魔的人格化才无所顾忌。老丁战胜小六的手法也是妖魔化的，介于社会斗争与民间巫术之间。他最初使用的是意识形态的斗争方式，通过故事、歌谣和大字报来编造历史罗织罪名，造成小六的心理压力；其次对付上级派来调查的工作组，使用的是民间巫术；而最后迫害小六致死的却是间接利用社会上的恶势力，一切都恶毒无比又让人啼笑皆非。这场斗争若发生在正常社会必定是惨烈酷劫冤假错案，而发生在“民间”的魔幻世界里却变成魔鬼玩弄的一场恶作剧。而且可笑的是，老丁的对手小六其实早已放弃争夺权力，是因坠入了情网而丧魂落魄，才被落井下石惨遭横死；可是“英勇无敌，威震四方”的君王加恶魔老丁也因为失恋而形容憔悴无计可施，终于堕落为一个小丑，与小六殊途同归。

作家张炜这样描写老丁：“这个人年事虽高，但血气旺盛，欲望像火焰一样熊熊燃烧，新异的想法一串串从鼓鼓的脑壳生出。老家伙爱上的女人也很多，而每一个都伴有激动人心的故事。”作家笔下的老丁几乎是一个欲望的象征，其人爱权力、爱女人，同时也对控制这片森林里的一切资源充满信心。他的另外一个“壮举”就是熟悉森林里的蘑菇种种，终于将积几十年心得的《蘑菇辨》写出，成就了一项重大科研项目。蘑菇七种，优劣并存，破译其生命密码，当是人类征服自然的最原始的激情和夙愿的象征。浮士德受魔鬼诱惑，驰骋于权力与性的欲望中并无满足，最后在填海造田的愿望中迷失本性，喟叹世界的美丽，灵魂差点为魔鬼所俘，暗示了人类对征服自然、攫取更大财富的巨大欲望。大到填海造田，小到蘑菇七种，都印证了人类欲望的重要原型——对自然的征服，进而对财富的攫取，也可以归结为物的欲望。综观老丁的欲望原型——权欲、性欲和物欲，正好对应了古希腊文献中有关恶魔性的三种诠释，包含了原欲的基本雏形。蘑菇既能养人又能毒人，蘑菇七种其实也是象征了种种欲望神魔共生。为了实现这种种欲望，他不惜调动一切手段。其中欲中之欲不是性欲的里比多，而是权欲的里比多，这固然与中国历史长期处于君主集权的统治分不开，多妻制的社会里性的欲望容易满足，但集权制的国家里权的欲望很难实现，“彼可取而代也”，一句话浓缩了多少中国人的原始欲望。这也就是“原型的欲望”。

《蘑菇七种》写的是“文化大革命”背景下发生的故事，虽然以寓言的形式展现树林里的奇观，但其把权欲作为原欲的主要表现对象还不仅仅是强调了中国文化的传统特色，而且凸现了“文化大革命”的时代特征。在物质极端匮乏、人性极端压抑的时代里，革命的时代共鸣刺激了弥漫全国的权力欲望。所以政治斗争和路线斗争压倒一切，权欲成了千百万中国人最巨大也是最原始的欲望。但是随着“文化大革命”的结束和改革开放时代的到来，政治的可怕阴影终于逐渐退出了人们的日常生活，人性首先在思想解放运动中觉醒，人性解放的欲望开始成为新的时代精神，自我里比多的释放比物质欲望更早进入中国人的日常生活。20 世纪 80 年代中国社会无数婚姻家庭的解体和重新组合，洋溢着人们对个性解放的浪漫想象，整个社会风气和人性解放运动都具有空前绝后的理想色彩。张炜的“欲望三部曲”的第二部《外省书》写的正是这样一个社会转型的年代，人性解放的欲望不能不成为其描写的主题，成为“原型的欲望”，虽然这原欲里仍然包含着极为丰富的内涵。

《外省书》：人性解放时代的生存欲望与生命欲望

《外省书》直接描写了正在进行中的经济开发，但叙述结构非常奇特。张炜通过史珂这一复杂的艺术形象，以透彻的了悟态度构筑起一个社会发展和个人命运的关系：主人公史珂是个百无聊赖的知识分子，身在经济开发大潮中却处处感到是局外人，扮演着当下社会的多余者和批判者的角色。但吊诡的是，指挥这场经济开发运动的真正主人不是政府的市长，而是史珂的侄子、当年赫赫有名的资本家的孙子史东宾，今天轰轰烈烈的海边开发事业，正是当年史家老一辈梦寐以求的理想。所以，“史珂望着即将消失的海岸边，终于说：

‘史家从上一代就打这个主意，到了这一代才得逞。’近百年来史家历史就是一部现代中国史，这里有宏图有血腥，有叛逃有抗争，苦难重重，历史在不断地回旋着，史家终于又返回了社会的中心。然而只有一个真正的人看破了红尘一梦，退身出走海边，像一块出污泥而不染的顽石，写出了一部《外省书》”①。于是，小说打破了张炜原来小说世界里的家族式的人物分布，构成一个人与一个世界之间的对立。史珂从京城退居济南，又从济南退居海边，为的是躲避尘世喧嚣，埋头写一本莫名其妙的书。这本书的书名一直没有确定，内容也只是一些零星的思想笔记。史珂最后说，既然自己身处外省的外省的外省，那么这本书也可以称为《外省书》了。这一连三个“外省”，既可以读作京城/省会/海边的三级差别，也可以理解为全球化/国家化/乡土化的三级差别，然而当平静的海边也被经济开发的浪潮席卷的时候，就如史珂所感到的，真是无路可退了。在这种退却又退却中，我们看到小说里的二元对立模式变了形：与史珂相对立的不再是一群人或者一个阵营，而是整个欲望的世界。当他如顽石跳出红尘一梦时，那“梦”本身则是一个如火如荼开展着的声色世界，在这个世界里，几乎所有的人都为欲望所驱而苦逐不休。史珂与欲望世界相对立，可是站在他一边的人数极少，而且面目不清，冰清玉洁的师辉、善良而无能的捡松果老人等等，形势实在

①许俊雅：《两个乌托邦英雄的时代见证——评张炜的〈外省书〉》，载“《中央日报》”副刊2002年1月14日。

是令人沮丧。而那象征着欲望的世界里，却活跃着一大群血脉偾张、精力过人的人，他们为时代推波助澜，为自己伸张个性，在罪恶与创造的刀锋上，把生命过程有声有色地留在人生的舞台上。

如果我们从原欲的角度来解释史珂所面对的欲望世界里的人物，如果我们暂时借助西方精神分析学把原欲解释为里比多的话，我们就能解释为什么作家通过师麟之口为每个人物都取了一个动物外号。这些外号在小说里没有实质性的意义，看上去似乎只是为了加强小说的寓言性，但如果从原欲的理论来理解，人向动物性的退化或者返回生命祖先的潜在意向，正是被压抑的动物内驱力的无意识流露，小说里主要人物的动物外号几乎都是鱼类（鲈鱼、鲷鱼、鳄鱼、鳗鱼）和灵长类（狒狒），含有一种贴切生命初始状态的意向。这些在原欲支配下的人物可以分作两大类，一类属于生存的欲望者，一类属于生命的欲望者。前一类有史铭、史东宾、马莎等，后一类有师麟和狒狒，作为两类欲望的基础——“原型的欲望”，也就是性的欲望。

前一类人物都曾经有过一段人性受到极端压抑的生活痛史，以至于他们把争取生存的权利看作唯一的奋斗目标。以史铭为例，他幼年时代有过一次可怕经历，使他一生都处于被阉割的恐惧和焦虑中。他利用出访机会毅然叛逃去国，又用狂热的性欲追求来掩盖其幼年时代留下的性恐惧烙印，以致被弟弟史珂骂为：“在你嘴里好色倒也成了爱国。”但史铭的强烈的生存欲望是成就他一生事业的最大动力，他精力旺盛、知识渊博、性格趋新、善于接受新的科学信息，与未老先衰、信息闭塞、知识陈旧、语言乏味的弟弟形成了鲜明对照。史铭的恶魔性体现在他的性格冲动里，为了个人生存机缘而冲动，他可以不顾连累家人，用毁灭国族观念、家庭利益和亲友的生命为代价，来创造自己的生存与发展机会，终于完成了破坏与创造的同一性。连与他格格不入的弟弟史珂也忍不住对他发出这样的赞叹："欲望是一种真正的能，它有点像等待开发的铀——那种威力啊……"史铭不是一个简单化的人物，他的性格里所含的超越一切道德的复杂因素，使这个形象闪耀着奇魅的光彩。史铭的儿子史东宾几乎是父亲的翻版，如果寻找张炜小说里的人物谱系，大致上是《古船》里的隋见素一流的落难英雄。他也有过被摧残的经历，但遇到了经济开发的有利时机，他血液里流淌着家族的恶魔性遗传因子，像一条扬子鳄般不动声色地利用权力的腐败，创造出一个家族王国。(这个秘密发家的故事被作家隐蔽在史东宾与市长的关系里。)这样的形象在张炜以前的笔下本来是恶俗至极的人物，可是在史东宾的性格里却处处埋伏着可能出现的转机，他爱上师辉就是生命中出现的一道超越生存意识的光亮，这一点与《能不忆蜀葵》中的淳于阳立一样。出于对美的感动和出自生命需要的爱，人物的原欲从生存的欲望向生命的欲望提升，他的性格里就会出现某些亮点(即爱的欲望)。生命的本能集中体现在爱欲上面，一个还能产生真正动情的爱的生命，还是有希望的生命。

小说里真正洋溢着充沛的生命欲望和博大的爱的精灵，就是被称作鲈鱼的师麟。这是生命本能的自然体现，他和另一个人物狒狒都仿佛从远古的生命场里走来，极不合时宜地走到了现代文明制度里。师麟参加“革命”是天经地义的，只有在社会秩序极度松弛、文明的枷锁被“革命”打成碎末的时候，他的恶魔性格才有可能长驱直入畅通无阻；这就是充满诗意的“老房东时代”。他无数次爱抚女人，流连忘返于美色之中，成为“革命”的情种；但是一旦社会秩序重新建立，哪怕他是这个新制度的创建者和功臣，也不得不受到文明制度的压抑与惩罚。马尔库塞引用弗洛伊德理论来解说原欲与文明的冲突：“弗洛伊德说：‘幸福绝不是文化的价值标准。’幸福必须服从作为全日制职业的工作纪律，服从一夫一妻制生育的约束，服从现存的法律和现存的秩序制度。所谓文化，就是有条不紊地牺牲原欲，并把它强行转移到对社会有用的活动和表现上去。”①这时候再也没有水乳交融的大地般的爱情，“老房东时代”的浪漫精神不得不让位给社会秩序和文明规范，“鲈鱼”只能在干涸的环境里奄奄一息，悲惨地死去。在“革命”年代里，师麟一生爱抚女性无数却未曾留下一儿半女，似不能说是他完全在精神恋爱，只能理解成他与女性之间的爱是纯粹的生命投入，也就是弗洛伊德所说的，性爱本

①马尔库塞：《爱欲与文明》，黄勇、薛民译，上海：上海译文出版社，1987 年，第 18 页。引文中个别词略有改动。

来是由快乐本能所驱使，只能是两个人之间的事情：一对情人就是一切，也无须他们共同生育子女来使自己幸福[①]。而在现代文明制度下，原欲只能向现实妥协，师麟与胡春旖的结婚建立家庭则象征了生命的快乐本能向社会现实的转化，基督教家庭背景的胡春旖代表了文明、理性和责任，他们生育了美好的女儿师辉，建立了为社会所称道的家庭。但是，师麟的故事仍然沿着原欲的冲动不可遏制地滑向悲剧，这场原欲向文明的妥协终于被证明是失败的。原欲毕竟无法约束，师麟的泛爱精神至死也没有获得文明制度的宽容，当然也无法获得他的妻子的最终谅解。

如果说师麟象征着“欲”，那么，狒狒则象征了“罪”——这也是恶魔性因素的一个重要概念。狒狒近于巫，她用草药为师麟沐浴，甚至以女体来慰藉性无能的老人，从民俗的角度看都扮演了古代民间巫的角色，所以最后她能够决定师麟的死亡仪式。由于作家所特有的“民间”叙事能力，这个人物成为张炜笔下最生动可爱的女子形象之一，她的个性就仿佛是一只大自然里活蹦乱跳的猿猴，任何束缚对她都无可奈何。在“民间”的原始观念里，生存是第一需求，也是人生的第一伦理标准，罪的概念是不存在的，只有进入文明时代，国家机器才创造了“有罪”的概念，以便对人们进行统治。狒狒起先被定位在生存本能的原欲上，她的幼年时代极为不幸，堕

①弗洛伊德：《文明及其不满》，转引自马尔库塞的《爱欲与文明》，第26页。

落的现代都市与被摧毁的家庭背景使她的生长经历充满凶险，但她天生就超越了有罪的概念，每次都能勇敢地面对罪恶环境，甚至以罪恶抗罪恶，保护自己的生存权利。进而论之，生存本能的原欲里不能不包含以罪抗罪的内涵，如史铭的叛国、史东宾的腐败，都含有这类以罪抗罪的意思，不过狒狒所表现出来的是最原始的一层，因而也更加单纯，更加接近生命本原的意义。当狒狒来到海边接受了师麟的保护以后，生存的威胁与焦虑消失了，弥漫在她与师麟之间的是生命的欢娱和生命的开花，这时候她身上的原欲发生了质的转化，由先前的生存本能向更高阶段和更高质量的生命本能转换。小说里有个细节很有意思，师麟身边本来有女儿师辉在照顾，师辉代表着现代文明的最纯洁的理想，可是当狒狒来到以后，师辉感到了失落而有意离开了父亲，她不能容忍这种粗粝的生命状态。师辉和她的母亲一度还猜疑狒狒是否会是师麟乱伦而来的女儿，这种观念正是来自师麟与狒狒之间所存在的某种原始的“血缘”的继承性，那就是共同的原型的生命欲望。狒狒的强烈的生命欲望还表现在对保护人师麟的临终关怀，为了不让老人的最后受痛苦折磨，她用砒霜结束了他的生命。从文明社会的法律上说这也是一种谋杀，但在原始的民间观念里她这样做才符合生命中的死亡本能的原欲。狒狒身上最让人费解的细节是她最后向史东宾的保镖电鳗投怀送抱，背叛了保护人师麟，我以为这除了表明她对人性中的爱欲有了清晰、自觉的意识，由对师麟的博爱的无意识的欲望转向了对电鳗的具体的性意识的欲望。一旦意识到这个转变，她就结束了为师麟所扮演的巫女的角色，学习做一个“正常人”了。正如师麟不得不向文明制度妥协而与胡春旖结婚学做正常人一样，野性的、原始的、充满了生命原欲的狒狒在现代生活制度下终于也不得不妥协而成为“人妻”。唯一可喜的是她与电鳗的结合仍然建立在强烈的性的基础之上，保持了某种原欲的因素。

史珂所面对的这个欲望的世界里充满了恶魔性的破坏和创造并存的因素，纵然是分成生存的欲望和生命的欲望，仍然可以看到其中有一致的破坏性因素。史铭破坏的是正统的国族观念，史东宾破坏的是传统的社会观念，师麟破坏的是压抑人性的道德观念，狒狒破坏的是主流的罪恶观念，从现代文明制度的角度来看他们都是罪孽深重的人。但是，生存的原欲在大破坏中创造出一个生机勃勃的社会大变动和人格精神；生命的原欲在大破坏中不仅创造了新的人格观念和生命观念，同时还逼迫人们透过现代文明制度的种种遮蔽去窥探人性更加合理更加丰富的另一面。恶魔性因素通常是建立在破坏的基础上，创造的一面往往是立足于乌托邦的理想之上，我们从师麟和狒狒的意义中可以意识到这一点；而这些创造性因素一旦转为现实，就必然与现代文明制度相对立而冲突，至于更坏的结果，那就是生存原欲中的破坏性因素极大释放，造成人类无法遏制的灾难。

由于性的欲望及爱的欲望是人类生命本能中的基本欲望，

所以在追求人性解放的社会大潮里，性欲成为原欲的最主要的特征。《外省书》把欲望九九归一地纳入性欲大潮来着力表现这个时代的特征，基本上是抓住了时代的精神特征。但是在中国20世纪80年代的社会思潮里，人性的解放始终是与发展社会经济以及对政治制度的改革愿望联系在一起的，所以当小说里的人物受到的困扰都归结为性的困扰时，当时另一个同样推动社会发展和人性解放的欲望原型——物的欲望，以及由物欲与性欲相结合而形成的恶魔性因素，却没有得到深刻的揭露。史东宾的身上仍然保持了张炜一贯的书生气，一旦真正爱上了师辉，他的百万家产与史家家族的事业都变得微不足道了，他还不能发自本心地做出一个现代资本家的理性判断。马克思主义的经典作家一向认为，在资本的积累与发展过程中人们对利润与财富的掠夺才是最根本的欲望："随着资本主义生产方式、积累和财富的发展，资本家不再仅仅是资本的化身，他对自己的亚当具有'人的同情感'，而且他所受的教养，使他把禁欲主义的热望嘲笑为旧式货币贮藏者的偏见。"①马克思所谓的"自己的亚当"正是指资本时代的膨胀起来的性的欲望消费，而这样一种与"现代化"相吻合的原欲是随着资本与财富的不断扩大而膨胀起来的，正如史东宾与马莎的性爱关系建立在他的如日中天的事业基础上，他对师辉近于迫害的追逐也是建筑于巨大的财富的自信上面。但

①马克思：《资本论》第1卷，收《马克思恩格斯全集》第23卷，北京：人民出版社，1972年，第651页。

史东宾在爱上了师辉以后如何在物欲与爱欲中做出痛苦的而又并不浪漫的选择，张炜无法为我们提供进一步的答案。只是这一探索在作家的创作中依然进行着，于是就有了《能不忆蜀葵》里的艺术家淳于阳立的故事，由此展开了恶魔性因素穿行在物欲时代的新的艺术镜头。

《能不忆蜀葵》：恶魔性在物欲时代的穿行

把资本与财富的欲望置于第一位，从而遮蔽了人性最基本的欲望，这本身就是资本时代人性异化的标志。《能不忆蜀葵》如果仅仅停留在这样的意义上来讨论艺术家与市场经济社会的关系，那也不过是重复了以往许多批判现实主义作家已经做过的工作。我觉得这部小说所可贵的是张炜没有重复前人以及他自己关于这个问题的思维惯性，他所面对的是一个新的课题。小说在叙事上略显得有些匆忙、零乱和不够和谐，正是作家面对纷乱现实所做的紧张思考所致。淳于阳立面对的困境也就是史东宾的困惑的延续，但是淳于是个土生土长的中国知识分子，他不仅把主要欲望从性的原欲转移到艺术的升华，而且他勇于面对困境做出认真的实践。我在前面指出过，恶魔性因素既不属于传统的知识分子精英的人文范畴，也不属于虚拟的“民间”世界的理想范畴，它是来自西方文化的一种精神性的指向，尤其是西方现代主义在整个文化大转型的时刻提出来的一种带有堕落、颓废倾向的精神对策，这种对策及其实践的后果，在西方文学中有过深刻的艺术揭示，而在中国文学中至今仍然是空白。不管张炜是否自觉这一点，他的探索实际上是给当代文学带来了新的话题：恶魔性的因素在物欲时代里表现出怎样一些新的特征？

什么叫作“物欲时代”？《能不忆蜀葵》的时代背景是20世纪90年代的中国社会，是人们在“一部分人先富起来”的鼓励下以及“奔小康”的目标刺激下，狂热追求金钱财富、追求消费享受的年代，市场经济的社会体制保障了人们的追求欲望的合法性和可行性，人性的解放从理性走到了“自己的亚当”的原欲大释放，以致20世纪80年代在人性问题上所表现出来的理想主义被席卷一空，以财富为基础的欲望吞噬了一切温情脉脉的人性因素，浮士德所想象的人通过征服自然以证明自身的价值，变形为对物质世界的赤裸裸的占有欲，物的欲望成为一切欲望的基础，原欲中的原欲。文学是时代最好的感应与反射，综观20世纪90年代的小说，几乎没有作家描写坚贞动人的爱情故事，取而代之的是妓女和准妓女的故事，或者形形色色出卖肉体以满足物质享受欲望的新人类宝贝的故事。物的欲望在社会上成为支配一切的怪物，而知识分子身处这样一种环境身心所经历的煎熬，我们的文学却从未认真表现过，所以当人文精神寻思和呼唤的声音终于嘶哑淡去的时候，恶魔性的因素宿命般地到来了。

淳于阳立的故事让我联想到托马斯·曼的《浮士德博士》的故事，那也是讲述了一个艺术家在艺术创作中遭遇了创作的困境，于是他受到魔鬼的诱惑，与之签订合同，由魔鬼来帮助他创作出真正的天才音乐，以便与贝多芬时代的古典音乐划清界限，但付出的代价是他一生将不能再拥有幸福。相传这个音乐家的原型是综合了马勒、勋伯格等现代音乐家的故事[①]形成的。现代主义艺术就是反传统的、与社会现实格格不入的恶魔性的艺术，以最大的标新立异来拯救大地上弥漫的平庸之气和浮躁之气，企图重新来激活西方文化的生命力。那位音乐家把自己严密地封闭在书斋里，完全与社会隔绝，他的恶魔性因素主要表现于他所创作的两首交响乐——《启示录》和《浮士德博士悲叹之歌》，而这些作品的灵感正是在他与魔鬼订立合同以后被激发出来的，魔鬼本身并无作为，在小说里只是起了一个中介的作用。但接下来我们马上就可以看到，张炜笔下的淳于阳立是如何被激发出恶魔性，而这些恶魔性因素又是如何对现代艺术反其道而行之的，这也就是中国式的恶魔性的恶作剧。类似的故事发生在《能不忆蜀葵》第2卷第2章第2段里，淳于阳立正在艺术创作上走投无路的时候，他遭遇了一个奇迹：在列车上他遇到一个魔鬼般的人——老广建，他是淳于初中的同学，“这人比淳于大一岁，也是中年人了，头发中夹杂了许多银丝，戴了眼镜。……皮鞋锃亮，手上有颗大戒指”，一副俗不可耐的形象。他在当年是有名的大笨蛋，如今竟成了一个大富翁。淳于出于想了解“这个无所不能的世界又变出了怎样的魔术”的好奇，便随老

①杨宏芹：《试论“恶魔性”与莱维屈恩的音乐创作——关于托马斯·曼的〈浮士德博士〉研究》，载《当代作家评论》2002年第2期。

广建去了一次度假村。这完全是一次游仙窟式的奇遇，淳于在欲望世界里梦游归来就彻底丧失了艺术灵魂，他毅然放弃了自己的艺术生涯(用淳于的话说是暂时“告别艺术”或者“搁置艺术”)，投身到现实世界的欲望旋涡中去，开始了他的恶魔性的冒险生涯：下海经商，最终大败而归。

从表面上看，淳于的道路与那个中了魔鬼蛊惑的音乐家的道路是相反的，但从他们对于所生存的环境不能相容的态度中，又可以感受到同类的艺术家的气质。他们都是不受社会欢迎的人，又都自许为天才，——这与19世纪以来恶魔性因素从宗教神话题材转向世俗文化相一致。淳于出身于“红色革命家庭”，在“文化大革命”的特殊背景下培养了他无所畏惧的骄傲与“贵族气”；他又从小在乡村贫苦环境中长大，一次因食鱼中毒被农村养母用蜀葵叶救活，但“民间”的“毒”已经深入骨髓，加深了他桀骜不驯、愤世嫉俗的性格，被人称作“土驴”。他的成长史上第一个导师是他的陶陶姨妈，又是一个张炜最擅长写的亦巫亦母式的人物，给了他一种完全我行我素的教育。纵观淳于阳立的天才生长之路，血缘、环境和教育为他创造了非常有利的条件。他所做的第一件反叛社会流行观念的行为，就是出于纯粹的艺术冲动去寻找另一个天才少年桤明，而后者当时正因为家庭出身不好陷于极度的孤独寂寞之中。淳于的登门造访是桤明人生的转折点，也是淳于作为一个敢于视流行的阶级观念为敝屣的英雄的证明。他具备天才的一切素质：他的智力、胆识、精力都有过人之处，人性的欲望也有强大的魅力。可是当他和桤明后来都成为艺术家的时候，桤明由于中规中矩地顺从社会的要求和市场的规律而为世俗所接受，成为一个名利双收的“成功人士”；而淳于却依然以不屈不挠的好斗性与一切毒害艺术的社会污染作战，结果被一步步赶入了自暴自弃的孤立绝境。这本来应该是一个具有神性的人，却陷于世俗的泥浆里不能自拔。他在“告别艺术”的会上发出宣告：“既然桤明这样的人都得了洋奖，连靳三这样的人都与联合国官员照了相，伙计们，这就让我们不得不严肃考虑一个问题了—— 如今‘艺术’这玩艺儿还搞得搞不得?”这里半掺狂热嫉妒半掺严肃真情，也就是说，当艺术已经被市场所操纵，已经被主流的艺术趣味所左右(在全球化时代，艺术的标准往往取决于艺术市场上买方的出价)，那么真正的天才艺术家自觉退出市场化的“艺术”圈子不失为一种洁身自好。他宁可通过其他领域的经济活动来满足物质欲望，也不出卖艺术良知。这也可以看作他蔑视世俗潮流的最后一搏，他不但没有拒绝社会潮流，反而迎着潮流投身于商海，希望挣扎出一个艺术家的新世界——这就是他流连忘返的小海岛。我觉得淳于阳立向商海的纵身一跃本身就是恶魔性的，就仿佛德国音乐家的创作勇敢地走向地狱一样。

据我所知，淳于阳立作为当下社会的某一类典型，读者对他的性格诠释是相当有分歧的。不同的意见来自两个方面：一方认为他是个堕落的艺术家，或者说根本不是艺术家，而是当代的文化泼皮；另一方认为他是当代英雄，是“王子”或者神人，所以他与现实环境格格不入，他的失败具有“英雄末路”的悲壮感。前面一种意见多半是依据了正统的人物性格标准，而后一种意见明显是感受到作家的艺术暗示，但双方共同的缺陷是看不到这个人物身上非常特殊的恶魔性因素。前者对恶魔性因素缺乏理解，所以把艺术形象的性格标准放在纯而又纯的模子里加以规范；后者则看不到恶魔性因素又如何使这个人物从神性降低到藏污纳垢的境地。其实淳于身上的恶魔性因素并不神秘，那是中国特殊的社会环境所造成的悲剧。淳于阳立是20世纪60年代的“文化大革命”到90年代的全球化大趋势这一特殊年代的产物。少年时代的淳于因为读到一幅画而可以感受灵魂的战栗，进而不顾世俗偏见去找困厄中的桤明交心，两人一度成为挚友。这个故事放到“文化大革命”的背景下——那个没有独立意志的年代——来理解，淳于敢于反叛的天才性格就突兀而现，换句话说，这种破坏与创造并存的恶魔性因素正是“文化大革命”时期的反叛特征。但是当中国走进90年代的全球化趋势，一切都趋向体制化规范化商品化的年代，当人们再一次在社会大趋势下丧失自我的独立精神和生命原欲，亦步亦趋臣服全球化的强势的时候，当多少平庸之才借助平庸的社会体制而呼风唤雨沐猴而冠的时候，像淳于阳立那样元气淋漓的个性魅力则失去了受社会青睐的可能性，创造性的一面失去了生存的条件，无法再创造出新的生命力，那就只能剩下恶魔性的放肆破坏和粗俗反抗了。这是社会造成的悲剧，也是淳于阳立个人的悲剧，是

“文化大革命”与“全球化”两个看似截然不同的时代在他身上“共谋”的结果。淳于的缺陷是很明显的——也可以说是中国式的恶魔性的特征之一——他所缺乏的，一是必要的“才”，二是应有的“德”，而这两者正是“文化大革命”时代教育普遍缺失所造成的整整一代人的悲剧：艺术(专业)上无足够的天分与才力来应对时代挑战和全球化的新统治；人格上又缺乏应有的道德能力来约束自身的欲望和调节个人与社会的关系。所谓人在天地之气中，要紧的就是有“天高”的才华与“地厚”的道德，天才地德不足，面对社会的大趋势时，要么就随波逐流丧失个性，要么就妄自尊大，被焦虑、烦躁和愚蠢拖着奔向泥淖。有些个人悲剧，看上去是全球化造成的“因”，其实追究到底还是“文化大革命”时代结下的“果”。不幸，淳于阳立正是被迫走上后一条道，他与无意识下走了前一条道路的棤明，正好形成当代全球化趋势中中国知识分子的两种悲剧性下场的概括。

淳于的另一个中国式的悲剧是社会不良群体的包围。张炜在这部小说里完全摆脱了过去以“家族”分类的二元对立的人物谱系，他在淳于阳立的“城堡”里安置了一群社会小人：蛐蛐、谷仓、教授……这是中国知识分子在社会上遭遇的“被包围”的典型环境。相比之下，托马斯·曼笔下的那个音乐家，他是把自己的活动严格限定在书斋里，完全与社会孤立起来。卢卡契评论说，这是因为“这位新浮士德所接触的知识界迈着一种反动透顶的假绅士派荒唐可笑的死人舞蹈的舞步，匆匆迎向法西斯主义的野蛮行径”，所以这位音乐家“怕见世界”，而把恶魔性看作内心世界的一种原始情感和驱动力①。而在中国，像淳于那样的知识分子失望于知识界与庙堂以后，仍然有一个文化上的退路，那就是“民间”的社会。所谓“隐身江湖”历来是知识分子精英的最后退路，所以中国知识分子对恶魔性的想象往往反映在对外部世界的争斗之上（所谓“替天行道”就是这种思想，侠文化也是一种中国式的恶魔性）。但是在现代社会中，“民间”不能不是庙堂和时代大潮的投影，它自身的道德规范已经在历来的社会大变动中被摧毁无遗，反过来“民间”的藏污纳垢特征又会滋生出一批社会渣滓——鲁迅谓之“包围者”，这些不良群体是“民间”藏污纳垢中最不具有创造意义的生命体，不会产生出积极的意义，他们是靠寄生于一些权势力量兴风作浪来制造自身生存的空间。他们所依附的权势力量，也即鲁迅所说的“猛人”（包括名人、能人和阔人三种）。鲁迅一针见血地指出：谁一旦成为“猛人”，“则不问其‘猛’之大小，我觉得他的身边便总有几个包围的人们，围得水泄不通。那结果，在内，是使该猛人逐渐变成昏庸，有近乎傀儡的趋势。在外，是使别人所看见的并非该猛人的本相，而是经过了包围者的曲折而显现的幻形”。张炜第一次在文学作品中如此真切地创造了这么一种“民间”社会的猛人与包围者的关系。在对待雪聪及其他人的关系中，淳于

①卢卡契：《现代艺术的悲剧》，收《卢卡契文学论文选》第1卷，范大灿译，北京：人民文学出版社，1986年，第556页。

被人所包围的结果是增加了他的恶魔性的丑陋与狰狞。

既然恶魔性穿行在物欲时代是那么丑陋和狰狞，那么它给人性建设带来了什么？张炜又是如何来处理这一现象的？在西方文学里，恶魔性被理解为一种与神性意义相反的精神现象，以原型的欲望为基础，从道德上说总是含有堕落的一面。托马斯·曼笔下的音乐家第一次遭遇魔鬼就是在妓院里，魔鬼化作妓女，在音乐家身上播下了梅毒。这是恶魔性因素最物质也是最动物性的本质。尼采曾经把恶魔性看作人性下坠的标记，他在《查拉斯图拉如是说》第三部《幻象与谜》里，通过查拉斯图拉之口讲了一个故事：他在向上走，魔鬼却化作侏儒压在他身上拼命地把他往下拖。于是出现下面的句子：

> 向上去：——反抗着拖它向下，向深谷的精神，这严重的精神，我的魔鬼和致命的仇敌。
>
> 向上去：——虽然严重的精神半侏儒半鼹鼠似的瘫坐在我身上，使我也四肢无力；同时他把铅滴倾入我的耳里，铅滴的思想倾入我脑里。
>
> “啊，查拉斯图拉，”他一字一咬地讥刺地说，“你智慧之石啊！你把自己向空高掷，——但是一切被抛的石块，必得落下！啊，查拉斯图拉，你智慧之石，被抛的石，星球之破坏者啊！你把自己向空抛掷得很高，——但是一切被抛的石块，必得落下！啊！查拉斯图拉，你被判定被你自己的石块所击毙：

你把石块抛掷得很远——但是它会坠落在你自己的头上！”[1]

有的研究者认为，恶魔变幻的侏儒形象正是潜藏在查拉斯图拉——尼采——身上的平庸形象的象征，而平庸是尼采在自己身上看到的最令人心悸最令人厌恶的东西。尼采已经发现了人性的阴影和里层，他已经正确地看到它是每个人身上不可避免地要存在的一面。但是这种事实正是尼采难以接受的，所以他让查拉斯图拉最后战胜了内心的平庸，他说：“站住吧，侏儒！我！或是你！但是，我是我俩中的强者：你不知道我最深的思想，你不能藏孕它！”[2]他确实想以自己思想的深刻性和精神的高贵性来与内心世界里趋向平庸的恶魔性划清界限。如果我们认真读张炜的“欲望三部曲”，也会发现，只有第二部《外省书》所描写的性的原欲与中国知识分子追求的人性解放有着自觉的联系，而第一部《蘑菇七种》里的权力欲望和第三部《能不忆蜀葵》里的物质欲望都与知识分子的良知背道而驰，这里就显示了作家的批判色彩和神性与恶魔性的冲突。张炜在淳于阳立的艺术形象里熔铸了他关于知识分子人文精神面临时代挑战的严肃思考，原先习惯于以“上升”和“下沉”构成两个对立家族的思维模式被转换为同一体中恶

①尼采：《查拉斯图拉如是说》，伊湜译，北京：文化艺术出版社，1987 年，第 186 页。查拉斯图拉，一般也译作查拉图斯特拉。

②尼采：《查拉斯图拉如是说》，第 187 页。

魔性的思考，即在淳于阳立身上同时具有上升与下沉两种因素。上升的因素来自一个艺术家对美的天才领悟，从一个自然小岛到满是蜀葵的油画，以及他在雪聪与苏棉之间因善良与巨大的爱而忍受内心分裂的痛苦，都是小说中最为动人的抒情篇章，象征了这个人物性格里所具有的亮色和理想性，用以来抗衡恶魔性的下沉与毁灭。仿佛是一部精神性的抒情长诗，主人公淳于的灵魂在巨大的内在分裂中忍受煎熬，作家好几次把他安排在昏迷或者半昏迷的状态，无论是爱还是痛，都是以一种类似梦境的形态呈现出来，也表现出小说本身具有的高度抽象性的艺术特点。

三、张炜小说里恶魔性因素的整体性局限

我在前面论述张炜小说里的恶魔性因素时有意回避了对一个元素的分析，即作为原欲的对立者的形象，在《外省书》里是史珂，在《能不忆蜀葵》里就是桤明。这是最引起争议的形象。我读过一篇批评文章，直言不讳地指出这部小说的失败主要就在于桤明的故事和淳于的故事缺乏整体结构的关照，“桤明只是个木偶、傀儡，他被作家拿来作对比和陪衬，对淳于的故事桤明只是起被动的说明作用”①。如果就结构而论，这位批评家所说的并不错，问题是他的批评前提已经假设了

①吴俊：《另一种浮躁——从〈能不忆蜀葵〉略谈张炜的小说写作》，载《文汇报》2002 年 3 月 22 日。

桤明的故事与淳于的故事在小说里具有同样的重要性，所以必然要构成某种对称性；但正如史珂与师麟也不是一种对称结构，如果小说的原有结构就不是以两人的对称为结构的呢?这两部小说在结构上都设计了一个特殊的叙述者，即一个人与一个欲望的世界。那个叙述人基本上是一个有点老派的人文主义者，对欲望世界持保守的批判的看法，整个欲望世界是在他们的冷眼观察、思索、反诘中逐渐展开的。当然，他们也不仅仅是冷静的观察者，他们同样也是物欲时代中的人，也能参与到种种潮流中，甚至还是得益者。因此他们在小说里所起的支点作用，本不在他们自己的故事，而在他们的思考、辩论与诘难。——这种结构与托马斯·曼的《浮士德博士》的叙述方式也有某种相似性。

如果是这样的话，那么，师麟的故事与史铭父子的故事构成某种并置关系而展开，淳于的故事是与他的包围者的故事以及他与几个女性的故事独立展开的，他们的故事与他们的叙述者自身的故事没有也不需要构成对应的或者对称的结构。但这并不是说，叙述者自身的故事不重要，但比起叙述者承担的叙述任务来，故事显然只是为了进一步说明叙述者的思想观点而已。比如我们在史珂身上看到的是一个性无能者的痛苦和无奈，以此来反衬欲望世界里蓬勃的性欲在一个健全的人性(师麟)中是如何势不可当。但是问题也随之深入地提出，如果我们认为张炜把叙述者作为某种观念的代表，那么我们也应思考他是否把他们的观念表达得很好了呢。在这点上我同意那位批评家的意见，这两部小说的最大问题是没有把他们所面对的欲望世界的恶魔性因素充分地表达出来、描绘出来，并且给以及时到位的批判。

由于这两位叙述者在小说里并不是第一人称的叙述者，所以他们介乎叙述者与具体角色之间，所以他们对欲望世界的态度、观点和立场，不完全是通过他们的声音来表现的，还通过他们的形象来间接地表现。他们的许多行为本来就是为了说明他们的某种思想和观念，所以，他们的形象是否饱满在这个意义上变得至关重要。应该说，张炜在这两个叙述者的形象塑造上充满了前所未有的矛盾，这种自相矛盾来源于张炜本人的主观世界对生活激变的认识还停留在传统人文主义的态度，但是由于一个作家对生活的敏感，他已经感受到生活激变中出现的新的人性因素——恶魔性因素的威慑性。接连几部作品中，他不断关注到这些恶魔性的因素，并切实塑造出在当代文学创作中几乎是全新的人物形象，但对于如何阐述这些他新发现的人物形象，他的叙述话语却失效了。所以我们不能不看到，《外省书》里的叙述者史珂整个形象是干瘪无力的，他曾经引用一位西方诗人的诗："为那无望的热爱宽恕我吧，我虽已过四十九岁，却无儿无女，两手空空，仅有书一本。"可是他恰恰缺少那无望而真挚的热爱，他也不了解那"仅有"的"书一本"正是诗人用全部生命的能量吟唱出来的书，离开了对全部生活的热爱，对变动中的生活处处感到陌生也不去了解，那么，盲目的逃避、拒绝和否定决不是制对方于死命的有效斗争，也不是富有战斗力的批判。所以我们读到史珂的那些笔记里的议论、那些与他哥哥的辩论，都不能不感到一种陈腐的味道。而桤明呢？他虽然顺应社会潮流而成为一个成功人士，但是他在应对生活中的阴暗力量挑衅时完全丧失了积极的斗争性，甚至于对生命中的至爱也变得冷漠无奈，失去了任何可能的生命勃动。只要对照淳于对雪聪的狂热痛苦的爱与桤明对小天使的虚假鬼祟的爱，两人品格之高下已经有了分野，桤明的恋爱故事虽然也有催人泪下的细节，但终究是一个社会名流的风流史，离开原欲的爱已经很遥远了。

应该说，把史珂和桤明塑造成干瘪无力的形象本不是张炜的本意，塑造这类似的人物原来是张炜所擅长的，如《古船》里的隋抱朴，为什么会在这两部小说里给人相反的印象呢？我想这不是张炜的无力，而是他所依据的对世界进行批判的武器的无力。既然他所面对的恶魔性是来自人性深处的根本之欲，那就不能简单地否定它，而是要把它融入人性中去，发挥它的积极的创造性的一面。对我刚才所列举的尼采关于恶魔下坠性的议论，有研究者指出：如果尼采对恶魔性不是如此清晰地划清界限，不是“我！或是你！”这样泾渭分明地相对立，而是强调“你和我本是同一个自我”，那就会显得更加明智和更加有勇气。事实上，人是无法将自己内心世界里的恶魔性完全剔除掉的，正确的态度应该像歌德笔下的浮士德那样充满面对的勇气，把魔鬼作为自己的仆人和部属：

恶魔“如果同我们自己结合起来，就可能成为一种富有成果的积极力量；……歌德完全知道传统的恶魔象征内蕴着的模棱两可的力量。尼采的非道德主义，虽然表述得激烈得多，却不过是在精心阐发歌德的论点：人必须把他的恶魔与自己融为一体，或者如他所说，人必须变得更善些和更恶些；树要长得更高，它的根就必须向下扎得更深”[①]。事实上，史珂与桤明都不具备这样的浮士德精神，所以他们不能一往无前地向积极、完善的人性推进。

从“文化大革命”到全球化大趋势，中国社会经历了翻天覆地的变化，在一场场的大变动中，人性深处的恶魔性因素一次次从所罗门的瓶子里冒出来，可以说恶魔性的存在直接颠覆了以前古老中国文化中温情脉脉的人性理论，同时也颠覆了几十年来支配着中国社会的信仰、伦理、人文以及种种意识形态，这种来自西方的人性观念在它的故乡甚至也颠覆了传统的宗教观念，促使人们对上帝都需要有新的认识。面对这种深刻的观念变革，文学仍然是最敏感的，我们在阎连科和张炜的近期创作中不约而同地读到了类似的艺术形象，他们以极为复杂的人性内涵以及突出的欲望内涵，给当代文学创作注入了新的时代诠释，给艺术形象理论提供了可供解读的文本。但是我觉得对这些艺术形象的解读，包括作家本人的诠释都是不成功的，理论上的滞后性已经束缚了人们对

①巴雷特：《非理性的人——存在主义哲学研究》，段德智译，上海：上海译文出版社，1992 年，第 204—205 页。

这些创新作品的艺术内涵的进一步理解。当艺术创造需要时时面对新的生活现象，理论也同样需要研究新的人性因素和文学因素，以此来解释生活中出现的新现象。面对恶魔性其实就是面对人性自身在当今社会的种种考验与应对，因此研究恶魔性因素不仅为艺术创作，也为社会发展中某种人格重铸带来积极的意义。至于这一来自西方的理论概念对于中国社会和文化的发展会产生什么样独特的影响，将是世界性因素的另一个课题，我们将会在继续研究中给予进一步的阐明。

2002 年 7 月 30 日于黑水斋

原刊于《文学评论》2002 年第 6 期

从巴赫金的民间理论看《兄弟》的民间叙事

一、巴赫金的启示：民间传统与怪诞现实主义

《兄弟》发表后，引起了评论界的激烈争论。这场争论是自发而起的，没有来自外部的非学术压力，各种见解的对立，主要是来自审美观念，而不是思想意识。尽管争论背后仍然牵涉一系列对当下社会的价值评判，但更为主要的，则表现为文学审美领域的自我审视与自我清理。所以，围绕着这部小说而发生的是一场美学上的讨论。美学的讨论为了解决美学上的问题。

为此，我重读了巴赫金的《拉伯雷的创作与中世纪和文艺复兴时期的民间文化》。这部论著的许多论述，仿佛就是针对我关于《兄弟》的疑惑而发的。巴赫金这样论述拉伯雷："由于这种民间性，拉伯雷的作品才有着特殊的非文学性，也就是

说，他的众多形象不符合自十六世纪末迄今一切占统治地位的文学标准和规范，无论它们的内容有过什么变化。拉伯雷远远超过莎士比亚或塞万提斯，因为他们只是不符合较为狭隘的古典标准而已，拉伯雷的形象固有某种特殊的、原则性的和无法遏制的非官方性：任何教条主义、任何专横性、任何片面的严肃性都不可能与拉伯雷的形象共融，这些形象与一切完成性和稳定性、一切狭隘的严肃性、思想和世界观领域里的一切现成性和确定性都是相敌对的。”他进而指出，欧洲文艺复兴以来，有两种现实主义艺术在发展，一种是描述日常生活世界的主流现实主义，还有一种就是起源于民间诙谐文化的怪诞现实主义。后者是“一种不断生长、无穷无尽、不可消除、富裕充足、承担一切的生活的物质因素，永远欢笑、黜废一切又更新一切的因素”。[①] 这种怪诞现实主义的传统自文艺复兴以后逐渐被主流的现实主义传统所遮蔽，自浪漫主义运动以后，它通常是以残片的形态，隐藏和闪烁在各种民间文本里。

当我读着这些论述时，我眼前活跃着的李光头的影像渐渐清楚起来了，这个集人类各种恶习于一身的时代宠儿、一个粗俗不堪的暴发户、混世魔王，仔细想来并不令人厌恶，反而在读者群里受到欢迎。因为这个人物的形象集中反映了当下社会的某种集体无意识。我们似乎找不到恰如其分的语

---

①巴赫金：《巴赫金全集》第6卷，李兆林等译，石家庄：河北教育出版社，1998年，第2—3页、第29页。

词来把握他和分析他，有关这个人物的全部叙事，都是与自“五四”新文学以来的审美传统相拧，与我们习以为常的文学教养和欣赏口味相反，让人感到自尊受到了挑战。《兄弟》成为当代美学主流趣味的另类，我们无论是要把握这个人物还是这部小说，都有一个自我摆脱的过程，即从我们既有的文学标准和审美习惯中摆脱出来，从我们自以为是的文学传统中摆脱出来。这也就是巴赫金在论述怪诞现实主义时说到的一个基本特点：降低，自我降低①。

巴赫金在强调这个概念时，概括了它的定义：把一切高级的、精神性的、理想的和抽象的东西转移到整个不可分割的物质—肉体层面、大地层面和身体层面②。其更为清楚的表述是：在精神与物质、天与地、上半身与下半身等艺术因素之间，怪诞现实主义的艺术形象是取后者的立场。显然这不仅仅是某种局部的审美口味逃逸出美学常规的藩篱，也不像巴赫金所描绘的莎士比亚和塞万提斯那样，仅仅在古典趣味上偏离，这是一种较大层面上较为彻底的降格，降低到被主流审美趣味所遮蔽的民间文学传统基础之上，降低到以怪诞为主要特征的现实主义基础之上。我们今天所面对的中国当代文学的民间审美形态，与欧洲中世纪民间传统有很大的不

①这个词的原文是 снижение，原意为降低、降落、贬低等，中译本译为降格，即世俗化的意思。见巴赫金：《巴赫金全集》第 6 卷，石家庄：河北教育出版社，1998 年，第 24 页注释 1。

②巴赫金：《巴赫金全集》第 6 卷，石家庄：河北教育出版社，1998 年，第 24 页。

同，但是我们在借鉴拉伯雷的民间文学传统时，同样能注意到，我们自"五四"新文学以来，基本的美学标准来自西方文艺复兴以后逐渐上升为主流文化的欧洲资产阶级的文学趣味，以及苏联的社会主义现实主义的文学趣味和20世纪西方现代主义的先锋文学趣味。这样一些审美标准制约了"五四"新文学的启蒙精神与启蒙叙事。在知识者为制高点的启蒙叙事里，民间形象是以苦难来反衬知识者的人道关怀，以愚昧麻木来反衬知识者的先知先觉，以群体的盲目蠢动反衬知识者的独立和孤行。启蒙与降低，正是两种潜在对立的审美走向，它们所面对的民间文化形态的阐释，是不一样的。

从20世纪80年代先锋文学的代表性作家到90年代开拓民间价值立场，余华创作的每一步发展都是对自己前一阶段创作的变相地继承。他继承了批判性的文学内在核心，却改变了审美的外在形态。他朝着民间文化形态一步步地深入地走下去。他的先锋性很强的小说的主要成就，是对"文化大革命"时代的残酷精神与反人性的痛切揭示，这是当代其他先锋作家根本不能企及的现实关怀与思想高度；同样，他的民间性很强的小说，在温情故事的外在形式下依然包裹着与现实处境不相容的反思立场，而不是一般的小人物的故事。余华的创作走了一条与现实环境密切相关的道路。这是余华创作最可贵的地方。纵观他的创作历程，凡是他稍微离开现实环境的尝试，都是不成功的，但他总是能够凭着艺术敏感及时调整过来，回到现实的大地之上。《兄弟》是当代的一部奇书，对余华来说，似乎也是意想不到的从天而降的创作奇迹。余华在后记里说了一句："叙述统治了我的写作。"[①]这种"统治"使他把小说从十万字的预计篇幅扩张到五十多万字。我们有理由批评余华说，他的文字太粗糙，叙述太通俗，仿佛一切都没有经过精心的结构和提炼。但是这个责任应该由余华来负呢，还是由"统治"了他的"叙述"来负？这分明是一种写作的"灵魂附体"现象，作为人类集体无意识的恶魔性因素[②]，借助余华的手笔发挥了巨大作用，以至于余华根本无法控制自己的写作。恶魔性因素本来就是毁灭与创造两种元素同时存在的狂暴形态，《兄弟》就是恶魔性所包孕的两种元素交媾而生的奇胎。在审美范畴的转移中，"叙述"把余华引出了 20 世纪 80 年代的先锋写作和 20 世纪 90 年代的民间温情故事，引向了一个粗粝狂放、陌生怪诞、不可知的新世界、新境界，那就是我们的审美口味之外的民间世界。我们读《兄弟》时会注意到，《兄弟》的上部，基本还是余华以前创作风格的延续，但已经出现了变化的因素，某些敏感的专业读者已经感到了陌生和愤怒，到了下部，完全陌生化了，余华被动地完成了

①《〈兄弟〉后记》，印于上海文艺出版社 2006 年 3 月版的单行本封底。

②恶魔性因素指的是一种宣泄人类原始生命力的现象，常常能使人完全置于其力量的控制之下，即人们常说的"灵魂附体"；从内涵上看，它是一种同时包含了创造性和毁灭性因素的狂暴形态，为正常理性不能控制，常常被压抑转化为无意识形态。因此，在人的理性比较薄弱的领域，如天才的艺术创造、对禁忌的冒犯、性与爱的高潮等，它都有可能出现。关于恶魔性因素的具体阐释，可参阅本书前两篇论文：《试论阎连科的〈坚硬如水〉中的恶魔性因素》和《试论张炜的〈外省书〉与〈能不忆蜀葵〉中的恶魔性因素》。

脱胎换骨的美学模子的转换。

当代文学中的民间文化形态(包括民间立场、民间叙事和民间审美)是一个相当复杂的课题，尤其是它对于我们习以为常的审美口味的全面反叛，正因为如此，我们在《兄弟》里看到了一个恰到好处的范例，虽然全面探讨民间审美范畴决非这篇有关《兄弟》的评论所能够担当，但我还是想以这部小说所提供的一些经验为例，来说明我对于民间审美的某些特点的理解。

二、隐性文本结构中的偷窥细节

我已经不止一次地听到一些朋友说，他们读《兄弟》时感到由衷的愤怒，或者说，有一种自己的尊严被亵渎的感觉。这是很说明问题的感觉，也就是说，你的长期培养起来的美学趣味遭到挑战。你一本正经期待余华的新作能够给你带来新的战栗的意象，或者是催人泪下的温情故事，但是你完全没有想到，居然是一个嬉皮笑脸的小痞子出现在你的面前，对着你扮鬼脸；你期待余华对“文化大革命”或者商品经济大潮中人性被扭曲的深刻展示，但你完全没有期待，那个不知好歹的小痞子居然躲在女厕隔壁，干出了那件让人羞于启口的丑事，居然还大喊大叫地渲染了几十个页面。厕所偷窥事件之所以触犯众怒，不仅在于事件本身的粗俗不堪，而且地点场合也是臭不可闻，真是“满纸喷粪”。余华到底是在干什么？

那好吧，我们就从这个开篇的细节说起：李光头女厕偷窥事件在小说结构里承担了什么功能？

为了说清楚这个细节产生的功能，我们还要把话题宕开去一些。我在主编《中国当代文学史教程》中曾经讨论过一个概念：隐性文本结构[①]。在一部文学作品的文本构成中，除了作家自觉精心构筑，由作品的主题、情节、人物设计所构成的显性结构以外，还存在着另外一种通过作家无意识的表达获得显现，由神话原型、民间传说、经典叙述等所构成的叙事模子，潜隐在文本内部，它深深地隐藏于人物关系之间，制约了文本的艺术魅力。我把这样一种现象称作隐性文本结构，它与作品的显性文本结构构成相对完整的文本意义。回到《兄弟》的隐性文本结构，我们就可以注意到一种奇特的人物关系。

在我主持的研究生讨论课上，曾经有位学生提出了这样一个问题：在李光头的父亲刘山峰的不体面死亡中，宋凡平有没有间接的责任？小说提供的情节是宋凡平走进厕所时发现有人倒挂在粪池上偷窥隔壁的女厕，他惊叫一声，导致了刘山峰掉进粪池死于非命，其身后给家人带来了无尽的耻辱。由于刘山峰的尸体是宋凡平打捞上来的，人们看到并赞扬了宋凡平的见义勇为，但忽略了他是这场悲剧的肇事者。这是个非常有意思的问题。如果我们把这个问题追究下去，把小说的上下部放在一起读完，完整故事的背后就显现出一个潜

①陈思和主编：《中国当代文学史教程》，上海：复旦大学出版社，1999 年第 1 版。

在的故事原型——宋凡平在无意中导致了李光头的爸爸刘山峰死亡，宋凡平又娶了李光头的妈妈李兰，而李光头后来在无意中又导致宋凡平和他的儿子宋钢死亡①。如果我们再进一步分析这个哈姆雷特式的报复模式，就会惊奇地发现，李光头这场报复的形式是极为对称的：对刘山峰的死来说，宋凡平进厕所时无意识的尖叫，对他是致命的一击，使他失足粪池一命呜呼；与此相对应的报复是，李光头在批斗会上无意识的揭发，同样致命地把宋凡平送进了仓库，结果是宋凡平遭受非人折磨直至毙命于街头。再对李光头来说，与宋凡平的杀父娶母模式相对应的报复是李光头对林红的占有和对宋钢的间接的打击。小说以宋凡平的"杀父娶母"始，以宋钢因为发现李光头与林红的私通而自杀为结局，如此对称的隐性叙事模式居然完全无意识地潜隐在《兄弟》的文本结构内部，不能不令人暗暗称奇。

现在，我们可以分析小说开始的偷窥事件了。假如那个隐性的文本结构是成立的，那么我们就不能把这个事件仅仅看作一个无聊的事件。也许正相反。李光头出生时父亲就死了，没有留给他任何印象，但是在他的成长史上，从他过早地有了性欲的感受，从长凳和大树树干上表达朦胧性欲的时候开始，父亲的血缘遗传已经开始在他身上酝酿发酵，用传统民间文学中的象征手法来比喻，也就是灵魂附体（这在《哈

①参见景雯《死亡事件与报复模式》，载《当代作家评论》2007 年 2 期。该文对这个故事原型有深入的探讨。

姆雷特》里则表现为鬼魂出现)，这种神秘力量一步步把他引向色欲境界，终于，他在十四岁的时候朦胧无知地重蹈父亲覆辙。这是一个被公开张扬的事件，刘镇的一切仿佛又回到了十四年以前，人们终于又想起来，李光头原来是刘山峰的儿子。不仅仅是刘山峰的精血在李光头身上复活，更重要的意义，是李光头通过身体的成长，终于有了一个机会向刘镇的人们宣告：我就是刘山峰的儿子。就像是中国传统武侠小说中屡见不鲜的复仇主角终于要喊出：我是某某人的儿子。从小说的隐性结构来看，这个成人仪式不是可有可无，而是整个报复逻辑中的一个重要环节，不是十分无聊，而是十分庄严、十分重大的起点。小说以偷窥事件引发轩然大波为起点，叙事者一开始就说，李兰在世时总喜欢说宋钢是有其父必有其子，而说李光头却不像其父，是两条道上的人。因为宋钢的父亲是她深爱的宋凡平，而李光头的亲生父亲，却是给她带来极度伤害的刘山峰。但自从发生了偷窥事件以后，她不得不伤心欲绝地承认：李光头也是“有其父必有其子”。

还有更为有趣的，当作家把李光头的故事无意中套进了哈姆雷特式的报复原型时，人们才发现，其实两者的一切元素都朝着相反的方向在发展。哈姆雷特的故事是明确围绕复仇目标而展开细节的，但故事延宕到最后，哈姆雷特也没有真正取得胜利；而李光头的报复却在无意识的推动下一步步地完成。吊诡的是，李光头并不想报复，他一直在“拒绝”这个复仇无意识。在这个“拒绝”的努力过程中，最决绝的措施就是李光头获知林红与宋钢的恋爱事实后，不但没有产生最正当的“报复”念头，反而去医院做了输精管结扎手术。这是唯一不符合李光头真实性格的细节，因为只有在相当理性的状况下才会选择这样的措施。任何一个读者读到这里都会感到惊愕和意外，但是李光头鬼使神差地这么做了。这种不合性格逻辑的结果，只能解释为有一种比复仇无意识更为强大的力量，引导他从身体出发来拒绝无意识的报复使命，用身体的束缚来克制血缘里的命令。我们不妨对照一下，贾平凹在《秦腔》里也写过相似的细节。疯子引生在所爱的白雪嫁人后不惜自处宫刑，以约束自己的行为。引生自宫的疯狂行为所象征的是消除了肉体欲望以后，引生对白雪的爱完全停留在精神的层面；而在《兄弟》里，李光头采取的行为是理性的正当的计划生育措施，结扎手术只能导致不能生育，并没有消除性的肉欲宣泄功能。也就是说，李光头拒绝了刘山峰的血缘遗传，他把所有的生命力量消耗在今生今世。手术后的李光头依然保持了旺盛、顽强的肉体魅力。生命不能通过繁衍来延续的话，那么，它在现世的欲望冲动、快乐本能和创造能力，就代表了一切。所以，小说特别强化李光头的类似疯狂的性能力。

那么，为什么说，李光头要通过扼杀自己的生殖能力来表达对复仇的拒绝呢？从李光头的精神与肉体的成长史来说，他是由两种要素（遗传和教育）催生长大的，一种是来自他的血缘上的爸爸刘山峰的生命遗传，另一种是来自宋凡平的潜移默化的精神教育。鉴于刘山峰是在他尚未出生就死于非命，而宋凡平虽然与他有过共患难的岁月，仍然是在他尚未成年时就撒手人寰，所以两个父亲的影响对他的成长史来说，始终是朦胧的、不自觉的。小说一开始大肆渲染的偷窥事件并不是李光头的独家发明，而是对他的父亲刘山峰曾经拥有的丑闻的继承和回响。所以当偷窥事件发生后，人们会说李光头到底是刘山峰的儿子，是一根藤上结的两个瓜。这是刘山峰的血缘起了作用，这种血缘通过生殖和遗传来完成，不管李光头自觉还是不自觉。而李光头的自我结扎，恰恰是对生殖的拒绝，也就是，在他身上，将彻底终止刘山峰的遗传密码。他当年偷窥的对象是林红，刘山峰的遗传密码是与欲和色联系在一起，也是与色欲对象林红联系在一起。当李光头当了残疾人福利工厂厂长、初步发迹时再遇林红的时候，他就流出两道鼻血。刘镇的人们再次把他流鼻血与当年偷窥事件联系在一起议论，似乎又一次强调了“血”的力量。所以，林红已属他人时，他拒绝把林红从色欲对象转换为复仇对象，却反过来终止了刘山峰的血脉繁衍。这可以理解为他对于刘山峰的本能的拒绝。他把刘山峰的遗传密码全部凝聚在、体现在并完成在自己的身上，集中地、夸张地、变态地把它耗费掉，这就形成了李光头的混世魔王的巨人品格。

那么，我还是要问，为什么李光头要通过扼杀自己的生殖能力来表达对复仇无意识的拒绝呢？他不像哈姆雷特那样烦琐地徘徊在“生存还是毁灭”的抽象讨论，而是出于本能毫不犹豫地拒绝了复仇。前面已经说过，从有其父必有其子的原则来看，宋钢在血缘上是传承了宋凡平的血脉。但是，从小说所提供的故事来看，宋凡平身上一部分最有魅力的内在生命密码，如他打篮球时表现出来的勇往直前的扣篮精神，在挥舞红旗时表现出来的革命精神，与邻居大打出手的无赖精神，化屠夫残暴为一笑的乐天精神，甚至百折不挠的创造意志和对他人的温柔宽厚的关怀，等等，所有这些发自内在的美德，恰恰传授给了李光头。也就是说李光头后来之所以能够成为一个刘镇的巨富大亨，不是因为浪荡子刘山峰遗传在他身上的那些下流品性和游戏精神，恰恰是地主儿子宋凡平身上的精神血缘。这一点，作为母亲的李兰已经感受到了，所以当她坐在儿子为她设计的“专板车”上去上坟的路上，她欣慰地看到，儿子又像宋凡平那样让她感到骄傲了。很显然，李光头的成长史是由两股力量影响和催生，一是来自刘山峰的血缘遗传密码，一是来自宋凡平的精神气质影响，“气”“血”两者的相生相克、激烈冲突的过程，构成了李光头极为复杂的性格特征与人格魅力。如果我们把李光头偷窥事件以后的所有行为排列一下，可以发现是这样的一种排列式：

偷窥—交换信息—**送李兰上坟—为李兰送终—接纳宋钢—当残疾人福利工厂厂长**—求婚失败—**结扎手术—下海经商失败—成为垃圾大王—日本发迹**—处美人大赛—林红通奸—导致宋钢之死

这份排列表上，用正常字体标示的是刘山峰遗传因素所致，用粗体字标示的是宋凡平精神因素所致。两者始终交替出现在李光头的身上。所以，当他身上的血缘遗传把他推向复仇无意识的时候，他身上的另一种力量即精神的力量在拒绝这种可怕的嗜血欲望。尽管最后因为林红的投怀送抱，复仇无意识占了上风，但很难说李光头与林红的私通及其后果是一种罪恶，因为在之前也同样有过宋钢与林红的恋情对李光头构成的背叛与伤害。所不同的是李光头采取的是做结扎手术终止其生命遗传，宋钢采取的是结束现世生命来维护对另外两个人的爱。分析到这里，我们似乎能够看清楚了，其实李光头是极不愿意看到他的复仇使命的成功的，因为宋凡平对他来说，与哈姆雷特面对的篡权者叔叔完全不同，宋凡平因为杀其父(无意的)娶其母(真爱的)，造就了李光头的生命的另一半素质。如果血缘的遗传引导他走向复仇之路，那么，他要谋杀的，其实不仅仅是宋凡平的替代者宋钢，更多的成分在于他自己，他自己向自己复仇，自己谋杀自己。所以当宋钢自杀后，李光头就了无生趣，形同行尸走肉。他成了自己遗传密码的报复对象和牺牲者了。

我们还可以从林红的角色来看这场报复原型的特点。这位刘镇的美人中的美人一出场就是在受辱，始终处于话语的羞辱之中(她是被偷窥的对象，又是被全镇男人当作秘闻去议论甚至意淫的对象)。所以在小说的隐性文本结构里，她是一个不洁的象征。鉴于李光头的成人仪式发生在宋凡平死去以后，宋钢替代了宋凡平成为无意识复仇的对象；而李兰则是一个圣洁者的形象，扮演母后的角色，其实也是由林红来替代——她在这场哈姆雷特式的报复结构里既扮演了母后又扮演了奥菲利娅。想一想，在莎士比亚的剧本里复仇者是如何辱骂自己的母后的①，而这绝对不是李光头对母亲想说的话，但作为替代品，李光头则没有那么多的爱心，他偷窥以后在刘镇男人中间津津有味地渲染林红的身体秘密，并用之交换三鲜面，其实是对其成人仪式的公开宣布。但这个仪式显然是通过侮辱林红来完成的。因此，我们有理由在这个原型里重新认识林红的处境：当李光头不想对李兰、宋凡平和宋钢报复时，却不由自主地伤害了林红。从偷窥事件、公开示爱到最后的李林私通，林红始终处于被伤害的地位，然而，她与李光头的通奸导致了宋钢的死，无意中帮助李光头完成了冥冥之中的报复使命。如果我们继续套用哈姆雷特的报复原型来分析的话，林红的角色是多元的：偷窥事件中，她扮演了奥菲利娅的角色；在通奸和淫乱方面，她扮演了母后的角色；而在完成报复的大结局中，她与李光头一起不自觉地变成了命运的玩偶，充当了哈姆雷特式的复仇者。

当我们把这个隐性的文本结构全部展开以后，就不难看到，偷窥事件作为其中的一个关键性细节，成为整个文本的

---

①“嘿，生活在汗臭垢腻的眠床上，让淫邪熏没了心窍，在污秽的猪圈里调情弄爱……”莎士比亚：《哈姆雷特》第三幕第四场，《莎士比亚全集》第5卷，朱生豪译，南京：译林出版社，1998年，第352页。

纲目。无论是李光头、林红还是尚未出场的宋钢，在这个事件中都已经被预示了未来命运。李光头以无意识的报复为终结，宋钢以殉难似的死亡为终结，林红以被侮辱的堕落为终结，一切都有了预兆和报应。

三、民间叙事：粗鄙修辞的三种形式

我们从文本的隐性结构上重新认识、界定偷窥细节的意义以后，还是需要回到文本的显性结构上来继续分析这个细节在整个民间叙事中具有怎样的意义。因为这部小说的美学批判者会这样说：姑且承认你的分析是有趣的，但无法回避一个事实，余华在描述这个细节时有意运用了大量的粗鄙化的修辞方法，诸如故事发生在厕所，行为是偷窥，其偷窥对象是女性屁股，并且一再提到欲望所指的是女性生殖器，刘山峰死亡的场所是粪池，尸体上沾满的是粪便，等等，刘镇的男人津津有味地窥探、议论的全是这些极为粗鄙、卑琐的欲望对象，他们的口气里充满了猥亵性的词。这不是一种对纯文学的玷污是什么？

是的，如果把纯文学界定为文人雅士的沙龙文学或者象牙塔里的贵族文学，这样理解当然是对的。但本文一开始就说过，余华从先锋文学向民间叙事的转换，几乎是越走越远，他的民间所指就在当下，是在当下生活的场景描绘中暗暗接通了民间文化传统的信息。其实也不需要走得很远，只要我们睁开眼睛直面下层社会的普遍性娱乐内涵，只要我们撇开当下弥漫在都市文学中的所谓“小资”文化，真实地关心一下民众的集体无意识的趣味所在，我们就不难理解，民间叙事的粗鄙修辞正是这部小说的主要表达方式。

我这里所指的民间叙事，本身包含了两种含义：一种是指，在古老民间文化传统里，自身包含着大量粗鄙状物的修辞，由于初民时代并无现代文明的遮蔽，它的粗鄙形态包含了对身体现象和生命形态的好奇与偷窥，在民间的修辞里，粪便、尿、鼻血都是从人体自然流淌出来的物质，并不以为下贱，人体的生殖器官更是因为孕育了生命而受到崇拜。周作人在“五四”时期曾经特别指出，人体之下半身和上半身都是人体组成部分，本来没有贵贱区分，是人类自己用等级的观念把它们区分开的①。所以，在中国民间的古代传说里，经常有与粪便、尿、血液转换的食物，至今也有流传。② 另外一种是指，在现代文明的参照下，民间文化已经失去了完整表达自己的可能性，但它总是在现代文明的覆盖之下，以零星破碎的残片形式表现出来。但由于现代文明的参照，这些民

①周作人：《上下身》，收《雨天的书》，止庵校订《周作人自编文集》，石家庄：河北教育出版社，2002 年。

②我可以随便举几个民间流传的说法：如山西老陈醋，有传说里说是某姑娘（也有说是王母娘娘）的尿流出来变成的；关于南洋水果之王榴梿，有传说是郑和下西洋时留下的大便变成的；至于血的传说更多，最著名的是传说蔬菜里的米苋即《封神演义》里忠臣比干的血染成的。因为是神仙、圣人、历史伟人的排泄物，民间文化里并没有以为是肮脏、亵渎或者冒犯尊严。《红高粱》用尿酿酒的细节，复活了某种民间的传说。排泄物在文艺作品里还作为儿童的玩具受到欢迎，著名抗战电影《地雷战》里就有一例。

间叙事形态都被冠上了粗鄙、肮脏、下流等限定词，从一出现就被打入了审美的冷宫。巴赫金在定义“怪诞”的艺术风格时，正是这样来描述人体艺术：“怪诞的人体不与外在世界分离，不是封闭的、完成的、现成的，他超越自身，超出自身的界限。被强调的部位，或者是人体向外部世界开放，即世界进入人体或从人体排出的地方，或者是人体本身排入世界的地方，即是凹处、凸处、分支处和突出部：张开的嘴巴、阴户、乳房、阳具、大肚子、鼻子。人体只能通过交媾、怀孕、分娩、弥留、吃喝拉撒这一类动作来揭示自己的本质，即不断生长和不断超越自身界限的因素。”[①]他正是把这些粗鄙修辞作为拉伯雷的《巨人传》里主要修辞特点，直截了当地指出：正是这些民间叙事因素，使《巨人传》长期难以被读者接受，不仅仅许多学者排斥它，也有许多学者用现代的观念来歪曲它。当时有一位俄罗斯学者以宽容态度来批评《巨人传》，使用了一个比喻，说拉伯雷像一个健康的乡间男童，莽撞地把泥泞溅到行人的身上。[②] 巴赫金批评这位学者的比喻过于现代，他说：“溅起泥泞意味着‘贬低化’。但是怪诞的贬低永远

---

①巴赫金：《巴赫金全集》第 6 卷，李兆林等译，石家庄：河北教育出版社，1998 年，第 31 页。

②维谢洛夫斯基的这个比喻全部描述如下：“可以称拉伯雷是无耻下流的，然而他也像一个健康的乡间男童，从没有烟囱的农舍中放出来，径直奔向春天。他莽莽撞撞地跑过一个个水洼，把泥泞溅到行人身上，快活地大笑起来。一团团泥沾满了他的双腿和那张因享受着动物般的春天的欢乐而变得通红的脸膛。”转引自巴赫金：《巴赫金全集》第 6 卷，李兆林等译，石家庄：河北教育出版社，1998 年，第 165 页。

是指实实在在的身体下部，生殖器部位。所以溅起的完全不是泥泞，而是粪和尿。这是一种极为古老的贬低化动作，是‘溅起泥泞’这一平和、现代的隐喻之基础。”[①]

巴赫金的这段话有着欧洲古希腊以来的民间文化的传统作为背景，但是在他为粗鄙修辞正名以前，似乎并没有人对这个问题提出过积极的看法。由此我每每想起，当我们的批评家批评作家用词过于粗鄙时，他们也许同样忘记了，这些作家正是长期在民间生活，感受到某种现代文明以外的信息。如我在前不久评论贾平凹的《秦腔》时所说的，贾平凹描写农民生活时用了大量的粗鄙修辞，这恰恰是他们了解农民文化的缘故。在传统农民的话语里，哪里有鄙视粪便尿水的因素？同样的理由，我们再来看巴赫金是如何解释民间文化传统中有关人体生殖器的意象描写的，他举了一个最粗鄙的骂人的下流话为例，我虽然不谙法语和俄罗斯语言，但是凭猜测知道大约与汉语里的民间口头“三字经”相似。巴赫金说：“在现代下流的骂人话和诅咒中，还保留着这种人体观念已僵死的和纯否定性的残余。像我国脏字‘连串’的骂人话（包括各种各样的变体在内），或者像‘去你……的’之类的说法，就是按照怪诞的方式贬低被骂者，即把他发落到绝对地形学的肉体下部去，发落到生育、生殖器官部位，即肉体墓穴（或肉体地狱）中去，让它归于消灭而再生。然而，在现代的骂人话里，

---

①巴赫金：《巴赫金全集》第6卷，李兆林等译，石家庄：河北教育出版社，1998年，第166页。

这种双重性的再生的含义几乎已经荡然无存，只剩下赤裸裸的否定、十足的下流和辱骂。”[①]这是一个非常有趣的例子，中国也有学者研究过所谓“国骂”的文化含义，但似乎从未注意到把对方贬低到母体去再生的含义。中国古代民间文化里是否把人体的生殖器官视为生命再生器物呢？我想是可以讨论的。这样的解释，使我们对人体生殖器官的艺术象征多了一分理解。

再回过来讨论《兄弟》民间叙事的粗鄙修辞，我们似乎可以理解，作为一部现代小说自然不可能完全再现民间叙事本原的积极含义，但是在作家所采用的流行语修辞中，确实包含了某些民间叙事的残余意义。譬如，我可以提一个现实中的问题：当大量的农民工进城以后，在他们远离家乡、劳动繁重、毫无娱乐的日常生活里，他们是怎么打发休闲时间的？他们在闲聊、喋喋不休的“说荤话”“黄段子”中，在观看的黄色录像中，在某些低级的色情消费中，在赌博输钱后不断用与下体有关的口头禅来发泄、自嘲和骂人中，粗鄙修辞是否构成了他们精神休闲的主要内容？当作家把这些现象写进文学文本时，他一般会采取以下三种形式：一种是直接照搬现实中的污言秽语，让人物嘴里不断吐出脏话，这是比较简单的描写；第二种是通过一些有关人体下半部分的描写或者暗示，委婉表达人物的猥琐心理；第三种是在人体下半部分的

---

①巴赫金：《巴赫金全集》第 6 卷，李兆林等译，石家庄：河北教育出版社，1998 年，第 33 页。

隐喻性的描写中，以更为丰富的内涵来抒写生命繁衍和再生的欲望，这是比较复杂、精致的描写。这几种形式在不同的层面上都有其存在的理由。所以，我觉得从民间叙事的角度而言，粗鄙修辞是一种合理的存在，不可能简单化地给以一概否定。著名的《红楼梦》就是三种粗鄙修辞都具备的伟大之作①。

《兄弟》同样把以上三种形式的粗鄙修辞集中表现出来。譬如在偷窥事件中李光头与刘镇男人们津津乐道于偷窥内容，表达了第一种粗鄙修辞的功能。因为以李光头的无教养与刘镇男人们的卑琐心理而言，除了如实记录他们的语言，似乎没有别的更加真实地表现他们的方法。而且，这部小说的隐身叙事者的身份也是模糊不清的，他似乎属于刘镇男人群体里的一分子，与李光头有差不多的年龄段和社会背景，当他说起“我们刘镇”的时候，其叙事本身也不能超越粗鄙修辞，往往是采用与李光头相一致的口气，使李光头的形象与全书的格调浑然一体。

譬如下面的一段关于李光头设想举办处美人大赛的描写：

> 李光头滔滔不绝，他在办公室里走来走去，一口气说出了二十个王八蛋。他说要让那些王八蛋记者统统像疯狗一样扑回来，要让王八蛋电视直播处

①比如，《红楼梦》里薛蟠吟诗、风月宝鉴便是第一种；秦可卿淫丧天香楼便是第二种；而小说弥漫的意淫手法便是第三种。

> 女膜比赛，要让王八蛋网络也在网上直播，要让王八蛋赞助商纷纷掏出他们的王八蛋钱，要让王八蛋广告布满大街小巷，要让那些王八蛋漂亮姑娘穿上三点式王八蛋比基尼在大街小巷走来走去，要让我们刘镇所有的王八蛋群众大饱一下王八蛋眼福。他说还要成立一个王八蛋大赛组委会，要找几个王八蛋领导来当王八蛋主任和王八蛋副主任，要找十个王八蛋来当王八蛋评委，说到这里他强调一下，十个评委都要找男王八蛋，不要找女王八蛋。最后他对刘新闻说："你就是那个王八蛋新闻发言人。"刘新闻手里拿着纸和笔，飞快地记录着李光头的王八蛋指示。①

在这段让人忍俊不禁的叙事里，叙事人先是概括李光头即将说出的一段话里有二十个"王八蛋"，接着他用模拟的口气复述了李光头话语里的十八个"王八蛋"，再接着他让李光头直接说了一句与"王八蛋"有关的话，用引号来加以表述，但计算一下，还是只有十九个"王八蛋"。于是，叙事人又补充了一句，补上了最后一个"王八蛋"，才凑满了前面预告的二十个。这三种不同表述浑然一体地构成了一段妙文，似乎叙事人被李光头这种脱口秀式的修辞逗乐了，不分彼此地参与了李光头的语言盛宴。所以可以设想，这位叙事人是一个

①余华：《兄弟》下部，上海：上海文艺出版社，2006年，第298页。

与李光头互为替代的角色。

还有值得注意的是，这段话虽然表达了一种粗鄙的民间修辞，但只要熟悉北京人口语习惯的读者大约都不会感到突兀与陌生，它传神地描摹了北京人日常语言的粗鄙形态。李光头之所以大肆渲染“王八蛋”，不仅仅是为了显示暴发户财大气粗无所顾忌的气势，还包含了某种戏弄权贵和消解权威的心理成分。然而，在李光头这一连串的粗话中，所有主语和宾语都被“王八蛋”化了，唯有一个名词没有被冠以“王八蛋”，那就是处女膜。我想读者都能理解这个有意的疏漏，处女情结正是李光头情欲的致命伤，也是他内心深处的最大禁忌，粗俗语言的泛滥表示了下层民间亵渎世道的无意识反抗，但并不是说，民间就没有值得珍惜、不能冠以“王八蛋”的禁忌。明白了这一点，我们就不仅理解了粗鄙修辞的复杂含义，也能理解李光头偷窥事件和举办处美人比赛的复杂意义了。

举办处美人大赛事件也是《兄弟》最为人诟病的粗鄙叙事，与偷窥事件一样，都是以女性下体为窥探中心的群众狂欢。但是偷窥事件因其伤风败俗而臭名远扬，而处美人大赛却堂而皇之地成为刘镇的 GDP。在这些场面里，色情狂不是由某个小痞子来承担，而是表现为一种全民性的大展览。由于它本身是通过一些可以诉之于公众的场面来表达的，其猥亵性有所减弱，粗鄙性通过比较委婉的形态表现出来，这就是粗鄙修辞的第二种形式。本文分析粗鄙叙事并不是要消除其粗鄙的性质，而是要着重探讨，为什么需要用粗鄙形态来满足小说的结构性需要。与这个细节相联系的仍然是偷窥事件，两者是相呼应的。我们曾把偷窥事件视为李光头的成人仪式，也是在隐性结构中承担了重要的意义。为什么李光头要通过偷窥来完成其成人仪式？这是不证自明的，因为李光头的父亲刘山峰就是这样死的，李光头有充分理由重蹈父亲覆辙。刘山峰当年窥探了什么人？叙事者没有交代，而李光头所偷窥的对象却是明确的，五个女人中真正与李光头的命运牵连在一起的是林红，林红帮助李光头完成了成人仪式。但问题不仅仅如此。所谓的成人仪式，除了宣布自己是某某的儿子以明血缘外，还有作为“男人”的成人仪式，林红不仅作为道具成就了李光头的血缘身份，还要作为第一个帮助他成为“男人”的欲望对象，因为林红的被偷窥，使李光头可以在刘镇的成年男人中间平等谈论女人，他本人也成为一个懂得风月的“男人”。但是让李光头感到窝囊的是，他实际上并未真正窥探到林红的女性奥秘，在与刘镇男人的多次交流时，他总是无限遗憾地告诉对方，就在他快要窥探到目标时刻，东窗事发他被揪出来了。以后李光头一直想把男孩的童贞留给林红，而林红却不领情嫁给了宋钢，接着是李光头做结扎手术，他的性生活从来没有与爱情、生殖等几大功能同时完成过，后来仅仅成了淫乱的表征而已。偷窥事件辨明他的血缘身份却没有真正让他完成成为“男人”的仪式，而且永远地失去了机会。

按照常理说，成为富翁的李光头并不缺乏艳遇处女的机会，从他的家庭影响来说，他也不应该过于看重处女膜的意义。他母亲李兰，以处女之身嫁给刘山峰而蒙受屈辱，以寡妇之身嫁给宋凡平而无限荣耀，这是最有力的证明。那么，李光头为什么会对处女怀有如此深的情结？我想还是要回到林红这个系铃人身上去求解答。小说写到宋钢与林红准备结婚，给李光头送去请柬，李光头拒绝了，并说："生米都煮成熟饭了，还喝什么喜酒？"宋钢把李光头的话告诉林红，林红也哼了一声说："生米都煮成熟饭了，他还有什么不死心的？"宋钢吃了一惊，心想这两个人说话怎么一种腔调？这是明显的暗示，李光头与林红似乎同时在暗示一件事情，即他们之间的童贞关系彻底断了。"生米煮成熟饭"，是一个民间谚语，暗示了女孩的处女时期已经结束。冥冥中有一个契约，因为宋钢的介入，被彻底断绝了。这是李光头进行结扎的原始冲动，也是他内心"处女情结"的真正的伤痛。所谓处美人大赛是成为富人后的李光头企图用金钱来弥补、追寻童年的缺失以及情欲的缺憾，是企图对十四岁阶段的偷窥事件的一次重新来过，假如时光可以倒流的话。

在《兄弟》里，处美人大赛被渲染成一场刘镇全民参与的民间狂欢，而且搅动了全国经济大潮中的各种奇异现象——传媒大战、弄虚作假、腐败行贿、情色交易、钱权勾结、奇形怪状、制造假货……几乎是包罗万象地汇集了市场经济下的丑相。可是在这个金钱无所不能、一切应有尽有的世界里，偏偏处美人大赛从开始就注定是一场对象缺席的偷窥。李光头已经不是当年的小痞子，刘镇群众也都成为热情参与者，送上门来的美女如云，各种被伪装过的女性奥秘也都争先恐后地向李光头开放……但是，李光头所需要的十四岁的情欲缺憾却成为真正的缺憾，永远也找不回来。处美人大赛是偷窥事件的扩大和对照，每个细节都可以进行对照，唯独当年的偷窥目标缺席了。周游的出场，可以看作魔鬼对这场人间狂欢的参与和干扰。这个骗子应处美人大赛之运而生，贩卖起人工处女膜，用假象来遮蔽社会普遍缺失的真相，让李光头陷身在假处女的迷魂阵里不能自拔。这仿佛是巴赫金在民间理论里设定的假面舞会，假象构成了当下世界的各种要素，真相却不见了。魔鬼周游最后的大手笔，是用发财的幻境迷惑老实人宋钢，顺手牵羊地把他带走了。于是，林红得以浮出水面，回到李光头的怀抱。复仇无意识也将接近完成了。

处美人大赛围绕人体处女膜展开，尤其是李光头准备了各种照明工具来窥探处女奥秘的细节，不仅粗鄙，而且含有猥亵性，但是在民间叙事中，一系列民间意象都进入了叙事结构。如狂欢意象制约了处美人大赛的基本场面，使整个叙事都沉浸在兴高采烈之中；假面舞会意象制约了李光头偷窥女体的特殊场面，一片片被张开的人工处女膜把生命真相隐藏在假象背后，阻挡了李光头要召回童贞的梦想；魔鬼意象通过周游的活动，像精灵似的在发狂的人群里跳来跳去，干着昧心的坏事。这些民间意象制约了整个叙事场面，使情欲叙事完全置于民间喜怒笑骂的发泄、骂街、喧闹、耍泼等戏谑气氛中，原有的暧昧性消失了。我把这样的民间叙事特征归结为游戏。在一般文学作品中的情欲叙事，主要是通过作家采用隐喻、暗示、影射、象征等手法来描述，指归在暧昧的性心理；而民间叙事中经常把性意识还原为一种游戏状态，健康而活泼。如下面一段对话写大奖赛闭幕，李光头与处美人冠军握手道别：

> 在和1358号握手时，李光头悄悄问她：
>
> "孩子多大了？"
>
> 1358号先是一怔，接着会心地笑了，悄悄说："两岁。"

坦然而"悄悄"的骗局，心照不宣地戏谑对方，这就是民间的怪诞艺术的最精彩的特征。这样的粗鄙修辞，比起许多装腔作势、有气无力的都市情欲叙事要健康得多也丰富得多。

粗鄙修辞也有比较精致的形态，比如用象征性的标记来暗示人体下半部分的器官，这在弗洛伊德释梦学说里有许多类似的隐喻，如尖长物体与圆形盛器分别暗示男女性器官等等。在民间叙事里，人体下半部分的器官被夸大渲染是一种常态，即使在当代中国的雕塑、绘画甚至建筑艺术里，仍然有着很大的比重。奇怪的是，在具象型的艺术创造里不被禁止的粗鄙艺术，当进入文字的抽象描写时，反而让人感到猥亵而反感，甚至成为禁忌。巴赫金在讨论民间传统里的下半部分创作时一再强调生命的再生意义，我以为是可以视为对粗鄙修辞的一个标准，即民间叙事粗鄙意象的意义，在于其能否引起生命再生的美学效果。我可以举一个自己经历的例子。1995 年，我在日本遇到一位翻译中国作家高晓声小说的译者，他向我了解一句中国民间谚语的原意：到马桶里去兜一转。我猜想江南乡间有溺女婴的陋习，常常把女婴丢在马桶里窒息而死。“兜一转”，似乎有一种进去再出来的意思，于是就回答他说，也许是重新投生的意思吧。如果联系巴赫金的生殖器象征生命重生的解释，那么，高晓声所引用的民间谚语中确实应该包含了这重含义。似乎马桶应该是女性子宫的隐喻，也意味着回到母体子宫里去，再生一遍，也就是重新投生的意思。这个例子说明中国民间叙事具有类似的含义。

我所举的这个例子如果成立，那么，我们就能理解《兄弟》的开头与结尾相呼应的一个意象，那就是死去了兄长宋钢以后的李光头万念俱灰，竟然耗费千万家产申请遨游太空，他抱着宋钢的骨灰盒，准备离开地球了。小说的开篇就是这样写的：

> 我们刘镇的超级巨富李光头异想天开，打算花上两千万美元的买路钱，搭乘俄罗斯联盟号飞船上太空遨游一番。李光头坐在他远近闻名的镀金马桶上，闭上眼睛开始想象自己在太空轨道上的漂泊生涯，四周的清冷深不可测，李光头俯瞰壮丽的地球

如何徐徐展开，不由辛酸落泪，这时候他才意识到自己在地球上已经是举目无亲了。

这个意象完成时，作家似乎还没有完成全部的构思，整个小说创作继续沿着“灵魂附体”式的轨迹放任发展，再也没有呼应开篇的这个意象。直到小说的最后一节，作家又突然回到了第一段，仓促地写了李光头要遨游天空了，其目的是要把宋钢的骨灰盒送上太空，李光头用俄语说：“从此以后，我的兄弟宋钢就是外星人了。”

关于这个意象的内涵，不用我分析，谁都能够明白的。但我关注的是那个后来已经被作家自己都忘记了的细节：一只远近闻名的镀金马桶。粗鄙修辞无所不在，在作家开笔的第一段落里，就出现了这个俗不可耐的镀金马桶，而且冠之以“远近闻名”。事实上后来的小说情节发展中，再也没有提到这个马桶究竟是如何“闻名”的。可见它不过是作家笔下的一个信手拈来的普通道具而已，招之即来挥之则去。

但是，如果我们把镀金马桶指代为女性子宫的话，那么，其返回母体重新投生的含义则是十分明显的。李光头经历了当代中国两个最重要也是最疯狂的时代，从小地主、小屁股、垃圾大王、刘镇 GDP，一路杀来，血迹斑斑，遍体鳞伤。他身上流着的是浪荡子刘山峰的血，无意识的复仇使命推着他无意间戕害宋钢，但他身上同样具有宋凡平的精神气质，与宋钢分享了“兄弟”的生命呼吸，没有血缘，胜似手足，宋钢既死，自己活着何为？这就是“兄弟”所含的生命与共的意义。这个段落，行尸走肉的李光头与骨灰盒里默默无声的宋钢是并置的意象，而镀金马桶与宇宙飞船是相对的意象，他们俩都需要在地球上重新投生，灵魂再起，然而其意直指宇宙，一飞冲天。这样的生命意象，竟是那么壮丽。这也是《兄弟》在绝望的背后隐藏着的绝处逢生的含义。有人批评说，这个宇宙飞船的细节于全书结构来说毫无逻辑可言，甚是荒唐。但是，《红楼梦》开篇时，茫茫渺渺一僧一道奔波在大千世界，又需要什么逻辑和理由呢？

2007 年 1 月 11 日于黑水斋

原刊于《文艺争鸣》2007 年第 2 期

试论《秦腔》的现实主义艺术

到现在为止，我一共读了三遍《秦腔》。每一遍阅读，都有一种撕心裂肺的震撼，但又觉得讲不清楚内心的真实感受。所以，每次关于《秦腔》的研讨会我都去参加，但总是含含糊糊地表达不清自己的意见。直到这次去香港浸会大学担任世界华语文学大奖的评委①，我才不得不强迫自己认真梳理一下对这部作品的感受。我终于发现，《秦腔》是近年来最优秀的现实主义作品，它改变了我头脑中由于以往传统理论对现实主义文学的误读而造成的偏见，它以扎实的创作实绩，促使我对现实主义文学进行重新思考和认识。

①2006 年 7 月 26—27 日香港浸会大学文学院举办首届“红楼梦奖：世界华文长篇小说奖”评选，评委有哈佛大学王德威教授、复旦大学陈思和教授、香港浸会大学黄子平教授、香港科技大学郑树森教授、香港岭南大学刘绍铭教授，以及前艾奥瓦大学国际写作中心主任、作家聂华苓教授。《秦腔》获得首届大奖。

现实主义：法自然、细节的展示、时代信息

从20世纪90年代以来，人们越来越不满足于当下的文学创作，大致的批评意见无非是文学在当下生活中的影响力越来越小，而作者越来越关注个人的日常感受，对时代与当下生活变化缺乏更大的关怀。这种批评意见的背后隐藏了一种没有明说的情绪，那就是对于传统的贴近现实生活、批判某种社会倾向的现实主义文学的怀念。事实上，90年代以来的文学创作也是在有意无意地调整文学与生活的关系，被批评界关注的文学思潮就有新写实主义、现实主义冲击波、反腐倡廉官场小说以及最近流行的新左翼文学等等，这些创作思潮的兴起，或多或少也是与传统的现实主义文学观念有关。我是一向对这样的意见不以为然的。因为我觉得，文学本来就应该是从个人在生活实践中的具体感受出发，只要是真诚的经验感受，都会触及时代的某种真相以及面对生活真实的情绪反应。而传统的对现实主义文学的理解中，恰恰隐含了对生活真实的相反的理解。众所周知，在以往对现实主义文学的经典注释中，把生活真实与艺术真实是区分开来的，而区分两者的标志则是抽象的本质论。似乎只有诠释意识形态化的生活本质，才是符合现实主义真实观的，这种诠释抽掉了衡量真实的最基本的现实依据。现实主义文学在贴近生活的同时必须解释生活，也就是必须把生活本质化和意识形态

化。这种历史观与真实观决定现实主义文学不可能真正地选择日常生活细节来解释生活真相，而必须给以典型化的方式，在生活细节中灌注意识形态的思想原则，进而来编织当代生活的真实画卷。这样的文学创作当然会陷入“主题先行”或者概念图解，而舍弃丰富的日常生活细节的误区。这样的思维定式决定了当代文学似乎只能在两种对立的倾向中选择：要么，坚持现实主义原则而主题先行，本质决定一切；要么，舍弃本质，回归到肉身的感觉，在私人感情生活中找到可靠的真实，而怀疑一切社会生活的真实。

然而我们还是在期待有真正关注社会真实的大作品大气象出现，也就是，期待着有能够将日常生活细节和社会发展趋向有机结合起来的现实主义力作出现，不仅仅用文学来再现无限丰富的日常生活细节，同时通过这些细节来揭示当代社会生活的主要特征及其趋向。《秦腔》正是在这一点上极大地满足了当代读者的精神需要。贾平凹根据故乡陕西丹凤棣花街(村)的农民日常生活场景，虚构了清风街这一民间社会，描述近十年来中国农村经济的破败、古老的土地观念的改变、农村劳力向城市的流散、市场经济和商品观念在农村的渗入等等，几乎没有完整的故事、情节和人物，清风街的居民们度日如年地一天天活下去，有几个人小奸小坏，有几个人钩心斗角，在这过程中有的人死了，有的人走了。作家怀着极其矛盾的心情，既为农村文化的迅速衰败而痛心哀悼，又用一种无可奈何的心情看着农民兄弟怀着朦胧希望走向都市，开始新的生活历程，于是，正如司马长风评论沈从文的《长河》时所说的那样，“无边的恐怖”就慢慢地接近了。作家几乎没有正面阐述自己的观点，但他把当下农村颓败的大趋势，通过包罗万象似的乡村日常生活细节极为生动地描绘出来，而且也深深寄托了作家本人的倾向和同情心。

贾平凹的创作，让人想起沈从文。从某种意义上说，贾平凹是沈从文的重复和延续。沈从文笔下写出了湘西的美好，之所以美好，并不是环境的文明，而是出自一种人性的自然和和谐。但沈从文的创作中有两个现象不怎么被人关注，一个是沈从文笔下的湘西还有其原始、野蛮、血腥的一面，另一个是他在抗战时期写出了农村社会加速破败的大趋势。这两点都可以归纳为现实的残酷性，也就是沈从文本来要在《长河》里深入描写的“无边的恐怖”。后来沈从文没有机会再写下去，而贾平凹则成功地把沈从文没走完的路接着走下去了。通常我们所理解的现实主义作家，努力把握的是社会历史的发展规律，而沈从文、贾平凹们的现实主义则是努力感受天地自然的运作规律，读这部小说的感觉，就像是早春时节你走在郊外的田野上，天气虽然还很寒冷，衣服也并没有减少，但是该开花的时候就开花了，该发芽的时候就发芽了，你走到田野里去看一看，春天就这样突然地来到了。《秦腔》所描写的正是这样的感觉，自然状态的民间日常生活就是那么一天天地过去了，琐琐碎碎地过去了，而历史的脚步早就暗藏其中，无形无迹。这是真正的现实主义艺术的魅力。就如曹雪芹创作伟大的《红楼梦》一样，家族史无须用来印证具体历史的真实事件，反过来是用现实主义的力量揉碎了现实生活中无数细节，再创造出一个更加完整更加和谐的艺术世界。这样的现实主义，是天地的、自然的现实主义，也是最有力量的现实主义。

贾平凹的现实主义，是法自然的结果。人世也是一种自然。但一般的现实主义艺术描写人世社会，总是先赋予这个社会以本质性的看法，并要求艺术通过描写人世间的故事来展示其抽象本质，这就是人为的故事，也是历史的哲学的现实主义，其效法的不是自然状态的人世社会，而是意识形态的人世社会。《秦腔》所描绘的是自然形态的人世社会，当然不是说，清风街是与世隔绝的桃花源，恰恰相反，它的故事反映了近五十年来中国农村文化经济的变迁史，集中反映了近十年来市场经济在农村渗透后对传统农业经济及其伦理文化所带来的影响。这样的故事，如果带有一点意识形态的观念去描写的话，就可能变成农村的两种思想形态的冲突，如贾平凹在 20 世纪 80 年代所创作的《腊月·正月》《鸡窝洼的人家》等作品，基本上是以主旋律的调子刻画农村。而《秦腔》则不同，夏天智老人的形象多少也有一些《腊月·正月》里韩玄子的痕迹，但是两者内涵之差异，则不可同日而语。自然状态的人世社会，我指的是真实无讳地把当下社会的自然面貌记录下来，就像近年来流行的私人日记的出版，以其流水账似的表述方法，日复一日地把日常生活的本来面貌展示出来。

你当然可以揭露这种流水账式的叙述本身也有主观视角和虚构成分，但它在艺术形态上有明显与传统现实主义创作不同的特点：作家在文本里不直接展露意识形态和倾向性很强的主观分析，不编造曲折离奇的故事情节和悲欢离合，不塑造有鲜明性格的人物典型，也不给人物清晰的道德评价，更主要的是作家有意隐身于叙述者背后，让叙述者以一个“疯子”(不自觉的特异功能者)的视角口吻来叙述。在“后记”里，作家明确地说明这部小说是要为自己故乡的父老树碑立传，但是在小说叙述中作家的身份始终是暧昧的。它与传统现实主义的唯一纽带是大量的日常生活细节，而且让生活细节占据清风街叙事的绝大部分画面(而另一小部分画面则是由特异功能者的幻觉所构成)。日常生活细节构成了日常生活场景，由场景反映出人世变迁的一切现象。这就是我所归纳的贾平凹的法自然的艺术原则。

如果说，沈从文在他的湘西社会的艺术世界中还是刻意描写自然状态的桃花源(其实沈从文到了抗战以后描写的人世已经不是纯粹的自然状态了)，那么，贾平凹的《秦腔》已经把现实社会的人世故事自然化了，只要是日常的，便是自然的，也是真实的，它多少能够折射出社会变迁的某些规律。所以，要求作家有一个对生活总体的看法其实是没有必要的，忠实于生活细节真实的人，本身也在感受生活的总体，并不存在一个外在于生活细节的生活“总体”。这样的创作方法，在贾平凹的创作道路上，至少从《废都》的写作就开始了。贾平凹出身乡土，为人木讷，看似旧式文人习气颇重，其实他对时代信息与现实社会非常敏感，时有尖锐的批判思想产生，而且敢于坦率表露。只是他的敏感与尖锐都来自他对时代的亲身感受，不依赖于外来的流行思潮，为一般以精英自居的伪士们所不逮。在20世纪80年代，贾平凹的创作基本沿着主流思潮而行，意象清楚，但在文化寻根的探索中已经走上特立独行的路径。他四十岁写《废都》，这本来已是不惑之年，什么事情都该弄清楚了，可是他感觉到什么都不清楚了。他以前预测的生活景象，也不是他个人的理想，而是整个知识界的理想，现在全部破灭了，人是在理想破灭以后才会坚定起来的，这个坚定就导致了他还原到自身，或者说，还原到自己的肉身感受，重新来摸索真实。我非常佩服《废都》把一个时代的心理苦恼全部写了出来，运用的艺术方法，又是他独特的惊世骇俗。以后他渐渐地沿着这条道路写下去，《秦腔》达到了难得的高度。

在香港评奖时，曾有一位香港学者评价《秦腔》时用了左拉的自然主义文学来说明他的感受，但是左拉的自然主义的历史观是用当时流行的遗传学的科学成果来解释社会与人性的变化规律，仍然有主题先行的痕迹；贾平凹在使用大量生活细节这一点上与自然主义文学相通，但是他的思想和历史观始终停留在生活细节的真实之上。其实，生活细节本身是丰富的、含蓄的，只要作家不是故意用意识形态去筛选它和歪曲它，只要紧紧抓住细节本身，是能够从中完整地表现出社会与人性的丰富的。比如，小说里有一个场景是描写清风街村干部开会，主任君亭提出建立农贸市场，支书秦安却坚持上一届班子的淤地设想，这个场景写得不好就会变成一种理念甚至某种路线政策的冲突，不是东风压倒西风，就是西风压倒东风，许多传统现实主义文学碰到这种场景多半是写成了滑铁卢。而《秦腔》里这一场会议写得非常饱满和精彩。君亭满腔激情地演说，秦安以柔克刚、打太极拳似的反对，而余下全体人员个个都在两边观望，装聋作哑，会场里一会儿有人拍死蚊虫，一会儿有人翻倒水杯，还有人吐痰吐到窗外去。中间穿插了一段老鼠窜进稻草堆引起火灾，众人扑火、吵架，还穿插了叙述者回忆前任支书夏天义的权威，等等。万花筒式的生活现象，林林总总呈现出来。但仔细分析，每个意象或是为了衬托人物心理，或是为了渲染会议气氛，也有的是为了将历史与现状对照，几乎都不是多余的笔墨。然而最后收尾时，竟出现这么一组对话，君亭说："分歧这么大呀？听说北边的山门县开始试验村干部海选，真想不来那是怎么个选法?"金莲说："十个人十张嘴，说到明天也说不到一块儿，民主集中制，要民主还要集中，你们领导定夺吧!"君亭把一口痰吐在地上，说："那就散会!"后面又引出了君亭设圈套以抓赌名义扳倒秦安的故事。本来是写农村建设方针的讨论，最后变成了对农村民主直选的质疑，而一场无结果的民主讨论，最终还是靠阴谋来定输赢。作家本意并不是在夏天义与夏君亭两代村干部的对立意见中寻找中国农村的未来前景，通过乱哄哄的现实场景的展示，他着意描写了农村民主形式的徒有虚名，以及靠阴谋来解决人事纠纷的中国官场特色。

这与合作化运动以来中国农村题材小说主题先行、图解农村政策的传统彻底划清了界限。这是贾平凹的尖锐之处。这种尖锐性完全是通过一系列具体生动的细节来展示，而细节则隐藏了作家的感情与倾向。小说中的主要人物也含有某种象征意义。如原支书夏天义的倔强刻苦、嘴硬心慈、光明磊落，都有很精彩的描写，他坚持淤地的理想熔铸了几千年农民传统生活方式的理想，但是他的实践是失败的，甚至是悲壮的。我一开始不理解为什么结尾要突然描写一个山崩地裂的灾难场面，似乎违反了贯通全书的自然之气。但读了几遍以后，我渐渐领悟了作家的心情，对于这样一个背时的、处处惹人厌的老一辈人物，最后埋葬于山体滑坡，连尸体都挖不出来，不仅仅算是厚葬，几乎是托体同山阿的颂扬了；连一块碑也是空白的，不仅仅算作无字碑，更是表达了作家对于农民传统生活方式及其伦理式微的无以言状之感情。夏天义身上寄托了作家很深的感情，小说以他的故事为结局，让死者崇高的沉默与不肖子孙们蝇营狗苟的吵闹形成庄严的对照。而对下一辈村干部君亭，作家的感情就复杂得多了。君亭身上，集合了当代社会的许多相互矛盾的性格因素，既是一个有魄力有想法的农村基层干部，又是一个会玩权术搞阴谋的野心家，既能为集体事业投入热情，也有腐败堕落甚至奸猾的品性，很明显，作家对这个人物的态度是有保留的。

但他能够与时俱进，尝试着带领清风街农民摆脱困境，到底还不失农民本色。作家最着力的地方，还是把他写成一个有几分可爱的农民形象。如书中的一段写清风街两代村干部去水库逼站长放水，以救援干旱灾情。水终于放出来了，夏君亭绝路逢生，顿生如释重负之感：

> 君亭长长地出了一口气，说："让我尿尿，让我尿尿！"他从裤裆里掏出了东西，美美地尿了一泡。这一泡尿是君亭入夏以来尿得最受活的一次，脸上的肉一点一点松下来，眼睛也闭上了。我也闭了眼睛，听见了大坝下的河谷里有人在说话，说着什么听不清，只是嗡嗡一片，听见了水库里的鱼扑喇喇跳出了水面，听见了一只蚂蚱从草丛里跳上了脚面。

小说是借助叙事者第一人称说话的，不加入"我"的感觉难以表达人物的心理，所以后面一段写引生的感觉里当然也包含了君亭的心情抒发(作家用"闭眼睛"这一动作把两人的内心沟通了)。前面一段描写看似粗俗，但实在是没有更好的细节，如此鲜活传神地描述一个半是无赖半是顽童的农民此时此刻的高兴、轻松的心情和其淳朴的表达。有这样心系集体的农村干部，即使有多少缺点，似乎也是可以让人原谅的。

我前面说到"无边的恐怖"，这个概念用在沈从文的小说里，指的是一种天真美好的东西(人)将被野蛮强暴的势力所摧毁。我把这个概念移用到这里，借以指的是清风街对于外部的世界的一种深深的疑虑和恐惧。民工狗剩外出挖矿，得了病被退回来，靠拾粪度日，终于被逼自杀；另外两个民工到州城去拆水泥房，没有挣下钱，为了回家过年去抢劫，结果被判了刑；羊娃去城里打工，为了二百元杀了人，被省公安局抓去，引生回忆道："可怜的羊娃临去省城时还勾引我和哑巴一块去，说省城里好活得很，干什么都能挣钱，没出息的才待在农村哩。等他挣到一笔钱了，他就回来盖房子呀，给他娘镶牙呀，他娘满口牙都掉了，吃啥都咬不动。可他怎么去偷盗呢?"话语间对农民工的遭遇充满了温情。但这温情的背后有着对未来的深刻疑惧。保守的夏天义激动地说："你以为省城里是天堂呀，钱就在地上拾呢？是农民就好好地在地里种庄稼。"夏君亭也同样激动地说："农民为什么出外？他们离乡背井，在外看人脸，替人干人家不干的活，常常又讨不来工钱，工伤事故还那么多，我听说有的出去还在乞讨，还在卖淫。谁爱低声下气地乞讨，谁爱自己的老婆女儿去卖淫，他们缺钱啊!"这两辈干部治理清风街的大事方针不合，彼此间也一贯钩心斗角，但在对农民进城困境的认识上态度是一致的，既充满了人道主义的同情，也坚持了对策性的理性态度。但是另一方面，作家也没有把外部世界完全魔鬼化，他分明看到了农民出去打工是一种万不得已的出路，但也是一条新的路。俊德在城里拾垃圾而致富，他女儿身份暧昧，回乡来却珠光宝气，受到乡人的羡慕。引生一向嫌恶这类人，但他凭特异功能又不得不承认，俊德的女儿"头上光焰很高，像蓬着的一团火”，其日子过得确实比农村的青年要好得多。

故事发生在公元两千年龙年，这是世纪之交的一道门槛，一切都在方生将死之间。今天的中国农村正在经受的前所未有的巨变，既不是土地所有制的变化，也不是农民经济条件的变化，但其变化关系着农村的传统存在方式的存亡，以及农民连根拔离土地以后的出路何在，这是任何一个严肃的作家都无法给出简单答案的大问题。作为现实主义文学的优秀创作者，贾平凹以他特有的敏感抓住了时代巨变的信息，并在无数生活细节中真实地传达出这种信息。他写的是西北农村的一个村子的故事，在后记中，他一再担心这样的故事能否被城市人接受，但事实上，《秦腔》所传达的信息却能够贯通整个中国农村的今天和未来，我想，每一个关心当下农村问题的人，大约都会在读这本书时感到震惊和心痛的。

精神性：疯子引生作为叙事者的意义

我之所以把《秦腔》作为一部优秀的现实主义作品来讨论，还因为它没有仅仅满足于对生活细节的描摹，没有在那种周而复始的日常生活的展示中，流露出令人生厌的庸俗气和市侩气，而后者，正是当前文学创作中作家们为了抵消传统意识形态说教而不得不采取的普遍手段，由此而起的文学思潮正弥漫于我们的文坛。《秦腔》是一部具有巨大精神力量的作品，这种精神力量隐藏在无数的日常细节中弥散开去。贾平凹是一个有飞翔能力的作家，但他的飞翔，绝非飞在高高的云间轻歌曼舞，而是紧紧贴近地面，呼吸着大地气息，有时飞得太低而扫起尘土飞扬，有时几乎在穿行沼泽泥坑，翅膀是沉重的，力量是浑然的，在近似滑翔的飞行中追求精神升华。中国新文学是从启蒙运动开始的，以鲁迅为代表的先进知识分子站在一个比民间更高的立场上，那是启蒙的金字塔尖，从鸟瞰的角度来描写民间。伟大的悲悯中也有激情，但这些激情的力量是附载在启蒙者的主体精神之上，在高高在上的主体俯视下，被俯视的民间社会只能以可笑的愚昧的面目呈现，而不可能真正飞扬起来。而贾平凹是自觉走出这种启蒙传统的作家之一，他就是这藏污纳垢的民间社会的一分子，他因为贴近了地面才知道，原来离地三尺间也是有无限生动的生命在飞舞，由此也意识到，作家只有把自己隐身在民间，才能去揭示民间生活中蕴藏的真正力量所在，才能感受这民间精灵的自然活力，才能感觉到这也是一个火辣辣的生命，同样蠢动着非常丰富的人之感情。贾平凹能够成功地把持这种民间的力量。这种力量就是飞起来的精神。

精神不需要说教，不需要意识形态的正确指导，它可以直接从无限丰富的细节描写中升华开去，展现其更加丰富的内涵。从细节出发，师法自然，经过充分的细节刻画而将艺术境界上升到精神层面，这是优秀的现实主义文学的必经之途，也是我们掌握《秦腔》的艺术文本的关键之处。当然，从细节的充分刻画到艺术境界的精神性之间，仍然是需要有效的艺术手段和必要途径的，这对贾平凹的创作来说，就是把日常生活自然化，直面日常生活细节，其实也就是师法自然，直观自然，从隐藏着无限玄机的自然人世中领悟精神的欢悦。而这样一种独特的表达方式，《秦腔》是由一个疯子作为叙事者的。这个疯子名叫引生，作家通过他来“引”出清风街的无数细节和场景。

引生被大家称作“疯子”，并非福克纳的《喧哗与骚动》中的白痴，倒是有些接近阿来的《尘埃落定》里的那个叙事者。他不是真疯子，所谓“疯”，是农民眼中的异于常态的地方：其一是有清醒的理性，为清风街的一般农民所缺乏，他的叙事往往有一针见血的穿透力；二是有执着的感情力量、深刻的感情体验，做出一些不近常理的出格举动(如自我阉割)；三是癫痫病时有发作，以致出现幻觉，如有某种特异功能似的(如灵魂出窍、灵魂附体于别的动物、俯瞰芸芸众生等)。这三种“疯”的特征，决定了这部小说的叙事角度异常自由和丰富，既能自然主义状态地叙述清风街的人事纠纷，也能以奇异的视角(如各种小动物)来窥探人世间的秘密，有时还能让灵魂在众人头上飞奔而过，恢复了全知的叙事。灵活多变的叙事视角是这部小说的重要艺术特征。但在小说的整体叙事中，我们还可以分作两大叙事部分：叙事者在场的叙事和不在场的叙事。前者，叙事者亲历其境，所观所感都与叙事者个人的感性生活联系在一起，形成共鸣，自有强烈的直观性；而后者，因为叙事者非亲历其境，只是听人转述，就失去了主观意志直接参与的可能，成为一般性的陈述细节。所以，构成文本直观表达的部分，主要是由叙事者在场叙事来体现。

《秦腔》中疯子引生姓张，他父亲是清风街的前任主任，是老支书夏天义的副手，所以引生从小受过很好的教育，后来他父亲生病死了，他才从旁人的态度中真切感受到世态炎凉的可怕。他本来就有清风街居民不可比及的智商，再经过世态人情的教育，对人世洞察相当澄明。他是清风街的观看者和叙述者，他愤世嫉俗，爱憎分明，对民间道德与文化传统怀有深切感情，但这一切聪敏和深刻见解，都是借助于装疯卖傻的癫痫病直接地表达出来。可以举一个例子，君亭建的农贸市场开张之际，有人从地下掘出了土地公婆的石像，神归其位，大家都庆贺是个好兆头，舆论倒向君亭，可是引生突然冒出一句疯话："说不定是君亭事先埋在那里的。"一语中的，把神秘现象背后的权力斗争挑明了，虽然事后并没有什么证据，但是君亭惯要阴谋，这一着既反映了君亭的手腕，也表现出中国农民改革家的思路的反叛性与混乱性。引生因父亲长期在清风街权力中心起落，其目光要比清风街所有的人都尖锐，对于各种农民式的权力之争尤为清楚。所以这话由引生来说出就非常妥帖，让人的阅读思路一下子超越了清风街一村一乡之是非，联想到几千年中国农民史的大气象，从而对清风街的人事有了某种新的认识。由此可见，引生不光是目光尖锐，他的视野也要比清风街所有的人都开阔，他的感觉也要比清风街所有的人都奇异。关于后者，小说的叙事中也非常突出。

引生有癫痫，每当情绪处于激动状态时，他的感觉里就会出现奇特的现象。当他听到远处有人打鼓声，便会灵魂出窍，分身有术，眼睛透视世上万象，各种人和动物都在同一个空间里展现，看上去犹如一幅立体的农民画。当他听到白雪要结婚的消息，他看出去“药铺门外的街道往起翘，翘得像一堵墙，鸡呀猫呀的在墙上跑”。当他又一次在白雪面前失控丢丑时，“我看太阳都是黑的。真的是黑的。”他想，“白雪是不是也看太阳是黑的。”但这时候白雪正在家里早产，院子里风雨交加，太阳被风雨所遮蔽。事实上，太阳不可能是黑色的，只有人的心理高度绝望，才会看出去最亮点成了黑色；街道也不可能翘起来变成一堵墙，只有人的心理失去了平衡，才会看外部世界全都歪斜。引生眼里的奇异感觉都来自精神的作用，是精神的巨大变态导致了客体世界的变异。

精神的高度抽象性，决定了精神本身不可能被文学所描述，而它之所以能被感知，是因为它向客体世界投射了自身，作为人来说，感知物质世界是通过各种感觉器官，而感知精神则是通过良知(即心)。精神与人性相同，脱离了人的心灵感知就无法证明和表达。在文学创作里，能够最直接表达心灵感知的，就是人的感情活动。我们不能不承认，《秦腔》中疯子引生的感情要比清风街所有的人都强烈。小说一开始，写秦腔演员白雪要结婚了，丈夫是清风街最体面最出息的作家夏风，省城里的作家，县城里的名人，人们都说，夏风白雪是郎才女貌天造地设的一对。但叙事者引生却自怨自艾，因为他深信只有自己才是真正深爱白雪的男人。引生为了爱白雪而自宫，戕害了肉身，却保持了精神恋爱的纯粹性。自宫事件以后，引生就可以公开地狂热思念和赞美白雪，甚至包含了追求的因素。这一切在人们眼睛里都成为无伤害无威胁性的疯狂行为，然而正是在这样的无伤害无威胁的疯狂行为中，引生对白雪的充满了纯粹精神性的爱恋，如火如光，耀眼灼目。十年前，贾平凹书写现代都市题材的《废都》，颓废之情弥漫在一群城市文化人之间，性爱只是情色的代名词。十年来，种种无爱的性交易泛滥成灾，性爱成为现代物质文明的交易品，而贾平凹却在贫穷农村的一个疯子身上，寄托了纯粹而狂热的精神爱恋。引生并没有因为被阉割而丧失性欲，由此变得了无生趣，而是更加热烈更加痴情更加性感。引生每一次遇见白雪，都是一次生命之花的昂然绽放。小说通篇充斥着引生对白雪抒发爱情的美文。这是引生自宫后第一次邂逅白雪——

> 我一下子浑身起了火，烧得像块出炉的钢锭，钢锭又被水浇了，凝成了一疙瘩铁。我那时不知道说什么，嘴唇在哆嗦，却没有声，双脚便不敢站在路中，侧身挪到路边给她让道。她从我身边走过去了，有一股子香，是热乎乎的香气，三只黄色的蛾子还有一只红底黑点的瓢虫粘在她的裤管上。又有

一只蜻蜓向她飞，我拿手去赶，我扑通一声就跌进了水塘里。水塘里水不深，我很快就站起来，但是白雪站住了，吓得呆在那里。我说："我没事，我没事。"白雪说："快出来，快出来！"瞧着她着急的样子，我庆幸我掉进了塘里，为了让她更可怜我，又一次倒在水里。这一次我是故意的，而且倒下去把头埋在水里，还喝了一口脏水。但是，或许我的阴谋让白雪看穿了，等我再次从水里站起来，白雪已走过了水塘，而路上竟放着一颗南瓜。这南瓜一定是白雪要送给我的。我说："白雪，白雪！"

引生的故事让人联想起福克纳笔下的那个白痴班杰明，他因为要强奸女学生而被人阉割。在福克纳的笔下，白痴完全被当作动物来处理，除了嗅觉，连记忆也丧失了，更谈不上情欲；而贾平凹笔下，自宫则是引生对自己在无意识中亵渎白雪的失控行为感到羞耻，因此而执行自我惩罚和自我戒律，爱情，竟能够通过这个失去性能力的疯子的心理变得如此的熠熠生辉。引生的对立者就是白雪的丈夫夏风，他们一开始就构成了情敌的紧张关系。起先，疯子引生从任何方面来说都不是夏风的对手，而且，在以往启蒙的文学传统里，夏风这样的角色往往是充当农村叙事的叙述者。但是《秦腔》里的知识分子形象是受嘲弄的。夏风本来最有资格代表知识分子的理想，可是小说里没有正面介绍过他到底写了什么了不起的著作，只是空洞地赞扬他如何有名，有各种关系开各种后门，而在具体描写中，他似乎一无可取，挽联写得嚣张无度，甚至连父亲的碑文都不会写。他与白雪的感情生活没有被展示，反复纠缠的就是要把白雪调离农村，调动不成，迁怒于传统戏曲秦腔。偶尔与白雪在闺房里说句笑话也是低级无聊，毫无品位。其文化趣味之平庸，与白雪和引生这样真正的民间文化精灵所具有的丰富、执着和有情有义的精神内涵，形成了鲜明对照。很显然，夏风只是《废都》中庄之蝶圈子里的一个废人，白雪与夏风的离婚是必然的。虽然没有明说，但引生与白雪有情人终成眷属似乎可以确定，小说里每次写到引生遭遇夏风总是落荒而逃，但是整部小说的最后一句话却是引生说的："从那以后，我就一直在盼着夏风回来。"充满了自信的语气，预示了全书爱情故事的结局。所以，由引生取代夏风作为叙事者，标志了贾平凹创作的民间叙事立场已经完成。引生已经不是一个单纯的讲述人，他不仅带着自己的故事，而且带着自己的民间精神立场和审美意识来讲述清风街历史，也就是说，民间的叙事功能决定了这部小说的民间精神和审美的导向。

艺术手法：细节铺展与直观性的表达

我在前面分析《秦腔》的现实主义艺术手法时，曾经提到"法自然"一词。直观是《秦腔》的一个非常有特点的表达形式。

德国的语言学家洪堡在谈论古代希腊艺术特征时说过一段话，我觉得对于解读《秦腔》的文本很有启发："虽然有关个性的感觉需要以一种更为内在的、不受现实世界限制的精神状态为前提，而且只能从这一精神状态中发展起来，但这种感觉并不一定会导致生动的直观转变成抽象的思维。相反，由于其出发点是主体本身独特的个性，这种感觉激发了将事物高度个性化的要求，而这一个性化的目标只有通过深入把握感性认识的所有细节，借助表达的高度直观性才能够达到。"①洪堡所阐发的艺术创造过程，不是"感性—抽象思维（推理和证明）—理性"的一般思维过程，而是"感觉—把握细节和直观性的表达—高度个性化（即内在的精神）"的感性认识的升华。这是形象思维的要求，也是文学艺术创作规律的精华所在。所谓事物的高度个性化，并不是指作家主体"本身独特的个性"，而是指艺术塑造的对象的高度个性，即在主体精神的独特关照下，对象被赋予的一种存在的合理性，这是任何外在要素所不能替代的，必须由其自身的内在精神所决定。文学创作要求写出事物的高度个性化，也就是要求写出事物的内在的精神。《秦腔》里叙事者引生有一种特异功能，能够从每个人头上的火焰苗子的强弱来判断其生命状态，这当然是象征的手法，各人头上都有一片火焰，正是象征了人的内在的精神之火，也是生命力的征兆。

①洪堡：《论语言结构的差异及其对人类精神发展的影响》，姚小平译，北京：商务印书馆，2004年，第214页。

贾平凹曾说："我并非不想找出理念来提升，但实在寻找不到。最后我只能在《秦腔》里藏一点东西。"[①]既然找不到理念，那他"藏"在小说里的就不应该是抽象的理念，而是与此相对立的东西，即紧紧依附于具体形象中的高度个性化的体验(即精神内涵)。《秦腔》所要表达的事物的个性，当然不是某个人某个村的个性，而是中国当下农村的变化趋向及其传统文化的衰败的状况，揭示其内在的精神。贾平凹要表达这一社会总体的精神高度，不是依靠故事情节的发展来推断，不是靠人物性格的发展来象征，更不是靠外在的概念说教来帮忙，而是用无数的日常生活细节的展示来显现，这也就是洪堡在讨论古希腊艺术经典时所说的，深入把握感性认识的所有细节。洪堡以荷马诗歌为例，说明这些诗歌是如何把自然的画面逼真地展示在我们的眼前，对哪怕是最微不足道的行为，例如盔甲的披戴，也做了细腻的铺叙，但是荷马诗歌在最外表的细节描绘中依然会让人联想到其内在的精神特征。而其从细节到精神之间的沟通桥梁，正是洪堡所说的直观性的表达。同样，《秦腔》的这一艺术创作手法与洪堡的艺术概括有惊人的暗合之处，在《秦腔》中，细节的充分铺张与直观性的表达是并存的，细节的铺张是作家感觉现实世界的基本材料，而直观性的表达正是作家从细节指向高度个性化境界的一条途径。

直观是一种思维形态，它要求主体迅速排除笼罩在事物

---

①贾平凹、郜元宝：《关于〈秦腔〉和乡土文学的对谈》，载《上海文学》2005 年第 7 期，第 61 页。

表面的现象和逻辑推理，直接把握住事物真相。然而文学的特点恰恰与此相反，文学是具象的，它不可能以抽象的方式直达事物本质。但是洪堡轻而易举地解决了这个矛盾。他把文学细节的充分描述与直观性的表达结合为一体，作为达到艺术世界高度个性化的必要前提。也就是说，直观必须与文学细节的铺展结合起来，使细节的充分铺展与直观性的表达构成一个完整的叙事过程。何谓“细节的铺展”？我们如果把文学画面视为一个“看”与“被看”的交合点，那么，日常生活细节的铺展其实就是一个被看世界的展示过程，而直观的升华则由此产生。何谓“直观性的表达”？我的理解是，直观作为一种表达形态，主要表现为主体与客体的直面相对，通过“观”这一动作来改变主客体的关系。“观”这一动作，是带有强烈主体生命信息的，通过主体的全神贯注的观看，将生命信息投射到对方，从而使被观的客体发生某种改变。文学的精神力量应该是隐藏于其一瞬间的改变之中。然而，作家要把这样一个“观”的过程真实地展示出来，只能通过逼真的具体的细节描写，在最充分的细节刻画过程中，营造出这一精神力量突然展现的必要条件，使描写对象突然发生某种改变。因此，细节的铺展与直观性的表达也是一个辩证的过程，细节的铺展表示了被“观看”这一动作的延续，它是一种量的积累，但是在直观下主体精神导致客体变异的瞬间里，一切都可能发生变化，而所有细节的意义都可能被粉碎和消解，而直达真正的高度个性化的艺术本质。

这其实也是现实主义文学必须具备的艺术特点。如果现实主义文学一味偏重于细节的铺展堆积，必然会导致平庸乏味的纯客观主义；如果过于强调直观性的表达方式而舍弃具体的细节刻画，也将离开现实主义文学的基本艺术规范，成为其他现代艺术(如表现主义、超现实主义等)的样本。《秦腔》作为一部优秀的现实主义文学作品的特征之一，就是在艺术手法上把这个辩证过程成功地运用在文学写作里，而且是在一部四十多万字的长篇里比比皆是，不断让人在阅读中感受到意外和震撼，从而使小说的精神容量得以成倍地扩大和丰富。这是《秦腔》的巨大艺术成就，也是它所代表的当代现实主义文学的巨大成就。

我们来看前面所举过的例证：清风街农贸市场开张前发现了土地公婆的石像，小说由一系列细节来铺展其大吉大利，一般舆论都倒向君亭的一边，但这时疯子引生冷冷地插了一句："说不定是君亭事先埋在那里的。"气氛顿时急转直下。这句话当然是引生对清风街权力斗争长期观察后突然爆发的一个表述，这就是一种直观式的表达，表面上看是无来由无逻辑的疯话，但一下子把前面一系列生活细节所营造起来的意义的能指全部消解了。令人惊悚的效果在逆向对撞中产生出来。另有一次，满庆请饭，君亭和村干部们都聚在一起喝酒，本来是高高兴兴的场面，引生帮着君亭喝酒，但偶然说起果园承包给了别人，引生与君亭之间发生激烈冲突，甚至引起肢体较量。小说写到引生被硬拉回去以后，在家里发疯病：

"我不知怎么就在清风街上走，见什么用脚踹什么，希望有人出来和我说话，但没人出来，我敲他们各家的门，他们也不理我，清风街是亏待了我，所有的人都在贱看我和算计我。"这种强烈的悲愤心理，原来在小说里是非常隐蔽的，引生从表面上看似乎是一个没心没肺、人见人爱的"无事忙"，除了爱白雪而不得外，没有什么值得伤心的地方。但是这段突如其来的内心独白既是前面一系列故事细节的自然发展，又在刹那间把叙事者与叙事对象之间的微妙关系公开了，许多隐没在历史岁月里的故事也被强烈地暗示出来。类似典型的直观表述及其艺术效果，在《秦腔》故事里俯拾皆是。

直观性的表达同样也制约着艺术审美的效果。《秦腔》中排闼而来的日常生活细节看似琐碎庸常，甚至反复出现吃喝拉撒的描写，但在民间审美的观照下，作家用直观的方式表达其背后的精神性。民间的审美理想是包藏在藏污纳垢状态中的，它是以生活中的不洁不雅的现象为外衣，但隐藏于其中的精神所在却是不可忽视的。小说的第一段，叙述引生跟踪在地里劳动的白雪，引出一个不雅的细节：

> 她还在村里的时候，常去包谷地里给猪剜草，她一走，我光了脚就踩进她的脚窝子里，脚窝子一直到包谷地深处，在那里有一泡尿，我会呆呆地站上多久，回头能发现脚窝子里都长了蒲公英。

这是一段非常有意思的描写，它虽然有些粗俗不文，却很符合农民的感情要求。小说多次写清风街的农民对粪便怀有珍惜的感情，大小便排泄自人体，归之于土地，滋养着庄稼，从自然的角度来看没有什么肮脏可言。这个场景是白雪在读者面前亮相，剜猪草，走泥地，在包谷地里撒尿，很准确地把一个村姑的伧俗形象烘托出来。白雪在清风街人们的眼睛里美若天仙，其实她只是一个村姑和民间艺人，并不如现代城市人观念中的时尚美眉，她首先给男人的感受，就是引生感觉里的"热乎乎的香气"。这一段写得极好，一个光脚印在另一个脚窝子里，热乎乎的生命痕迹叠合在一起，满含了生命的活力。而且，这段描写的时间概念是模糊的，究竟是多次发生的还是一次性发生的，叙事人没有明确交代，引生痴痴久久的伫立和"回头"一看，发现蒲公英花在脚窝子里长出来了，一下子把时间抽象地拉长了，就有了一种天长地久的感觉。——在这个例子里，我们又一次看到直观性的表达的魅力，蒲公英的出现，显然是把前面所描绘的凡俗性和粗鄙性彻底消解了。

从全篇的结构而言，引生与白雪的爱情故事仍然是主线，但是与《红楼梦》的结构相似，他们之间的爱情线索被无数的生活矛盾和冲突所淹没，以致潜伏在全书布局里若隐若现不得彰显。但是，我们可以把全书的细节铺展与最后的直观性的表达看作一个漫长的观看过程，小说开始时，白雪是罗敷有嫁，引生是个疯子，两人之间谈不上任何缘分；而在结尾部分两人相遇在七里沟山体大面积滑坡时，终于出现了直观性的大爆发，从而改变了两人的关系。他们最后一次相遇是这样的：

> 我一抬头看见七里沟口的白雪，阳光是从她背后照过来的，白雪就如同墙上画的菩萨一样，一圈一圈的光晕在闪。这是我头一回看到白雪的身上有佛光。我丢下锨就向白雪跑去。哑巴在愤怒地吼，我不理他，我去菩萨那儿还不行吗？我向白雪跑去，脚上的泥片在身下飞溅，我想白雪一定看见我像从水面上向她去的，或者是带着火星子向她去的。白雪也真是菩萨一样的女人了。她没有动，微笑地看着我。……

这是小说的最后一个段落，一个是菩萨一样披着阳光迎面站立，一个是在飞溅的尘土中狂奔向前，波浪与火星，都是飞溅的尘土的转喻，被描绘成一个自由之舟，载着爱情之神飞驶而来。疯子引生与白雪的精神恋爱终于升华为神圣。为此，我对小说结尾突然暴发的山体滑坡似另有所解，——民间艺术细节的多义功能在这里被运用得非常丰富：这场山崩地裂，对夏天义为代表的几千年农民的传统土地观念和生存方式来说，是一个灭顶之灾；而它对引生与白雪这对伟大的恋人来说，却是大自然为他们的精神爱情颁发许可证——正如汉乐府民歌《上邪》所歌颂的爱情：山无陵，江水为竭！小说的整个结构在逆向冲撞中完成。

2006年8月11日于黑水斋

原刊于《中国现代文学论丛》2006年6月创刊号

再论《秦腔》：文化传统的衰落与重返民间

我在前一篇讨论《秦腔》现实主义艺术的论文中解释了这部小说的法自然的精神、叙事者的意义以及艺术手法，但是我当时有意略去了关于“秦腔”本身所含有的象征意义，这个问题被提出来讨论的机会比较多，大约的意见也趋向一致，如王德威教授在香港浸会大学举办的“红楼梦奖：世界华语文学长篇小说奖”决审委员会为该书所作的赞辞指出：“作者借陕西地方戏曲秦腔的没落，写出当代中国乡土文化的瓦解，以及民间伦理、经济关系的剧变。”[①]诚哉斯言。与其说《秦腔》描述了当下农村经济的衰败，毋宁更准确地说是传统乡土文化的没落。但是对于这样一部优秀的现实主义作品来说，指出中国传统文化与民间伦理的衰败还仅仅是其中的一项内容，贾平凹对于民间艺术的理解和期待，要复杂

①引自《〈秦腔〉寄托深远，捧得30万港币》，载《东方早报》2006年7月28日C5版。

得多。

任何优秀的现实主义文学作品，必然会在艺术画卷中准确地反映出时代变迁中的社会风俗及文化史，《秦腔》正是通过对传统乡土文化式微过程中的各种现象的艺术把握来展开对当下农村社会状况的揭示。南帆先生曾经说过一段很精辟的话："对于作家说来，地理学、经济学或者社会学意义上的乡村必须转换为某种文化结构、某种社会关系，继而转换为一套生活经验，这时，文学的乡村才可能诞生。土质、水利、种植品种、耕地面积、土地转让价格、所有权、租赁或者承包，这些统计数据并非文学话题；文学关注的是这个文化空间如何决定人们的命运、性格以及体验生命的特征。"①文学并不算经济账，也不关心生产技术，它所罗织描述的，归根结底是指向文化状态下的人的心理和命运，进而探寻生命的意义所在。

南帆先生提出的"文学的乡村"一词很有意思。文学之所以能在农村与家族两大空间取得重要艺术成就，其原因之一就是这两大空间天然拥有超稳定的自我调节的文化价值体系，这种体系的运动形式构成了周而复始的循环发展轨迹。虽然，从现代性这一因素进入中国以后，这两个空间的文化价值一直受到挑战，关于农村衰败和家族崩溃的故事几乎成了中国现代文学中反复出现的主题，但同时它们又始终拥有一种能

---

①南帆：《启蒙与大地崇拜：文学的乡村》，载《文学评论》2005 年第 1 期。

力，能够及时吸收各个时代的否定性因素，重新来调整自身的生命周期。中国文化从来就不是直线形地运行，而是在持续的循环中完善自身和丰富自身，即便是走向崩溃的文化价值体系，它仍然会在内部滋生出无穷无尽的新的因素来化解最终命运的到来。这就为“文学的乡村”或者“文学的家族史”提供了想象的可能性。

究其原因，我想只能用“民间”这一的文化形态来解释这种现象。因为民间是一种草根性的文化形态，它总是与滋养万物的大地土壤联系在一起，它永远是一种生生不息的生命运动。战争是一次性的生命现象，一场战争结束后，死者不会复生，幸存者也将转移生活形态，不会在战争上永久性地待下去。所以，战争就很难完成其独立的“文学的”意义。战争文学总是依附在特定的政治权力斗争、历史性宏大事件的叙事中才能完成其自身的美学形态。工业题材也是一次性的生命现象，一项工程在建设过程中再惊心动魄，一旦胜利完成，也就结束了其全部的生命运动；再如一家企业，一旦破产倒闭了，也就结束了其生命形态，其成员就转移到另外一种生存形态去延续。所以，工业题材也很难建立起“文学的工业”的美学概念，它似乎缺少一种超稳定的审美价值体系来调节自身。而乡土则不一样，乡土破产，农民离乡背井，但最终还是离不开这块土地，土地有自我调节的能力，能够使其生命力周而复始地发展。《秦腔》里中星爹会算命打卦，他临死前为清风街的未来卜了一卦，这也可以看作贾平凹心里所存的清风街乡土的未来命运：清风街十二年后有狼[①]。也就是说，彻底荒芜的清风街，最终的结果是人撤退而狼横行。但是这也预示了另外一种结果：清风街的自然生态又好转了，在一个乡土的世界里，人与狼将共生于同一个空间里，清风街又将面临一个周而复始的新的起点。而这样理解才符合民间文化形态的运行特征。这也是“文学的乡村”的魅力所在。

但是贾平凹笔底下的清风街，毕竟是一个正在走向衰败，但还没有完全沉到底的乡土社会，其文化特征上鲜明地表露出来的是传统价值体系的没落和崩溃，同时也包含了其新的生命形态的转化的萌芽。从表面上看，清风街古老淳朴的民心民风正在迅速瓦解，反映了外部世界给予它的无情冲击。小说一开始特别介绍，原来几十年不倒台的老领导夏天义，终于因反对312国道开进清风街、挑起聚众闹事而下了台。相传国道改变了清风街的风水，这当然是迷信，作家也只是略略提到一笔，然而他重彩描绘了一则近似寓言的细节来强化这种效果：街口白果树上一对鸟夫妻为保卫鸟巢而与远来的鹞大战三天三夜，终于失败而死，鹞子依然远飞而去，并无意占据雀巢。鹞子对鸟夫妻而言是一种命运的象征，它无意间飞过此地却惹出一场灾难。国道无辜，目标在远方，但是它给清风街带来的致命冲击，与其说是政治经济，还不如说是文化心理，进而是文化伦理。

①小说里中星爹的卜卦预言较长，这是其中的一句，其他的预言内容在后面将会陆续分析。

清风街上许多不同寻常的现象，背后都隐藏着传统伦理观念的深刻变化。以男女性事为例，以前清风街也不时地出现一些风流案子。如黑娥白娥姊妹的故事、陈星与翠翠的恋爱故事，都曾受到清风街社会舆论的指责，但是从男女双方的立场而言，基本上是出于一种生命的原始冲动和正常需要，仍然是以民间形态的情感表达为基础的。而随着清风街贸易市场的开辟，传统的伦理观念开始瓦解，夏雨与丁霸槽开酒楼设三陪，留暗娼，风俗逐渐变坏，连村支书君亭也被拖下水。再发展下去，就有了村里年轻女子陆续进城下海的暧昧故事。小说最后写到夏家孙女辈翠翠外出打工，她的恋人陈星日夜思念，长歌当哭。等到翠翠回家奔丧，不顾家族礼仪与陈星偷偷做爱时，令人唏嘘的事情也发生了：忽然“鞋铺传来了吵架声，好像是为了钱。翠翠骂骂咧咧地跑了过来，跑过了我的前面”。翠翠外出打工的真相昭然若揭，翠翠原来纯朴自然的爱情观念也荡然无存了。清风街的传统文化伦理到这时才发生了根本的变化。有关农村女孩进城卖淫现象，现在已经成为底层写作的一个经常性主题，大多数作者是从经济的原因来解释这种现象的，但是《秦腔》所描写的翠翠的变化，显然没有着眼于经济原因。翠翠家里并不缺钱，长辈们在村里也有权有势，而陈星兄弟由于是外来户，在村里没有地位，受到大姓家族的歧视。所以翠翠与陈星的恋爱所受的村里舆论的压力，不是来自经济而是来自文化观念。但是翠翠外出后，走向了另外一个极端，包含了肉欲的放纵和肉体的交易观念。——这也是传统伦理观念彻底崩溃的见证之一。

对于传统的乡土文化的急剧衰亡，贾平凹是怀着极为复杂的心情对待之，《秦腔》绝不是一篇意味简单的哀悼文，正如他对于农民进城打工、农村迅速荒芜的现象也不是简单的绝望一样。在小说里，秦腔是一种传统文化的象征，其盛衰都反映了贾平凹的极度复杂的心理。二十多年前，贾平凹有一篇散文题名《秦腔》，用文字把八百里秦川的秦腔艺术展现得淋漓尽致：秦腔在贾氏笔下的面貌，不仅与地域精神、人种特点联系在一起，甚至与当地方言中的天然声韵有关。“在西府，民性敦厚，说话多用去声。一律咬字沉重，对话如吵架一样，哭丧又一呼三叹。呼喊远人更是特殊：前声拖十二分地长，末了方极快地道出内容。声韵的发展，使会远道喊人的人都从此有了唱秦腔的天才。老一辈的能唱，小一辈的能唱，男的能唱，女的能唱；唱秦腔成了做人最体面的事，任何一个乡下男女，只有唱秦腔，才有出人头地的可能，大凡有出息的，是个人才的，哪一个何曾未登过台，起码不能吼一阵乱弹呢?”农民是世上最劳苦的人，而秦腔则是他们精神上的大乐：“当老牛木犁疙瘩绳，在田野已经累得筋疲力尽，立在犁沟里大喊大叫来一段秦腔，那心胸肺腑、关关节节的困乏便一尽儿涤荡净了。”[①]秦腔并不是什么阳春白雪，而是与贫苦农民的田野劳作联系在一起的精神娱乐，是构成他

①引自贾平凹：《贾平凹散文精选》，西安：陕西人民出版社，1992 年。

们生命内涵的文化要素之一。我不懂秦腔，也缺乏这方面的专业知识，无法从小说里作为内在结构性因素的秦腔的描述中获取具体的启发[①]，所以只能从贯穿其间的几代与秦腔有关的人物的特征中，试图来解释传统乡土文化在当下的处境及其命运。

《秦腔》写的也是家族故事。清风街夏白两姓大户，以前曾经是白家有钱有势，祖上有一人当过保长。土改以后夏家掌握了权势，夏天义是共产党的一杆枪，指向哪儿就打到哪儿，直到改革开放市场经济以后，清风街仍然是夏家第二代的天下。但是在中星爹的占卜预言里，情况可能会有变化：夏天智住的房子又回到了白家。清风街白家除了白雪，在小说里几乎没有得意的故事，可见败落已久，而夏天智住的房正是白家土改时主动上交的，当然可以理解为白雪在此长久住下，也是一种暗示，白家在白雪一代依然有复兴的可能。小说里的时间是2000年龙年，一年的变化似乎隐含了近二十年的历史，这二十年是夏家由盛到衰的历史。夏天义一代，按照儒家仁义礼智信的道德标准来命名，自然有一种文化传承的暗示，这个家族仍然是传承了传统家庭道德的文化规范。他们几个兄弟恪守孝悌互敬的道德原则，荣辱与共，勤勉治

---

①在《秦腔》中，秦腔作为小说内在结构性的因素是很明显的，不仅大量唱词曲谱被引入小说，而且具有实际的影射和象征作用。如在夏风与白雪离婚后，其父夏天智气极，欲与儿子断绝关系，一整天播放《辕门斩子》。但讽刺的是，秦腔故事里斩子的原因恰是杨宗保私自招亲，与现实故事的寓意正好相反。

家。但即使在这一代，伦理传统也已经显出金玉其外败絮其中的迹象了，“天信”是没有的，“天仁”早已死了，天义是一个义仆，天礼被金元吞噬，只剩下天智来代表一种文化道德的力量。至于夏家第二代就更不行，败象毕露。我试图用四句话来概括：金玉满堂豆腐渣，风雨缥缈不见家(佳)。雷庆出车走瞎道，君亭将来在地上爬①。几乎是一败涂地。然而在这两代夏家人中间，最有代表性的文化人士夏天智，他的个人命运的盛衰，关乎文化传统的兴亡。

夏天智是一个退休的中学校长，但是在清风街的实际身份，却类似宗族长辈和开明绅士。他为人乐善好施，满口道德伦理，爱体面，受尊敬，对外和善可亲，却处处维护家族利益；对内威严十足，却连亲生儿子都管不住。他的性格相当复杂，但在钟爱秦腔、推广秦腔方面则不遗余力。令人奇怪的是，这样一个身体力行又是德高望重的老人，却无助于秦腔实际处境的改变。他的喜爱秦腔仅仅停留在较低层次的欣赏水平之上，从来没有听到他发自生命底处地吼秦腔，也没有见过他对秦腔发表见解，反倒不如乱吼乱叫的引生；他喜爱画秦腔脸谱，还自费印出了一本书，但是连一篇关于秦腔的序言也写不像样，反倒不如秦腔演员白雪。这个人物又可爱又可笑，但是从秦腔的发展而言，这类人代表了一种传统：他们热爱但是盲目，真诚但是陈腐，既无创新意识，也

①这最后一句也是出自中星爹对清风街未来的预言。

无推动能力。传统的艺术往往随着这样的对象的消亡而消亡。与天智老人相应的还有夏中星，虽然当了县剧团团长，却根本不热爱秦腔，只是随波逐流地追求时尚，把中兴秦腔视为升官的途径，最终搞垮了秦腔剧团。这两个人典型地代表了中国当代民间艺术的观众群意识与领导群意识，有非常尖锐的现实针对性。作为民间艺术的秦腔本来就应该扎根在民间的土壤，成为民众能够直接参与的精神娱乐，这才会有永不衰竭的生命资源。但是，自20世纪50年代以后，地方剧种都成为国家艺术体制的一个部件，被国家“包养”起来，一方面作为意识形态的宣传机构，高高在上脱离民众的实际需求，另一方面又在创作演出上受到颇多限制，无法体现人民大众喜闻乐见的娱乐要求，这不仅脱离了民间文艺与生俱来的下里巴人特征，也必然会丧失其本来拥有的自由自在的精神内涵。优秀的艺术家在这样一种非艺术的生存状态下，最终会失去真正的艺术活力，只能陶醉在昔日曾经有过的光荣梦想之中虚度残生。小说中的王老师、邱老师都属于这一类国家艺术体制下的牺牲品。白雪也是这样的牺牲品。

作家为秦腔女演员取名为白雪，自然有阳春白雪之意。但她恰恰是阴差阳错的下里巴人的民间艺人。民间艺人的生命力就应该在民间，以适应劳苦农民的精神特点和审美需要。小说以强烈的态度影射了时下到处可见的失去生命力的传统文化的尴尬处境并嘲讽了所谓振兴民族文化的南辕北辙的政策，满腔同情地为女主角白雪勾画了一个重新回归民间大地的前景。小说里贯穿叙事始终的是秦腔一步步走向没落的过程，为衰败中的传统乡土文化唱起了挽歌。而白雪就是一支挽歌，她宁可离婚，也不愿意离开家乡县城而到省城里去过名流太太的生活。这是为了什么？就是为了她喜爱的秦腔艺术。这显然是作家心灵深处的理想主义作祟，但也正是这样的作祟才写出了一个精神世界的真正的阳春白雪。在这个意义上，白雪是属于精神的。多少著名演员因为嫁了所谓的大腕名流而放弃终生热爱的艺术，从此谢绝舞台生涯，一心一意当起相夫教子的贤妻良母。这似乎是传统社会“从良女人”的最终归宿，即使是今天事业有成的女强人，仍然摆脱不开事业与家庭的两难选择。而白雪算什么艺术家？不过是个乡村艺人，一个热爱劳动的村姑，一个孝顺长辈的儿媳；但是她对秦腔则有真正高雅的欣赏趣味，有一股发自内心的献身于艺术的热忱。小说里虽然没有正面描写白雪上台表演的场面，但是写尽了她想方设法满足村民的婚丧喜事的需要而组团演出秦腔，在一场场引起混乱的演出中，我们可以看到，陈旧的传统戏曲内容已经不能满足在时尚文化冲击下的大众的娱乐口味，甚至连白雪本人也在听陈星的流行歌曲时泪流满面有感而发。也就是说，秦腔这样一种劳苦农民的抒情方式真是到了生命临界点上了，要生存下去就必须有大勇气来一场凤凰涅槃似的自焚与更生，真正与民间相结合，重新激发自由自在的精神活力。所以，白雪这一名字复合了多层的意义，既象征了精神上的高洁与空灵，又象征了秦腔在重返民间前的一种阳春白雪的姿态。秦腔只有保持了这个姿态再重新回到下里巴人的污泥浊水中去，才可能体现出真正的藏污纳垢有容乃大的审美精神。

就在“秦腔”这个精神层面上，白雪才可能与疯子引生成为真正的有情人。前面我们曾分析过，夏天智与夏中星在小说里是一个对应性的结构，影射了传统文化在当下尴尬处境中的观众群意识和领导群意识。而白雪与引生也是一个对应性结构，代表了传统文化在当下重返民间的实践群意识和接受群意识。民间文艺归还真正的民间大众，在现实生活中并不缺乏具体的例子，北京相声界出现了郭德纲就是一例尝试。小说中的白雪，拒绝了丈夫要她调动工作去省城的安排，放弃了家庭和爱情，坚守在家乡的艺术岗位上，即使在剧团解散面临下岗的时候，依然从容不迫地奔波于农民家庭的婚丧演出，化整为零已经到了零起点，而使秦腔艺术重新回到了真正的劳苦农民的日常生活中去。这样的秦腔艺术的真正接受者和喜爱者，就是引生这一辈新的农民观众。小说里的真正的秦腔热爱者不是夏天智，而是引生。夏天智爱秦腔是文化权威表示档次，而引生爱秦腔是满腔悲愤需要发泄。作为小说叙事人，他是带着自身的强烈感情和悲怆故事来叙述清风街历史的。小说一开始，他所爱的女人白雪要结婚了，他在酒席上发酒疯似的高唱：“眼看着你起高楼，眼看着你酬宾宴，眼看着楼塌了……”显然这不是一个《红楼梦》里《好了歌》式的预言，而是字字血泪的伤心和绝望。在小说里，不仅仅有引生，还有清风街上的许多普通农民，他们吼几声秦腔是为了宣泄内心难以排遣难以言说的情感，寄托了个人生命中的大爱大悲。秦腔就这样生动地存活在这些普通农民的心底里，成为民间的心声与精魂。有了这些底层的秦腔迷的存在，作为草根艺术的秦腔，就与农村的社火、擂鼓一样，即使不敌流行歌曲，也不会从西北农民的心底深处被连根拔去，也许在更加草根性的层面上能够重新启动活力、与时俱进，来满足西北农民的感情需求。我在前一篇论文中说过，引生为了爱白雪而自宫，使他对白雪的疯狂爱恋变成了纯粹精神性的行为。而在白雪一方来说，也只有在对秦腔艺术的完全献身中来回报秦腔接受群体的精神性的热爱。在这个层面上，引生与白雪之间的感情升华为神圣，有情人终成眷属。

从普通男女的情欲出发，走向纯粹精神性的疯狂爱恋，最终在秦腔的精神层面上结合为有情人，是白雪与引生这一对民间精灵的伟大爱情故事。在这个前提下，我们再来分析有关秦腔的第三代人物——女孩牡丹。这是一个饶有趣味的细节：小说叙事中完美无缺的秦腔女演员白雪，结婚后竟生出了一个患有先天性肛门闭锁的畸形女孩。这自然会让人联想起马尔克斯《百年孤独》里布恩迪亚家族最终生出一个长了猪尾巴的孩子。但猪尾巴是返祖现象，见证了一场伟大而疯狂的爱情，而无肛门却是畸胎，不动手术就难以活命。结果是长了猪尾巴的孩子最终死去了，而无肛门的女孩却在众人的呵护下存活下来（虽然拖了一条管子还有待第二次手术，似乎是预示前途未卜）。关于这个女孩的降生，疑点重重，怪象丛生，民间神秘主义文化肆意泛滥。这个女孩未出世就险遭大难，其父亲夏风一再劝妻子堕胎，原因是她的降生会影响白雪的工作调动。她出生时也未得到半点父爱，白雪是在家乡农村用最原始的方法把她生下来的，命悬一线，危如累卵，尤其是她被发现患有先天性肛门闭锁以后，再度险些被夏风遗弃在村外喂野狗。厄难重重。这不禁要使人发问：夏风究竟是不是她的生父？从小说提供的故事情节而言，似乎夏风肯定是其父亲，只是是一个不称职也不配做的父亲。但我们不妨对此发大胆奇想，转向另外一个角度，来看这个女孩与疯子引生之间的关系。

引生自宫前，小说里有一段描写引生偷窥在院子里洗衣服的白雪，那时白雪新婚不久：

> 我继续往前走，水兴家门旁那一丛牡丹看见了我，很高兴，给我笑哩。我说：牡丹你好！……太阳就出来了，夏天的太阳一出来屹甲岭都成白的，像是一岭的棉花开了。哎呀，一堆棉花堆在一堵败坏了的院墙豁口上！豁口是用树枝编成的篱笆补着，棉花里有牵牛蔓往上爬，踩着篱笆格儿一进一出地往上爬，高高地伸着头站在了篱笆顶上，好像顺着太阳光线还要爬到天上去。我从来没有遇到过这么好的景象，隔着棉花堆往里一看，里面坐着白雪在

洗衣服。

这一段描写非常奇特，给人一种光亮耀眼的效果。贾平凹笔调晦暗，很少这样写阳光，写光明，而且这段描写中，光线仿佛是物质性的，通过牵牛藤蔓的意象连接天空与大地。直接的感觉是歌颂了太阳光直射大地的壮丽景象。而这壮丽景象的陪衬者是一丛牡丹。牡丹也仿佛有生命似的，与疯子引生发生了心灵的交流。对于神秘主义的暗示我不想多加引申，但是在古代民族史诗和民间传说中，太阳光照射而产子的传说，与吞鸟卵而产子、踩巨人脚印而产子的传说一样，都是人类早期对于生命起源的伟大奇想。原始人没有医学知识，从男女交配这样一个简单动作中推断生命起源，类推天地之间的交媾孕育万物生长，而天空中又以太阳最为壮观，不但火焰般的光和热显示出无穷威力，而且光线的辐射形态也让人联想到男性在交媾过程中的生理现象。于是，太阳就被神化为万物生命之父。在世界上有些地区的古代民俗里，人们禁止女孩子直接在太阳光底下走路，生怕女孩会在太阳光的直射下怀孕。这样，人们就把天父—太阳—男性联系在一起，构成了各种各样的太阳神话。我冒昧揣测，贾平凹在《秦腔》里的这一段描写包含了太阳神话的原型，而以引生对白雪的强烈思念和欲望、引生与牡丹花的感情交流、太阳光的直射三者构成了一个完整的生命起源过程。就在这个瞬间后，随即发生了引生控制不住欲望偷窃白雪亵衣被发觉，进而他在悔恨交加中自宫，惩罚自己。但这里也未尝没有包含另外一层原因，引生在强烈的欲念中已经完成了生命的延续和繁殖，自宫也可以喻为一种肉体的自我了断。这个秘密似乎一直藏在小说的各种细节里，直到女孩神秘出生，取名牡丹，夏天智老人抱着她在大街口认干爹，碰到的竟是引生。为此，作家借引生的心理直截了当地点明真相："我甚至还这么想，思念白雪思念得太厉害了，会不会就使她怀孕了呢？难道这孩子就是我的孩子?!"

为什么要探讨女孩牡丹的血缘？这与秦腔的寓意就有很大的关联。如果这个女孩真是引生与白雪的结晶，那么，就如前所说，引生与白雪是在以秦腔为象征的精神层面上传递感情的。所以这个女孩必然与秦腔的象征有关。小说里有一个暗示就是，女孩爱哭闹，但一听秦腔就不哭，睁着一对小眼睛一动不动。对于这个女孩，作家用了太多的魔幻手法来暗示，多处影射，决非闲笔，但究竟何所指却不甚了然，大致地去理解其中意味，应是与秦腔的凶险处境有关。但如果将其肛门闭锁比附秦腔之无出路，也未免失之太简单。我尝试着去理解这一意象，其一衰到底之人相，孤男怨女之精魂，最终却无肛门，仿佛是卦象中的复卦。上坤下雷，穷上反下，一败涂地之下，地底下却隐藏着滚滚雷动。肛门闭锁的意象，反过来也可理解为下漏被堵，衰运有底，一阳可生，复兴可望。这才是临界点上的秦腔在今天可能的出路。所以，我把白雪与引生看作民间之精灵，而那个肛门闭锁的女孩，则是精灵之精灵。这里是处处有象征，步步有悬念，民间传统文学之代表秦腔，或可推之整个方生未死的时代大变局。

关于《秦腔》，我已经写了两篇论文来探讨其艺术特点，但我觉得，还有许多感受未能穷尽。贾平凹是对中国当代文学有重要贡献的作家，几乎每隔十年给文坛带来一轮震撼。他在三十而立之年写出了《商州初录》，风格为之一变，以首创文化寻根之实验，立足于当代文坛；四十而不惑之年写出了《废都》，风格又为之一变，在时代的大惑中以个体生命的反扪，追求个人的不惑；这回是五十知天命之岁写出了《秦腔》，但其所示的不是他个人的天命，而是道出了中国农村发展的“天命”。综合其多年的创作实践来考察《秦腔》，自有另一番境界。三十多年来，贾平凹像一头沙漠里的骆驼，迈着沉重的步伐，跋涉在现实生活的泥浆浊水之上。他的创作全景式地反映了中国尤其是中国乡村急剧变化的生活现实，创作风格与时代情绪紧密暗合，将现实主义精神与神秘主义文化融会一体，隐含了极大的社会历史的信息量。这些问题，我想以后还有机会继续提出来讨论。

2006年8月27日于黑水斋

原刊于《扬子江评论》2006年12月创刊号

“历史—家族”民间叙事模式的创新尝试

——试论《生死疲劳》的民间叙事(之一)

香港浸会大学第二届“红楼梦·世界华文长篇小说奖”入围小说的阵容相当整齐，艺术水平不相上下，可以大胆地说，这些作品集体代表了近几年长篇小说的最高水平线。当然好作品还是会有遗漏，但并没有哪一部作品被错误地选上，这七部作品中任何一部当选首奖我以为都是有充分理由的①。来自中国大陆、中国台湾、中国香港以及海外的评委各有所好，各抒己见，几轮投票，结果是莫言的《生死疲劳》荣登榜首。与上届首奖获得者《秦腔》获得的评价高度一致相反，对《生死疲劳》的评价不是没有争议，我起初也感到诧异。因为这部小说与上届获奖的《秦腔》在创作题材、历史观念、民间叙述立

①第二届“红楼梦·世界华文长篇小说奖”的入围作品共有七部：莫言《生死疲劳》、王安忆《启蒙时代》、铁凝《笨花》、张炜《刺猬歌》、曹乃谦《到黑夜想你没办法》、朱天文《巫言》、董启章《时间繁史·哑瓷之光》。但我觉得，同一时期出版的余华《兄弟》和严歌苓《第九个寡妇》都是应该入围的。

场等方面有高度的相似性，两者相继获大奖的事实，证明了21世纪以来中国当代长篇小说的主流叙事——“历史—家族”的民间叙事模式获得了普遍的认可。但是我在指出这样一个创作现象时，自然联想到了另外一个问题：真正的民间精神只有一个标志，就是追求自由自在的境界。它将如何在作家的艺术实践中获得进一步的自我更新呢？当“历史—家族”民间叙事成为一种普遍被认可的主流叙事的时候，它是否还具有生命活力来突破自己，攀登更加自由自在的精神境界呢？

问题可以从《秦腔》与《生死疲劳》之间的差别说起。这两部作品都是通过家族史的描写展现了半个世纪来中国农村的兴衰和剧变，表达了作家眷恋土地、自然轮回的民间立场。《秦腔》是一部法自然的现实主义文学的代表作①，其绵密踏实的文笔笔法、丰厚饱满的艺术细节，达到了一种极致的程度，如果从以写实手段来描绘中国农村历史与现状的要求来看，《秦腔》是一部当代文学中很难超越的扛鼎之作。相比之下，《生死疲劳》在细节的考究与过程的描写上不如《秦腔》那样饱满，但是阅读《生死疲劳》时你的心灵仍然会感受到强大的冲击力和震撼力。如小说一开始，西门闹在地狱里忍受煎熬、大闹阎王殿、鸣冤叫屈的惨象，让人一下子联想到《聊斋》里的席方平，“必讼”的呼声震撼人心。这个开篇不同凡响，一下子就揪住了读者的心，迫使你非要读下去。这样的描写不

---

①关于“法自然的现实主义”，请参考本书的《试论〈秦腔〉的现实主义艺术》。

能说其不饱满，但是它的饱满显然是体现在怪诞的叙事形态上而不是历史细节的真实之上。这是与《秦腔》的差别，也正是《生死疲劳》的独创之处。《秦腔》的叙事是通过一个傻子的眼睛来看世间百态，为了达到细节的真实和过程的合理，作家采取灵魂超越肉体自由飞翔的怪诞手法，但采取这种非现实的手法的目的是为了达到更加接近现实的叙事效果；而《生死疲劳》的叙事风格则是汪洋恣肆、纵横捭阖、势不可当，怪诞的手法直接引出怪诞的阅读效果，让人根本无暇去考究其细节的描写①。我指出这样的差别，当然不是仅为了说明这两位作家天然不同的创作个性和语言风格，更不是为了批评莫言个人的叙事风格，我是把他们放在一个被普遍认可的叙事

①《生死疲劳》在叙述中由于混乱驳杂，多种叙述交错进行，细节上的错误在所难免。仅以时间描写为例，就有多处出错。例一：金龙与互助、解放与合作的婚礼时间，在第三部里多次提示是1973年农历四月十六日，但是到了第四部的故事叙事里，这场婚礼在人们的回忆中变成了1976年。如1990年时，当事人蓝解放称自己："十四年的结婚生活中，我与她的性交……总共十九次。"又，书中一再提到春苗年龄：解放和合作进棉花厂（婚礼的同年）的第一天遇到春苗，她才六岁。解放与春苗年龄相差二十岁。解放生于1950年元旦，那么，春苗应该生于1970年。显然，叙事者把那场婚礼的时间挪后了三年，以为是1976年。当然我们可以开玩笑说，那是因为猪的记忆与人的记忆不一样，但不管是哪一方记错了，肯定都是作家的错。例二：第三十章互助用神奇的头发为小猪治疗的时间，叙事人特意强调："此时已是农历的三月光景，距离你们结婚的日子已近两个月。此时你与黄合作已经到庞虎的棉花加工厂上班一个月。棉花刚刚开花坐桃，距离新棉上市还有三个月。"前文已经交代，婚礼时间是1973年农历四月十六日，那么，解放进工厂的时间是1973年五月中旬，互助救小猪的时间应该是同年六月而不是三月，这样才与农村棉花开花坐桃（小暑节气，一般是公历7月）、新棉上市（公历9月以后）配合起来。或许我们可以认为这些错误来自作家的笔误或者编辑的不负责任，但这些时间书写的错误会在阅读上给读者带来对叙事内容的模糊理解。注：本文所有引用本书的内容，均出自莫言：《生死疲劳》，北京：作家出版社，2006年。

风格的层面上讨论这种差别，为的是要揭示出当代长篇小说民间叙事形式的嬗变及其自我突破与更新的意义。

“历史—家族”民间叙事模式的形成及其局限

我必须先要解释一个概念——“历史—家族”民间叙事模式。前面所说的作家的自我突破与更新，是指作家在这种已经成为主流的“历史—家族”民间叙事的基础上再次突破，自由自在的创作境界是没有界限和终止的。20 世纪 80 年代中期，以“红高粱家族”为标志，民间叙事开始进入历史领域，颠覆性地重写中国近现代历史，解构了庙堂叙事的意识形态教化功能，草莽性、传奇性、原始性构成其三大解构策略：草莽英雄成为历史叙事的主角，从而改变了政党英雄为主角的叙事；神话与民间传奇为故事的原型模式，从而改变了党史内容为故事的原型模式；原始性则体现于人性冲动（如性爱和暴力等）作为情节发展的推动力，从而改变了意识形态教育（如政治学习等）作为情节发展的推动力。这些叙事要素的改变，在《白鹿原》出版后引起了普遍的争议，同时也获得了普遍的认同，遂成为民间历史叙事的主流模式。这种模式主要是由两大要素——历史和家族——建构起的。“历史”是民间视野下的历史，其时间概念可以自由变化，如刘醒龙的《圣天门口》是以武昌革命为起点；铁凝的《笨花》以北洋军阀崛起为起点；贾平凹的《秦腔》和莫言的《生死疲劳》，都是以 1949 年以后的农村土改为起点，而下限则打通了历史与现状的联系，直指当下的农村社会变革风云。其次是“家族”的要素，作家通过对旧家族史的梳理，尤其是对农村家族形象的重塑，来表达和叙述民间对历史的记忆，这与一种老人在昏黄灯下怀旧讲古的形态有点相似，却与在学校课堂里被灌输的意识形态化的历史内容划清了界限。“五四”新文学传统中没有家族小说，只有家庭小说，作家是把旧式家庭作为旧文化传统的象征，给予了无情的揭露和攻击；当代作家则将家族作为怀旧的象征，于在血缘关系上绵延的几代人的命运中建构起一个与历史变迁相对应的怀旧空间。《白鹿原》的白鹿两家冲突，《圣天门口》的杭雪两家冲突，《笨花》是以向家的历史为主线，《秦腔》则是以夏家两代人的生活为主线，等等，家族的兴衰演绎了历史的演变。可以说，民间叙事对庙堂叙事的解构，正是从具体描述人物命运和家族命运开始的，这类叙事中，人物塑造往往体现了作家的历史洞察力，体现了民间不以胜负论英雄的温厚的历史观念，从而稀释了阶级斗争理论观照下的报复与暴力构成的历史血腥气。除了这两大要素以外，还有一个要素隐现其中，那就是神话原型与民间传说，这往往成为民间历史叙事的主要标记。《白鹿原》一开始就出现了白鹿的神话意象和白嘉轩与七个女人的传说，可惜这些意象在后来的故事发展中没有得到进一步的发挥；而《圣天门口》开始有共工造反、浪荡子被斩等创世神话，通过汉民族史诗《黑暗传》而贯穿整部小说情节的发展；到了《秦腔》《生死疲劳》等作品中，神话、传说已经成为叙事构成不可或缺的一部分了。如果说，在“历史—家族”民间叙事模式中，核心是重塑民间历史，那么，家族史是民间历史的主要载体，而神话和民间传说往往成为其标志性的话语特征。通过一系列长篇小说的艺术实践，“历史—家族”二元因素建构的民间叙事已经成为当下主流的叙事模式了①。

家族小说是从传统的家庭小说演变而来。回顾中国小说历史的发展过程，古代就有《金瓶梅》《红楼梦》等家庭小说，其描绘的家庭都是独立封闭的空间，并不特别承担反映历史兴亡功能。“五四”新文学的长篇家庭小说基本上延续了这样的创作模式，外部社会的信息仅仅作为一种背景，并不直接与家庭故事对应起来。如巴金的“激流三部曲”，三大卷的故事几乎都是在家庭内部冲突中完成的，而社会变故仅仅是外部的环境。但是，新文学的作家已经有了用小说直接塑造现代史的愿望，茅盾、李劼人都是这方面的代表作家。尤其是茅盾，他的长篇小说《霜叶红似二月花》《虹》《蚀》《子夜》等几乎一步一步地照着历史的变动脚步跟踪描写。不过茅盾的小说都是直接描写社会，家庭并不是他的主要描写场景。我们可以这么说，在“五四”新文学传统中，“家庭”与“历史”在文

---

①我把 1997 年《白鹿原》获得第四届茅盾文学奖作为这类“历史—家族”民间叙事被普遍认同、转变为主流叙事模式的标记。虽然《白鹿原》获奖是有条件的，作家陈忠实对原著做了一定程度的删改，这也可以理解为民间叙事在与主流的庙堂的关系上总还是弱势的一面。

学创作中一直是二元并举的，并没有合二为一。20 世纪 50 年代以后，随着现代历史题材的长篇小说[①]出现，作家为了普及革命历史教育，曾经尝试以家庭为叙述单元来宣传现代革命历史。如欧阳山的《三家巷》通过几户家庭的命运演变来揭示中国革命的分化，其内容是主流意识形态的，但其形式首创了以家庭来图解现代历史的先河。20 世纪 90 年代，以《白鹿原》为标志的民间叙事崛起，批判地传承了以家庭图解历史的表现方法，但为了表现一个较长时期的历史演变，家庭小说相继演变为家族小说，即通过一家或者数家几代人的命运，直接表现一个世纪以来的近现代历史。《白鹿原》从辛亥革命推翻清朝的时刻写起，绅士白嘉轩与朱先生联袂提出村规族规，开始了民间社会取代庙堂的历程，“家族”成为民间立场的一种象征，以家族的视角来解释历史，步步照应了大革命、清党、肃反、抗日、土改等历史事件，半个多世纪风云通过

①现代历史题材创作是 20 世纪五六十年代的一个重要创作现象。它的特征是以近代以来的革命历史为线索，用艺术形式来再现中国共产党领导的新民主主义革命的必然性和正确性，普及与宣传中国共产党的历史知识和基本历史观念。这些基本历史观念逐渐成为当时的“时代共名”，即人人都在政治教育中达到的共识。代表作有《红旗谱》《三家巷》《青春之歌》等。其中描写了不同形态的家庭意象，来对应当时的历史观念，《三家巷》最为典型。（可参阅陈思和主编《中国当代文学史教程》第四章，上海：复旦大学出版社，1999 年第 1 版）

家族的命运折射出来①。

用家族史来对应、表现近现代史的民间叙事，包含了两种历史轨迹的陈述，大的轨迹是从民国成立开始，一直到1949年政权更替，或者写到“文化大革命”；小的轨迹从1949年以后写起，经历土改、大饥荒、反右、“文化大革命”，一直写到改革开放以后，下限为新世纪前后。写大轨迹的代表作有《白鹿原》《圣天门口》《笨花》；写小轨迹的代表作有《秦腔》《生死疲劳》等。在这些作品中，描述的故事是家族的故事，可是家族故事和人物命运直接演述了现代史的发展过程，贯彻了作家对这段历史的民间解读，仿佛是历史直接走上了纸面为观众表演，而家族的演变只是历史的注脚和符号，传递历史的信息。而且，这类“历史—家族”的民间叙事模式不仅仅是大陆文学的现象，台湾、香港的长篇小说创作中同样存在，如陈玉慧的《海神家族》、董启章的“时间三部曲”之一，等等，都有类似的创作模式。大约古往今来的小说创作中，

---

①关于《白鹿原》的民间叙事特征已经有许多研究论著阐述过，这里仅引最近韩毓海教授发表的论文《关于90年代中国文学的反思》中关于《白鹿原》的批判：“（陈忠实）对于现代以来中华民族的时代精神没有把握，因为作者处在我们民族的核心价值观崩溃的时代，所以作者‘价值中立’到了不能批判地肯定‘历史主体’，无论国民党还是共产党，无论统治者还是被压迫者，他都不能肯定的地步，于是，他创造人物的办法，就不是塑造不同时代最鲜明的‘自我’，而是按照理学的‘天理—人欲’观，按照气聚成形，气消形散，不同禀赋造成不同气质——这样原始质朴的理学思想来塑造人物，这样一来，所谓的‘民族的历史’自然也变成了他所谓‘民族的秘史’了。”（见《粤海风》2008年第4期，第98页）韩毓海教授的观点有自己的理解方式，这里不论。但他的敏锐批评和分析仍然表达了《白鹿原》的某种特殊性，就是解构了主流意识形态营造的“核心价值”（而不是民族的“核心价值”），从传统理学来整合一种新的价值观念，我以为这正是陈忠实的民间叙事观念的表达。

还没有像当代中国的长篇小说那样沉重地背负着历史的大主题。这可能是当下中国正处于特定的历史阶段——中国香港回归需要梳理自身的历史，中国台湾面临着主体身份的认同，中国大陆学界需要重新清理近现代史和澄清历史迷雾，民族历史的核心价值需要重新界定，一切都需要返回历史的原点——文学创作在这关键的时候又一次自觉担任了先锋。

但是，这样一种“历史—家族”的民间叙事模式被主流化以后，也不能不看到它对创作的明显束缚。在中国的人文传统中，历史的地位远高于文学，以史传文的作用也远高于以文传史，传统的庙堂意识并不在乎民间文学对主流史学的篡改和解构。所以在古代，历史小说基本上是民间叙事，其对正统的庙堂叙事的解构体现了民间叙事的活力，文学中的想象力和自由自在的精神体现得最为充分。但是在当代中国人文领域里，文学的影响要比历史深远广泛，所以当代文学被纳入意识形态的系统，现代历史题材创作就是为了普及现代革命传统教育而起的，对历史的教化普及功能超过了文学自身的审美要求。理论界对这类历史小说提出了一个审美概念——史诗性①，要求历史小说能够“史诗”般地歌颂和普及现代革命历史。20世纪90年代的民间叙事虽然旨在解构正统的

①我这里所说的史诗性，不是指传统意义上的民族英雄史诗，而是指修辞上对于某种历史叙事风格的概括。准确地说，应该是“诗史”。如学界把杜甫的诗歌称为“诗史”。宋祁《新唐书·杜甫传》称：“甫又善陈时事，律切精深，至千言不少衰，世号诗史。”（见仇兆鳌《杜诗详注》，北京：中华书局，1979年，一册，第7页）史诗与诗史是两个不一样的概念。

庙堂意识，但其远远没有恢复到古代历史小说的民间立场，“史诗”的阴影仍然笼罩其上，就其解构功能本身而言，与20世纪50年代的教化普及功能一样，都是要用人物命运和家族故事来图解和说明历史观念，那么，家族与人物的故事就不能不承担起不堪重负的“历史”使命。原来在家庭小说中的历史背景现在成了表述的对象本身，人们盛赞其思想内容的深刻性，毋宁说这是一种新鲜感，而这种新鲜感是从其历史场面的描写而来，而非从其人物内在性格的发展而来。再者，即使是民间叙事下的历史场面也很难达到真正的深刻洞察力，任何时代的历史观都体现了统治阶级的根本利益与政治诉求，盛世修史是为了当下统治的需要，而民间的原始正义只能表达在民间传说以及相关的野史记载中，还必须躲躲藏藏，掩盖在各种形形色色的假语村言之中。这也是民间叙事模式必有神话传说为标记的原因所在。我这么说的意思是，历史小说的作家尽管很努力地去侦破、解释历史真相，但因为它是以小说的形式出现的，其所表达的往往不是真实的历史本身，而是通过象征、隐喻、夸张、变形等虚构手法来表达一种近似于历史某些真相的信息，起到的仍然是小说的审美效果。因此，文学的民间叙事模式想要澄清历史、还原历史真相其实是不可能的，民间叙事对主流的庙堂叙事的解构仅仅是在文学领域里的一种游戏，在文学范围内起到一种“戏说”的作用。所以，这种“历史—家族”民间叙事模式本身处于尴尬之中，人们期望从中读到新的历史信息，而它能够真正起到的作用却仍然在文学审美方面，但是为了满足人们的这一期待，文学就不能不努力背负历史的大主题，结果损害的仍然是文学自身。

这一困境在民间叙事模式中与生俱来，每一位作家都认识到这一点，作家们要努力摆脱这种困境，只有使其尽可能地减轻、放弃历史的重负，回归文学的审美范畴。所谓“自我更新”，是指民间叙事模式的自我更新，要求作家更加自觉地站在民间的立场上，自觉突破这种叙事模式的现有格局，大胆地放弃和减轻历史主题带来的沉重压力，使民间因素以更加内在化和自由化的形态表达出来。当然我所指的自我突破与更新都是在“历史—家族”叙事模式系统里进行的，并不是要放弃这一模式另起炉灶，历史的元素不能放弃，通过艺术创造来达到对历史真相的揭示仍然是这一叙事模式的重要使命。但更为重要的是，它必须表达民间叙事中的“历史”，并且通过民间的叙事形式来表达。这就势必要求我们在“历史”和“家族”两种元素外再加上第三种元素——神话，其实在民间叙事下的“历史—家族”民间叙事模式中可以看到，神话或者传说在叙事中已经起到了越来越重要的作用，而在像《生死疲劳》《刺猬歌》等作品里，神话的元素不仅仅是一种叙事的点缀，而是融合为叙事的有机部分[①]，从而建构起“历史·家族·神话”三位一体的新的民间叙事模式。在这种新叙事模式里，小说不仅将继承西方长篇小说的批判现实主义的叙事艺术，还将重新启用中国古代小说中怪力乱神的另类叙事传统，将瑰丽奇幻的神话传说因素融入历史小说叙事架构，让创作艺术的想象力重新迸发，建立中国特色的小说叙事的美学范畴。因此，本文所讨论的问题是以《生死疲劳》的叙事特点为对象，探究作家莫言如何在“历史—家族”民间叙事模式的基础上融入神话传说的元素，实现了新的突破。

《生死疲劳》：作为“历史—家族”叙事模式的创新意义

作为一部“历史—家族”二元建构的民间叙事作品，《生死疲劳》并没有离开“历史”和“家族”两大元素，基本特征都没有变化。只是作家以宗教的轮回观念取代了对历史的直接再现，从土地改革到改革开放，大小政治运动和历史事件都是作为一种故事背景而模糊存在于作品，并且是一种模糊的表述。其模糊表述的形式，就是关于西门家族史的怪诞叙事。我

①关于什么是“有机部分”，我可以举一个例子。最近作家刘醒龙告诉我，《圣天门口》要出版一卷本的简本。我当时就提醒说，小说中的一些情节可以删除，但民间史诗《黑暗传》部分最好不要改动，可是醒龙告诉我，简本正是删除了大量的民间说唱部分，因为许多读者认为这部分读起来太累赘。我当然无言可说。但我想，如果在《刺猬歌》的文本里删除了刺猬的故事，在《生死疲劳》的文本里删除六道轮回和动物的故事，小说文本还能成立吗？显然是不可能的。这种不可能被删除的神话或民间传说部分，我称之为“有机部分”。

以为《生死疲劳》的独特之处，就在于其以非常怪诞的叙事形态展示了“家族”的元素，从而再进入了对历史的审美的描绘。

在这个文本里，被灭亡了的西门家族的命运成为主要叙事对象，被枪毙了的地主西门闹成为主要的叙事者。一个不存在的人和一个被毁灭的家族，通过两条生命转换链被连接起来，构成整部作品的叙事。这是相当奇特的构思。其两条生命转换链也很奇特，第一条是西门闹转世投胎为西门驴、西门牛、西门猪以及狗和猴，最后是大头儿蓝千岁，这一代代生命转世的动物隐喻了西门闹的生命实体，或可视为隐喻性的西门家族成员。西门闹虽被枪毙却没有消失，他只是转换了生命的形态继续生活在西门屯，参与这个世界的各种事务。第二条生命转换链是西门闹的一双儿女金龙宝凤，他们获得雇农蓝脸的庇佑，延续西门家族的血脉：宝凤的儿子马改革最后成为作家理想的农民形象，金龙的私生女庞凤凰最后生产了这个家族的最后一代蓝千岁，成为西门闹的第六次生命转世者，在这个大头怪胎的身上，血缘上的传宗接代与佛教中的轮回隐喻合二为一，达到了高度的统一。其生命的转换和延续关系可以排列如下：

轮回隐喻的生命转换链

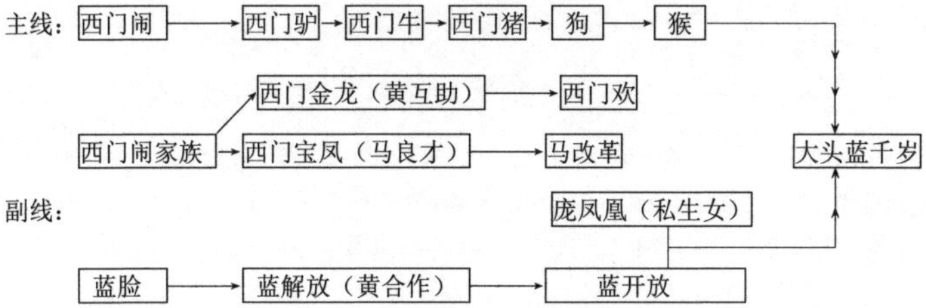

血缘延续的生命转换链

除了西门闹为主角的生命转换链以外，还有一条重要线索来展示西门家族的历史，那就是从家族与社会的整体关系上来把握家族的社会功能。西门大院是其象征。西门闹原有一妻两妾，土改后，除原配白氏顶着地主的帽子受罪外，两个妾都随房产田地一起被再分配，给了长工蓝脸和民兵队长黄瞳做老婆。黄、蓝两家分别居住于西门大院的东西两厢(本来就是西门两个妾的居住所)，而西门大院的正房当作西门屯的村公所，依然象征西门屯的权力所在，洪泰岳主持大权。所以，西门大院的基本功能没有改变，洪、黄、蓝三家继续延续了西门家族的社会功能(统治西门屯)和生命功能(传宗接代)①，直到"文化大革命"后西门金龙重掌西门屯的领导大权，生命功能和社会功能才合二而一。这就是说，整个西门屯的故事，黄瞳一家和蓝脸一家的故事，全都是西门家族的故事。通常的"历史—家族"民间叙事的模式，是通过两个或两个以上的家族的恩仇演变来描述历史的复杂性，而在《生死疲劳》中，所有相生相克的矛盾冲突和演变，都包容在这一个西门大院内，一个家族在通过其自身的矛盾分裂、吐故纳新来发生演变和再生，影射近半个世纪来的农村历史。

---

①《生死疲劳》里有一个细节是洪泰岳与白氏之间仍然存有感情上的暧昧，这也能解释西门闹死后他的妻妾和子女在洪泰岳统治下都没有受到过分的迫害。虽然洪、白的关系最后以悲剧告终，但仍可以隐约看到小说的隐形结构中，洪、黄、蓝三家瓜分了西门大院。他们的身份分别是地方政权、民兵队长和基本群众(雇农)。对应的人物关系为：洪泰岳—白氏(虚构)；黄瞳—秋香；蓝脸—迎春。

一般来说，家族小说总是由鼎盛写到衰败①，而《生死疲劳》相反，是将西门家族由衰败写到兴盛，再从中兴写到重新衰败，然后再写到新生，经过了几个大的波折起伏，包容了复杂、丰富的时代信息：这里有残酷的阶级斗争风暴、农民对土地极其深厚的感情、轮回转世的各种牲畜的悲惨故事、中国农村集体所有制的解体和乌托邦理想的破灭、改革开放以后各阶层人们面临的新的困惑和灵魂挣扎，还有一代青年人的迷茫和悲哀、三代中国人在时代裹挟下的生活方式和思想感情，等等，都体现了家族命运所折射出来的“历史”。但是我们也必须承认，这个文本在解说历史、评价千秋功罪方面没有刻意追究历史的功过是非，也没有呈现出知识分子的强烈的人文立场和道德义愤，而是采取了模糊的拉洋片似的手法一笔带过。历史的反思与批判不是莫言擅长的，他将兴趣着重放在叙事的艺术形式上，叙事形式作为这部小说的主要元素，其意义远远大于小说所展示的历史内涵。我们在其中获得了大量的生动活泼的民间信息，神话与历史、轮回与血缘、天道与贪欲，通过西门家族和蓝脸家族交错在一起。所以，这个文本在“历史—家族”二元建构的民间叙事系统里

---

①由家族的衰败写到中兴的小说叙事结构，在20世纪80年代有过一部相当杰出的作品，就是张炜的《古船》，我把它列为“历史—家族”二元建构的民间叙事系列中的一部先驱式的作品。不过《古船》的写作时代是知识分子反思历史的开始阶段，作家不能不全力以赴地对现代历史进行拨乱反正的工作，历史元素与家族元素占据了小说的主要画面，而民间叙事的元素尚未提到重要的地位。有兴趣的读者可参阅拙文《关于长篇小说结构模式的通信》，收《笔走龙蛇》，济南：山东友谊出版社，2000年。

是非常特殊的一部作品。

由于生命轮回转世的叙事建构，已经死亡的地主西门闹的生命复活了，不但生龙活虎地活跃在文本里，而且主宰了整个叙事的基调，形成了叙事的整体风格。西门闹的性格与蓝脸的性格互为对比。西门闹性格里凸现了一个“闹”字，他有钱有势，无法无天，身体里藏有过度的里比多，敢在太岁头上动土；然而突然遭到命运的残酷打击，人被枪毙，家被瓜分，他的狂放无度的个性和死后的愤怒控诉，都体现了“闹”的氛围，决定了小说叙事声音的喧闹、骚乱、混杂，也影射了整个时代的轰然动荡、冲突、崩溃和分裂。小说叙事没有采用传统的写实主义手法展示各种生活细节，而是通过转世动物的自己的故事，隐喻时代的狂乱气氛。与此做鲜明对比的，是长工蓝脸的性格恰好突出了一个“静”字，他少年时代被西门闹所救，认过西门闹为干爹，应该是一个相当乖巧的孩子，土改以后他作为赤贫户雇农，分得了东家的浮财、住房甚至老婆。但是从这时候起，蓝脸却成为一个孤独寡言的人，他对西门闹怀着深深的感恩之情，抚养了西门闹的一双儿女，对家养的牲畜（其实是西门闹的转世）都视为亲人，倍加爱惜。他坚持单干三十年，当被剥夺了一切，逼得众叛亲离妻离子散以后，仍然坚持在月光下默默劳动，这些劳动的片段，是文本里最抒情最美丽的片段，充满了诗情画意。这一闹一静平衡了小说的叙事基调，让人看到在最悲惨最混乱的时代里仍然有某种坚定的、美丽的力量存在。这就是民间大地的力量。我们几乎很难把蓝脸与土地、月光、劳动等民间概念区分开来。

我注意到一篇对《生死疲劳》的批评文章，指出这是一部“放弃难度的写作”[①]。我起先也有点同意这个看法。什么叫作写作的难度？从作家的角度来说，就是指写作过程中遭遇到的困难程度，从文本出发，“难度”意味着文本向自身的挑战，也就是莫言自己声称的：“只要跟《檀香刑》不一样就行，别的咱也不管。”[②]这里指的“不一样”当然不是两部小说的内容（这本来就不一样），而是指小说的叙事形式。这就意味着作家要向自己挑战。我们如果孤立地分析叙事形式，一次一次的生命轮回，用动物的眼睛来看五十年中国农村（包括整个国家的政策、体制、人心等）所发生的变化，这确实不算很复杂，也没有达到高难度的挑战性。莫言说，他追求的是《生死疲劳》的叙事形式与《檀香刑》的不一样，这一点当然是做到了，但是否做得更好？就需要有更进一步的理解和说明。《檀香刑》的叙事结构犹如三国，魏、吴、蜀三方军事集团从各自的利益出发逐鹿江南，形成一个复杂的叙事结构；《檀香刑》也是如此，人物的叙述分别代表庙堂视角、知识分子视角和民间视角，三种叙事交叉于文本，叙述同一件历史事件，构成了对抗性的多种叙事层面。而《生死疲劳》没有这么复杂，一道

---

①邵燕君：《放弃难度的写作》，见《文学报》2006年7月6日。

②莫言谈《生死疲劳》聊天实录（2006年3月15日）：http://tieba.baidu.com/f?kz=139523502。

道轮回的视角是同一立场同一视角，如果继续用不太确切的比方，《生死疲劳》有点像《水浒》的叙事结构，叙述对象一会儿是林冲，一会儿是武松，一会儿又是宋江，他们的故事连串起来，朝着同一个方向推动了整个叙述的进展。所以说，如果把《生死疲劳》叙事形式仅仅定义为“通过家族命运反映历史”的叙事模式，仅仅把它看成是对历史的轮回形态或者多元解释的表述，那么它确实未能达到应有的高度。——在这个意义上，说《生死疲劳》缺乏难度和挑战性，我想是有理由的。

但是，要认识《生死疲劳》的叙事形式的意义，还不是那么简单。假如我们不把《生死疲劳》的叙事形式置放在一般的“历史—家族”叙事模式中，而是置放在处于蜕变和创新过程中的“历史—家族”叙事模式中来考察，那么，它的意义就不一样。我们前面已经说过，“历史—家族”的叙事模式遭遇到的瓶颈，就是历史意识过于强大，以至于“家族”的元素完全为了图解历史服务，失去了文学想象力的自由放纵。曾有许多作家为此殚精竭虑，做过多种尝试，他们的基本手法是采纳民间神话的想象力来抵御历史的沉重性。如，与《生死疲劳》同时问世的探索性作品，还有张炜的长篇小说《刺猬歌》。这两位山东籍作家的作品描写的都是家乡农村的历史变迁，他们对社会历史发展的看法、对现状的批判以及对民间叙事形式的探索，都有惊人相似之处。但《刺猬歌》没有家族的元素，它在企图摆脱史诗模式，转向更加自由的民间叙事形式的探索方面走得更远①。更有趣的是，这两部作品之间出现了非常相似的细节，甚至达到了互现的程度②。《生死疲劳》在民间叙事形式的探索上没有《刺猬歌》走得那么远，然而人畜混杂、阴阳并存的民间叙事利用了简单的轮回形式，比较容易被读者所接受。一般情况下，作品的叙事形式服从于作品叙事的总体要求，为的是让故事更加有效地说下去，但在《生死疲劳》中，由于叙事形式的意义要大于历史叙事，作为民间的、边缘的叙事者身份出现的鬼魂叙事、怪胎叙事和动物叙事，有意遮蔽了

①《刺猬歌》的结构里明显包含两个世界的奇妙结合，一个是人间的世界，讲述了棘窝镇上半个世纪后半叶发生的故事，另一个是民间的世界，有更加深远的时间意义。……从民间传说的原型来看，刺猬的遭遇隐藏了一个普遍的神话母题：仙女(或女精怪)羡慕人间生活而下凡，与平民男子缔结良缘，但终究无法与人间社会共处，最终遭遇背叛而离散。小说展示的历史时间要遥远得多。第一个阶段是传说中的霍公时代，影射了动物和人类浑然难分的阶段，可以看作人类逐渐从自然中分化出来的过程；第二个阶段是响马时代，影射了人类进入文明史后自相残杀的漫长阶段，在这个阶段，自然界是以伟大庇护者的旁观立场存在的；而第三个阶段是唐童时代，是人类开发自然，大规模掠夺、破坏自然资源的阶段，也是人类与自然界爆发“战争”的阶段。在这个民间传说的世界里，时间的模糊性与大地的亘古性甚相符合，所以在民间叙事里，刺猬与人类都不是叙事者，真正的叙事是大地的叙事，刺猬、狐狸、海猪、土狼、人类等等，都是其中的角色。这部分叙事舒畅而绚丽。如果我们综合这两方面的因素来看，紧张、偏执、绝望与奇幻、赞美、绚烂所构成的截然对立的美学意象相结合，形成了《刺猬歌》特殊的叙事风格，作家把两方面的美学意象都推向了极致。(参见拙作《自己的书架之二十八——〈刺猬歌〉》，载《文汇读书周报》2007 年 5 月 11 日)

②如《刺猬歌》里有大量动物参与人类筵席和狂欢的场景，而在《生死疲劳》中写到金龙与互助的结婚场面时，也有一段非常相似的描写：“月亮往高处跳了一丈，身体收缩一下，洒下一片水银般的光辉，使月下的画面非常清晰。黄鼠狼们从草堆里伸出头来，观看着月下奇景，刺猬们大着胆儿在人腿下寻找食物。”这与《刺猬歌》的写法非常接近。还有，《生死疲劳》把一切罪恶归咎于“贪欲”，同样，在《刺猬歌》里，作家最后把悲剧原因归结为人们误食了一种淫鱼，其谐音为“淫欲”，暗示人性深层的原始欲望，其实也就是莫言所说的“从贪欲起”的意思。

历史叙事的庙堂记录，呈现出特有的民间记忆。我们不妨先看以下排列的一份民间叙事中的西门家族史的时间表（表上的时间凡加注说明的，均是笔者根据小说叙事推算的）：

1948 年农历腊月廿三	西门闹被枪毙。金龙、宝凤一岁余。
1950 年公历 1 月 1 日	蓝解放和西门驴出生。
1960 年大饥荒	西门驴被杀①。
1964 年	西门牛约一岁。
1969 年春节	西门屯成立革委会。金龙当选主任②。
1969 年春耕	西门牛被烧死。
1972 年农历六月	西门猪出生③。

①《生死疲劳》第十一章，饥民暴乱，冲进蓝脸家抢劫，西门驴叙述："面对着这群饥民，我浑身颤栗，知道小命休矣，驴的一生即将划上句号。十年前投生此地为驴的情景历历在目。"以 1950 年 1 月投生的时间推算，当时应当是 1960 年。

②《生死疲劳》第十九章，金龙当上了西门屯革委会主任，动员蓝脸入社时说："您望望高密县，望望山东省，望望除了台湾以外的全国二十九个省、市、自治区，全国山河一片红了，只有咱西门屯有一个黑点，这个黑点就是你！""文化大革命"中，"全国一片红"，各省、市、自治区都成立革委会政权的事件是 1968 年 11 月。以此推算西门屯成立革委会应该是在 1969 年的春节。烧牛事件应该发生于当年的春耕时节。

③《生死疲劳》第二十七章，记载西门屯的一片杏林："因为这些树太大，根系过于发达，再加上村民们对大树的崇拜心理，所以逃过了 1958 年大炼钢铁、1972 年大养其猪。"小说第三部一再提到农村大养猪、开现场会等等。查有关资料，记载 1970 年 8 月底，国务院召开北方地区农业会议。会议号召人们努力积肥，主要是养猪，在第四个五年计划期间要实现两人一猪，争取做到一人一猪。见央视国际：《戊年记忆——1970 年》2006 年 2 月 19 日，来源：http://www.cctv.com/program/witness/20060419/101465.shtml。从小说描写的时间和场景看，西门猪应该生于 1972 年。

1973 年农历四月十六日	金龙和互助、解放和合作举行婚礼。
1976 年公历 9 月 9 日	毛泽东死。西门猪追月逃亡，成为野猪之王。
1981 年 4 月	西门猪回乡。洪泰岳发疯强暴白氏，被西门猪咬掉睾丸。
1982 年 4 月	西门猪死。西门欢、凤凰、开放、改革等三岁。
1983 年初	大雪。狗出生。
1991 年夏	蓝解放与庞春苗相爱逃亡。
1998 年农历八月十五	蓝解放与春苗结婚。蓝脸与狗当晚自然死亡。
2000 年	西门欢与凤凰流落街头耍猴，西门欢被杀。开放自杀，猴死。
2001 年元旦	世纪婴儿蓝千岁诞生。

这份时间表非常有意思，虽然每一个时间阶段的叙事都涉及多个历史事件，但这些事件明显不是叙事的主要内容，有些连背景材料也算不上。比如，第一阶段(驴折腾)涉及的历史事件有合作化运动、人民公社、“大跃进”等，本来都是

农村“金光大道”的一个个里程碑，但是在莫言的笔下一笔带过，点到为止。驴的生命过程只有两个时间点——生在 1950 年，土改以后，农民有了土地的欢欣；死于 1960 年大饥荒。这就是民间记忆。大约所有的中国农民都忘不了这两个时间点。第二阶段(牛犟劲)的两个生命时间点是 1964 年和 1969 年。1962 年农村实行包产到户，经济开始复苏，到 1964 年有了新的气象，农民又有可能买牛了；1969 年“文化大革命”的动乱稍稍平息，“革委会”开始履行农村基层政权的权力。对于单干农民来说“文化大革命”大混乱没有什么危害，一旦建立基层政权，麻烦就来了。于是西门牛杀身成仁。第三阶段(猪撒欢)的生命时间点是 1972 年和 1982 年。1972 年农村经济由于提倡大养猪有了起色，而 1982 年则是改革开放政策实行第三年，所谓“初见成效”之时，农民从大包干责任制得到了好处。很显然，这些事件都是来自民间的特殊记忆，1962 年的包产到户、1970 年开始第四个五年计划、1978 年底十一届三中全会决定改革开放，都与农民的记忆没有关系，他们的记忆是从尝到了实际利益开始的，与教科书里记载的历史事件没有关联。或者说，在民间记忆的时间表上，人民公社、“大跃进”、社会主义教育运动、“文化大革命”、改革开放等等，都是模糊一片；而清晰活跃在民间记忆里的，就是什么时候日子过得欢畅，什么时候日子艰难，前者是 1950、1964、1972、1982 等等，后者是 1958(“大跃进”)、1960(大饥荒)、1969(“文化大革命”中期)等等。这个记忆时间所展示的历史，与庙堂记载的历史大事记，与知识分子感到兴奋的历史时间都不一样。因此，莫言笔下的鬼魂、动物或者怪胎的背后，其实就是一股汹涌澎湃的巨大的民间叙事。

《生死疲劳》的民间记忆不但真实显示了底层的农民对于历史的认知，还表达了作家本人对于历史的特有的解释方式。小说运用了大量怪诞奇特的叙事手法，作家将历史内涵的丰富性都隐蔽在叙事的形式当中，超越了“历史—家族”民间叙事中通常出现的二元对立的思维模式，显示了历史内涵的暧昧性和复杂性。我们可以举一个例子，关于土改历史的反思。土地改革运动是中国共产党刚刚夺取政权以后给五亿农民的见面礼，它通过剥夺地主的土地财产来巩固后方，调动农民支持新政权的积极性。中国农民经受了数千年的地主阶级土地所有制的沉重剥削，只能从一次次失败的叛乱和起义中释放他们的仇恨与疯狂的集体无意识，而在现代革命中，农民扮演了主力军的角色，土改是他们最后一次仇恨心理的集体释放，其中的暴乱和残忍是可以想象的，可以看作封建土地制度下的弱势群体长期积压在无意识里的仇恨的集体发泄。但是这样的过分的仇恨心理和以暴抗暴的行为，在今天以和谐传统为基调的太平盛世中，无论历史观还是现实意义，都作为不和谐之音而骇人听闻。中国文学中的土改叙事从来就有两种相对立的声音，丁玲、周立波的小说与张爱玲、陈纪滢的小说就是对立的代表作。这且不去说它。值得思考的是在 1949 年新政权建立以后，关于土改的作品明显减少，现代文学史上描写土改的小说的代表作，依然是全国建立新政权前的《太阳照在桑干河上》和《暴风骤雨》，而当时新文学的主流却汹涌澎湃地扑向了农业合作社这一新生事物的鼓吹和宣传。很显然合作化运动的集体主义道路才是共产党所追求的社会主义新制度的目标，而土改，则仅仅是“最后”一次农民革命胜利后土地再分配的梦想成真。农民获得土地这一事件的本身并不是社会主义的土地所有制的目标，而且这些土地也即将被一场新的社会主义革命所剥夺，那就是从合作化运动到人民公社的所谓“创业史”和“金光大道”。在历史长河的变化发展中我们不难看到，中国的土地所有者(地主阶级)就成了历史过渡时期没有价值的牺牲品。由于土改的现实意义已经在农业合作化运动中被消解，20 世纪 50 年代以后很少再有作家对土改感兴趣(尽管有大量的作家亲身到农村参加了土改)。而现在一代主流作家是在 20 世纪 50 年代成长起来的，当年的农村顽童从老一辈的土改记忆中获得的都是血腥信息，“文化大革命”中当地政权迫害地主家属后代的罪恶无疑又加深了历史的印象。到了“文化大革命”腥风血雨过去后，人们痛定思痛，反思当代历史暴力的根源时，就追究到土改这场已经失去意义的农民运动。莫言这一代作家就是这样成长起来的，他们笔下反思土改往往是凭借了童年的“文化大革命”记忆，再加上现代流行的人道主义、和谐社会等主流思潮影响，而不能用真正的历史的眼光来看待这个暴力事件。莫言特意声明：“土改这个问题，实际上只是这个小说的简单背景，这确实算不上什么艺术创造，大概更是个政治问题，代表了作家对历史的反思和政治勇气。早在20世纪80年代初期，张炜先生的《古船》就涉及到了，后来陈忠实先生的《白鹿原》、我本人的《红耳朵》和《丰乳肥臀》，都涉及到了这个问题，杨争光先生的《从两个蛋开始》，尤凤伟先生的短篇小说和刘醒龙先生的《圣天门口》都涉及到了。"[①]我想莫言在土改问题上不争头功，既是承认了一个事实——《生死疲劳》在描写土改这一历史事件中没有特别的创意，他只是根据童年记忆中被渲染的血腥印象以及"文化大革命"后人们对阶级斗争的普遍憎嫌心理，塑造了这么一个冤案的细节，同时也不能回避的是，这个细节在《生死疲劳》整个叙事中有关键性的意义：一切是非皆由此冤案而起。它是西门闹投胎转世的起因，也是所有历史纠葛的源头。莫言在具体描述历史事件中极力淡化的细节，恰恰在叙事结构上放在了至关重要的头条位置。

历史小说中如何考察作家的历史洞察力和历史观念，不能仅仅看作家如何有意识地设计小说的情节，更是要看作家在无意识的创作过程中如何泄露了他对历史的真实感觉。在《生死疲劳》中，这种感觉是从小说的叙事形式中表达出来的。我们可以举一个例子：地主西门闹这个形象，究竟是不是像他的冤魂倾诉的那么清白无辜？当我们开始阅读时，劈脸读到的就是西门闹血肉横飞，十八层地狱上刀山下油锅、历经

①莫言谈《生死疲劳》聊天实录（2006年3月15日）：http://tieba. baidu. com/f? kz = 139523502。

酷刑的故事，也许作家在描写这些地狱惨相时有逗乐心理，把一个无辜的地主放在油锅里煎熬似乎很滑稽，但是叙事的隐形结构却泄露了两层意思：一是通过隐喻的方式，影射人间地主在土改中遭受折磨并积累了巨大仇恨；二是暗示了这个鬼魂在阳间并非如他自己所说的，只做善事不做坏事，也许其罪不至于被枪毙，却也并非没有孽债，所以他只有经过下油锅受煎熬、五次畜道轮回的惨痛磨难，才能够真正地返回人间重新做人。还有第三层意思，就是像《聊斋》里的席方平那样，遭遇了阴阳勾结、暗无天日的迫害，关于这一层意思，小说的叙事文本似乎并没有进一步提供相关逻辑，但是我们以后还要讲到它，暂且不论。所以，比较有说服力的可能性还是前两层意思，西门闹作为剥削阶级的一个成员，他在土改中遭受了残酷折磨，但尽管他主观上不承认，实际上他仍然有孽债未清，阎王爷把他放在畜生道里轮回并非冤假错案，地狱也有地狱的法则。

我们继续读下去，文本的叙事形式还会让我们一步步加深这类印象：好像除了西门闹的鬼魂在鸣冤叫屈外，整个小说文本只提供了一个长工蓝脸在怀念他和维护他，也许是因为西门闹曾经是蓝脸的救命恩人，而蓝脸又是一个极其忠厚的人。而西门闹的两个妾，或别的人，都没有对西门闹生前所为有过只言片语的好评（如两个妾在批斗会上对西门闹的揭发控诉，也可能是言不由衷的，但当场与后来都没有得到过澄清）。再者，小说的叙事是通过轮回转世和血缘遗传两条生命转换链来完成西门闹的形象刻画的。首先，在血缘遗传链上我们看到，从西门闹的儿子西门金龙身上的所有暴戾贪婪、恩将仇报、无情无义、好色腐烂等习性，以及疯狂攫取权力财富的能力，似乎都很难看出其父亲身上任何良好的遗传密码，反倒能够体现出一般的剥削阶级成员的“共性”。其次，在轮回转世的生命链上我们也可以看到，那些动物都充满了彪悍疯狂的暴戾之气：驴能杀狼，牛能疯狂，猪能咬死人。据叙事者的安排，那几个动物之所以暴戾如此，是因为还没有脱离人的复仇之心，到了狗和猴的阶段就渐渐离开了“西门”姓氏，变得麻木温和富有动物性了。如此推理的话，那暴戾之气正是西门闹的性格转换的写真，从中似乎很难体会其前世为人时的平和仁慈之相。

我之所以要分析这样一个看上去虽然有趣但近似于无聊的现象，主要想说明的是，本来在文学反思历史的过程中变得简单化的二元对立的思维方式，或者以人道主义的同情来解释历史复杂现象的文学描写局限，在莫言的怪诞的文学叙事中轻而易举都获得了弥补和提升。“西门闹究竟是怎样的一个人”的问题，在史诗式的或者思想家的文学叙事里，是必须探究得一清二楚的核心问题。因为只有这样才能证明历史的合理性或者荒谬性。从《古船》起，作家们就一直在这个二元对立的思维范畴里翻腾，然而，《生死疲劳》的民间叙事形态显然是超越了这样的思维方式。莫言对一切深刻的理论思考都有所涉及但又忽略不计，读者能够在各种风趣的叙事中有所感悟，但不必去深入探究那些过于沉重的历史，从怪诞有趣的叙事中朦朦胧胧地感受到，西门闹的个人品行似乎并不像他的冤魂所描绘的那样单纯、那样仁爱，现实情况总是要比事后的描绘要复杂得多。西门闹的冤魂的吵吵嚷嚷声与其叙事中无意展示的实际印象之间，会有一些距离，出现一些差错，促使我们在美学领域领悟、体会和感受。那就是莫言有意要追求的与以前创作不一样的地方，也是小说中最有难度的部分，而所谓的历史“真实”的探究，则在不经意的叙事中被淡化和戏化了。

可以说，淡化历史元素，凸现神话传说元素，把沉重的历史叙事转换为轻松幽默的民间叙事，从而强化了小说的叙事美学，我以为是《生死疲劳》的最可爱之处，也是对于“历史—家族”民间叙事模式的一次有效性创新。以轻松调侃的喜剧来书写沉重历史，如果我们仅仅从外部向文本里面去寻求历史，就会觉得其缺乏难度，但是从文本内部的拓展来对比已有的“历史—家族”叙事作品，它的突破与创新仍然是不容忽视的。

2008 年 8 月 24 日于黑水斋

原刊于《当代作家评论》2008 年第 6 期

人畜混杂、阴阳并存的叙事结构及其意义

——试论《生死疲劳》的民间叙事(之二)

一

就文本本身而言，《生死疲劳》的叙事结构非常独到。它的叙事结构是用两条生命链建构起西门家族的兴衰史，轮回隐喻的生命链连接了畜的世界、阴司地府，血缘延续的生命链连接了人的世界、人世间的社会；两条生命链的结合，构成了人畜混杂、阴阳并存的艺术画面。小说文本以阴司地府的场景开端，写西门闹的冤魂在十八层地狱里遭受油锅煎炸、阎王审判、孟婆送汤、小鬼送投胎等一整套鬼神世界的奇遇，接着阴司又一再轮换出现，它通过将西门闹的冤魂数次投胎牲畜来影响人世，参与人世。这也可以看作轮回的叙事结构不仅是西门闹的冤魂转世参与人间事务，也是地府的力量对人世间的参与，阴阳两界合而共谋，推动着某种社会发展的趋势。因此，阴司地府在小说文本里也有主体性，有建设性的意义，而不仅仅是一种叙事的噱头或者花招。

认识到这一点，就不会对小说叙事产生多种误解与责难。由于小说的叙事形式古怪奇特，它是以动物的眼睛来描述人世，所以叙事特点与文本的缺陷混杂为一体，制造了一个特殊的阅读效果。比如说，我们责备作家对细节的刻画太粗糙太简单化，但是如果考虑到这些细节的描述本来就是来自动物的眼睛，怎么可能不粗糙、不简单呢？谁能要求一头驴来向我们精致细腻地描绘某个场景呢？我们也责备作家的叙述太混乱，情节太臃肿，与历史事件无关的动物故事穿插太多，有喧宾夺主之嫌，但是，如果想到叙述者本来就是动物，你能让它放弃讲述自己的故事而只讲人类故事吗？小说里动物的故事比人间的故事更加精彩，更有动人之处，就是因为这些故事本来就是由动物来讲述的。所以我们读这个古怪文本之前应该有心理准备，动物的故事是文本叙事的一部分，而且是不可或缺的部分，这才是叙事所体现的人畜混杂、阴阳并存的特色。

由于这部小说的叙事是通过动物叙述来表现的，动物在文本里不仅是叙事者，而且是被叙述的对象。动物有动物的生活规律和自然法则，动物的故事与人世的故事交替进行互为映照，动物对人世间的事情往往模模糊糊不甚了然，而对于动物自己的故事却了如指掌，新鲜活泼，我们只有把动物故事与人世故事看作交替并存的叙事，才能感受其中的审美奥秘。文本里的人畜故事混杂而有序，大致可以归为三种类型。第一类型是动物直接参与人世间故事，推动人世间故事的发展与变化。如第六章西门驴大闹西门大院，解救了白氏的困境，第二十章西门牛杀身成仁，第四十五章西门狗帮助女主人追寻第三者，等等。其中最有意思的是第三十四章“洪泰岳使性失男体”，写西门猪逃亡五年当上了野猪之王，因为思乡而悄悄返回西门屯，看到了五年来社会形势大变，地富分子已经摘帽，商品经济开始冒头，农村大包干责任制的推行使单干户蓝脸看到了希望的曙光；而洪泰岳，一个滚刀肉似的泼皮，在土改和合作化运动中成为既得利益者，但现在却尴尬了，昔日荣光荡然无存；西门金龙正在利用攫取的西门屯党政大权，大张旗鼓地实行他的改朝换代以攫取财富。本来，西门猪是带着旁观者的态度看待这一切，并无参与的意思，但是，当它突然看到洪泰岳酒后大醉，使性强暴白氏，一边强暴一边还侮辱其人，惹得西门猪久已淡忘的记忆里又出现了西门闹冤魂的复仇呼唤，冲上去咬掉了洪泰岳的生殖器，使其彻底成为废人，而白氏也悲惨地以清白之身上吊而死。在叙事中，这是一个弄巧成拙的事件。因为，如小说叙事中所暗示的，洪泰岳长期独身，又没有生理缺陷，从他对西门闹的遗孀子女多处照应，甚至把西门金龙培养为接班人等一贯行为来看，这个人对白氏暗暗藏有感情，只是因恐惧僵硬的阶级理论而不敢有所表露，白氏是感受得到的，金龙也能感觉到。小说有一段描写是在白氏摘了地主分子帽子以后：

“那还不多亏了您……”白氏放下畚箕，撩起衣襟沾了沾眼睛，说，“那些年，要不是您照顾，我早就被他们打死了……”

“你这是胡说！”洪泰岳气势汹汹地说，“我们共产党人，始终对你实行革命的人道主义！”

“俺明白，洪书记，俺心里明白……”白氏语无伦次地说着，“俺早就想对您说，但那时俺头上有‘帽子’，不敢说，现在好了，俺摘了‘帽子’。俺也是社员了……”

“你想说什么？”

“金龙托人对俺说过了，让俺照顾你的生活……”白氏羞涩地说，“俺说只要洪书记不嫌弃俺，俺愿意侍候他到老……”

“白杏啊，白杏，你为什么是地主呢？”洪泰岳低声嘟哝着。

“俺已经摘了‘帽子’了，俺也是公民，是社员了。现在，没有阶级了……”

“胡说！”洪泰岳又激昂起来，一步步对着白氏逼过去，“摘了‘帽子’你也是地主，你的血管子里流着地主的血，你的血有毒！”

白氏倒退着，一直退到蚕架前。洪泰岳嘴里说着咬牙切齿的话，但暧昧的深情，从他的眼睛里流露出来。“你永远是我们的敌人！”他吼叫着，但眼睛里水光闪烁。他伸手抓住了白氏的奶子。白氏呻吟着，抗拒着：

“洪书记，俺血里有毒，别沾了您啊……”

接下来就是旁观者西门猪发作了。这个文本含义曲折暧昧，本来是两个尖锐对立的阶级成员在历史大变动下即将调整关系，将以人性为力量重建和谐的前奏曲，暴力泄洪势所必然，他们之间必须有一场血淋淋的搏斗、清算和自我更新，才能洗去彼此身上的血腥味，使泼皮不再是泼皮，罪人也不再是罪人。可惜这场具有历史意义的庄严仪式被一头猪搅乱了。猪无法理解人世间微妙曲折的关系和变态的表达方式，它既代表了前世的西门闹又是今世的一头无知凶暴的猪，它咬下的这一口在集体无意识里凝聚几世的复仇快感，从此，西门闹的生命转世不再暴戾，狗是一条奴性温顺的狗，猴是一只温顺奴性的猴，原先不安宁的心灵已经彻底平静，前世的仇恨很快淡忘，于是可以成正果，脱离畜道转世进入人道了。这一咬，对猪的故事是历史性的转折点，对人的故事呢？也是如此。这一咬就咬掉了本来也许会出现的阶级和谐的良宵美景，白氏带着“罪人”的身份自杀，掉进了万劫难复的轮回道里，洪泰岳彻底堕入疯狂，成为一个行为恐怖者，而西门金龙失去了洪泰岳的制约，贪婪本性肆无忌惮大爆发，走上了恶性发展的不归路，为后来的同归于尽埋下了祸根。这一情节的内涵相当复杂丰富，猪的故事和人的故事交织在一起，互相作用，互为因果，象征了这个世界根本无法走向真正和谐，人性中狂乱邪恶的恶魔性因素会随时地突然出现，搅乱人世间的理性安排和美好愿望，而这头西门猪，隐喻性地象征了制造人世劫难的非理性的恶魔性因素。

西门猪的象征相当复杂，不限于某种单一性隐喻，但它的强悍和暴戾象征了民族无意识的兽性的原始冲动，我们在第二类型的故事中可以继续看到这一隐喻特征。第二类型的人畜故事是相互呼应补充，有机组合，由动物叙事来补充人世叙事所无法完成的描写，这时候的动物往往成为人的代言者，承担起人世的故事。第六章“柔情缱绻成佳偶，智勇双全斗恶狼”，写西门驴眷爱母驴，勇杀两匹恶狼的故事，描写得绘声绘色。如果孤立地读这个驴传奇，只是一个关于动物的故事，但如果把它放在整个叙事框架里阅读，它是紧接着前面一个人世间的故事，那是杨七等民兵打手威逼西门闹的原配白氏，驴子怒起救白氏，大闹西门大院后翻墙逃脱，走落荒野。如果这样连接起来读的话，那么，西门驴眷爱母驴斗杀恶狼的故事，正是前一部分叙事中西门驴在人间无法宣泄愤怒与复仇欲望，转移到动物世界里完成了。西门驴救“美”斗狼的英雄行为，既是它的前世西门闹的冤愤大喷发，也是西门驴旺盛生命力的活跃与爆发；既是人世间的喧闹，也是动物世界的喧闹，两者之间有了十分默契的配合。西门猪逃亡的故事也是属于第二类型。1976 年 9 月 9 日最高权威轰然离世，强大的禁锢与压抑终于出现松动，西门猪象征的人类身体里的里比多、人性中的原始冲动和嗜血本性汹涌而决堤，它冲破了禁锢，追随月亮而大逃亡，接下来是牲畜造反，人兽大战，撕咬成血肉模糊一片，向人类实行了报复。这个细节，既是对一头逃亡猪如何成为野猪的苦难历程的精彩描写，也隐约象征了最高权威死后民族非理性因素泛滥，社会发展与欲望冲动如何混为一体，在藏污纳垢中慢慢发生了巨大变化。

第三类型人畜故事比较简单，那就是单纯的动物自己的故事的发展，与人的故事暂无关系，最多只是对人世故事的一种嘲讽。比较集中的是那条狗的故事。作家描写狗王国里的豪宴聚会、兄弟情谊，都是用拟人手法描写动物的故事，或者从狗的眼睛里看到人世间的某些可笑的场面，与人世故事并无关系。狗与人的关系已经松弛，不像西门驴、西门牛、西门猪与人那么紧密相关，暗示了生命转世已经渐渐远离了前世的冤孽，趋于平淡正常了。到了猴的时代基本上已经无故事，动物猴子已经不再具有人的思维语言，纯粹沦落为人所豢养使唤的卖艺道具了。动物轮回的叙事到了狗的时代已经结束，最后换成了作家的客观叙事来交代故事的大结局。这种渐行渐远的叙事极有张力，慢慢地流露出作家本人的一些历史观念和矛盾心理。于是，当我们将人畜混杂的故事阐述完毕以后，再回过来讨论阴阳并存的意义，就更加清楚了。

因为所有一切动物轮回的故事都来源于阴司地府的精心安排，当狗的灵魂回到了阴司见到阎王时，他们之间有这样一段对话：

> ……大堂上的阎王，是一个陌生的面孔，没待我开口他就说：
>
> “西门闹，你的一切情况，我都知道了，你心中，现在还有仇恨吗？”
>
> 我犹豫了一下，摇了摇头。
>
> “这个世界上，怀有仇恨的人太多太多了，”阎王悲凉地说，“我们不愿意让怀有仇恨的灵魂，再转生为人，但总有那些怀有仇恨的灵魂漏网。”
>
> “我已经没有仇恨了，大王！”
>
> “不，我从你的眼睛里，看得出还有一些仇恨的残渣在闪烁，”阎王说，“我将让你在畜生道里再轮回一次，但这次是灵长类，离人类已经很近了，坦白地说，是一只猴子，时间很短，只有两年。希望你在这两年里，把所有的仇恨发泄干净，然后，便是你重新做人的时辰。”

作家莫言笔下的阎王让我想起了“文化大革命”中的五七干校，知识分子的“世界观”还没有改造端正，就安排他继续在五七干校里从事艰苦劳动，直到他彻底斗私批修脱胎换骨，才能放他回社会重新分配工作，也就算功德圆满重新做人了。

那个阎王在阴司地府就是从事这么个改造灵魂的工作，其宗旨非常明确，就是要彻底消除人间的仇恨，把世界营造成一个浑浑噩噩的太平世界。这是莫言创作《生死疲劳》的全部用心所在，也是他从文不对题的六道轮回的宗教概念中获得的叙事灵感，小说中阴阳并存的叙事结构，使得作家的创作思想表达得恰到好处。但是，我坦白地说，我不喜欢这样的思想结果，也不甘心从小说里得到这样的阅读结果。我想了解的是，这个泯灭仇恨、因果报应的构思是不是作家莫言的全部思想？换句话说，莫言利用了六道轮回的概念来表述他的民间叙事，是否就完全地、不留下一点缝隙地接受了这样的宗教观念？《生死疲劳》是一个完整的文本还是一个自相矛盾、有待发展的文本？

二

我想，这些问题，可以通过比照小说的副文本（扉页的题词）[①]与正文本来进一步探讨。

---

①据法国文论家热奈特的解释："副文本如标题、副标题、互联型标题；前言、跋、告读者、前边的话等；插图；请予刊登类插页、磁带、护封以及其他许多附属标志，包括作者亲笔留下的或是他人留下的标志，他们为文本提供了一种变化的氛围……"（见热奈特：《热奈特论文集》，史中义译，天津：百花文艺出版社，2001 年，第 71 页）《生死疲劳》中副文本是作家的题词，但作家题词内容来自"佛说"，也就是某种典籍，在我的文本细读的理论中，属于"阅读经典"的范畴。（见拙作《中国现当代文学名篇十五讲》，第一讲，北京：北京大学出版社，2003 年，第 13—15 页）

作家莫言在《生死疲劳》前煞有介事的题词是来自佛经上的话，佛说："生死疲劳，从贪欲起。少欲无为，身心自在。"可是我乍读小说，所有的生动细节、幽默叙述、纵横捭阖的历史场景和切肤之痛的现状，所有一切，似乎都很难直接与"疲劳"的概念黏结起来，或者说，精力充沛的莫言特有的民间叙事形态掩盖了小说真正的主题——疲劳从何而来？莫言生龙活虎，莫言不知疲劳，他站在民间大地的充沛淋漓的生命元气之上，我们看到的都是生生死死，轮回不息，疲劳何来？再说"贪欲"，这是一切疲劳的总根源，生活悲剧之根本原因。这个理论我们并不陌生，王国维从西方搬来叔本华的理论，就是这样来解读《红楼梦》的主题。但是如果我们简单地将这套理论搬用到《生死疲劳》，解读还是有一定的难度。如果我们以土改为因，以五十年中国农村艰难道路为果的话，我们仍然无法找出"贪欲"的隐喻所在：是地主西门闹的贪欲引起了杀身之祸？还是洪泰岳的贪欲导致了农村的土改？如果我们以农民蓝脸坚持单干为因，以最终农村人民公社的解体为果的话，好像也难以解释：是蓝脸的单干道路是贪欲？还是洪泰岳的集体化道路是贪欲？好像两面都说不通。直到我读到小说第五十三章阎王与狗灵魂的对话时，才豁然开窍，再继续往下看时全无困难，作者的意图渐渐地清楚了："少欲无为，身心自在。"我想，这八个字才是莫言读佛经怦然心动的关键，也是他创作这部小说的最初动力。我们似乎可以用倒轧账的办法，来找一找谁是《生死疲劳》里少欲无为、身心自在的人，也就是莫言的理想中的人物。

真让人想不到，莫言仿佛是极不经意的淡淡一笔，写了一个人物：马改革。他是地主西门闹的亲生女儿西门宝凤与小学校长马良才结合所生的儿子，一个最没有故事的人物。莫言只是在小说临近结尾的时候，仿佛是突然想起来似的带了一笔："宝凤的儿子马改革胸无大志，是一个善良、正直、勤劳的农民，他赞成母亲和常天红的婚事，使这两个人过上了幸福美满的生活。"——我为什么要引这么一段话？因为这是小说里唯一写到马改革的故事，读者读到这句话一定会感到一阵亲切，朴素到极点的话语，就像我们童年时代阅读过的无数民间故事的最后一句结束语，包含了普通人对于幸福生活的期望：不求高官厚禄，不求金银财宝，唯求美满幸福，有情人终成眷属。推究起来，这也是《生死疲劳》所描绘的世界里唯一幸存的好结果，莫言用了"幸福美满"这样平庸而温馨的语词来形容他们，这是他的小说里极少有的境界。如果我们将马改革与他的同代人相比：善良正直的蓝开放饮弹自杀，为的是爱上了表妹庞凤凰，有乱伦之嫌；浪子回头的西门欢和扮酷作妖的庞凤凰都是千金散尽，大彻大悟，抛弃了一切荣华富贵而街头卖艺，最后也在街头遭到厄运，一个惨死，一个产后死亡。但是他们俩实为没有血缘关系的兄妹，一个是西门闹的儿子、旅游开发区董事长西门金龙的养子，一个是金龙与县委书记庞抗美的私生女，这一对小儿女看透了父母辈的贪欲如何生出邪恶，邪恶又如何生出不义之财富，而不义之财富只能给人生带来无穷无尽的灾难，这就是“疲劳”。所以他们兄妹俩自愿走出贪欲的世界，去街头卖艺中找到自由自在的含义。我们不由想起《红楼梦》中贾宝玉的最后撒手出走。可是由于他们自身的孽并未消除，终于为此付出了生命的代价。而只有马改革，无贪无欲，宽厚孝亲，当一个普普通通的农民，得到了善果。马改革赞同母亲的再婚，也算不上善事，然而他母亲之所以再婚，一来是常天红本来是她的闺中情人，二来是她的前夫马良才本来是个安分的农村知识分子，因一念之差辞职下海，受到了通报批评，竟恼羞成疾而死。可见在人生道路上，一丝一毫的贪欲也会带来无穷无尽的烦恼。西门欢、庞凤凰、蓝开放、马改革是70年代末生人，他们由奢入俭，返璞归真，证明了莫言对中国的未来并非彻底绝望，不过这个微弱的希望，也是付出了极其沉重的代价而获得的。

由此往上推究，我们才看得清楚，西门欢这一辈只是贪欲的牺牲品，而正是他们父辈一代，才是贪欲的直接体现者。这是中国20世纪历史上最贫乏的一代人，在成长过程中由于物质的极度缺乏和精神的极度空白，造成了严重的精神贫血和寡廉鲜耻，无论是面对外部世界的物质财富，还是自己生命内部的欲火中烧，他们都毫无抗衡能力。莫言在小说第二十五章借狗的嘴巴说：“五十年代的人是比较单纯的，六十年代的人是十分狂热的，七十年代的人是相当胆怯的，八十年代的人是察言观色的，九十年代的人是极其邪恶的。”这恐怕不是指单个的“人”而言，指的是民族集体无意识的心理在某个历史阶段的特殊表现。不幸的是，在20世纪90年代的改革开放过程中，久久压抑的无意识毫无遮拦地打开了闸口，形成一种人欲横行的时代，西门金龙这一代贫乏的人一马当先，他们本来就一无所有，毫无道德感，也无所顾忌，对于时代给他们带来的亏欠怀有深深的怨恨和报复心理。所以，由他们这一代人来担当“极其邪恶”的贪欲人格正逢其时。以西门金龙为例，他原来是地主的儿子，为了表现进步他不得不背叛养父，分裂家庭，以疯狂、残忍的行为，害死了其实是他亲生父亲的西门牛。从传统伦理的立场上说，这个人十恶不赦，毫无人性，但是在那个非理性的时代里，这一切不仅能得到鼓励，而且让他顺利混上了西门屯的领导位置。不过作家写这个人物时手下还是留了情，写他并没有完全泯灭良知，只是贪欲太强，灵魂与肉体都不得安宁。西门金龙后来当上了革委会主任、养猪场场长，改革开放以后亦官亦商长袖善舞，利用权力在西门屯的土地上开发旅游项目，把西门屯重新夺回到他西门家族的手中，终于逼得发疯的洪泰岳身怀炸药与他同归于尽。而另外几个同代人呢？蓝解放为情所困不惜放弃党籍官印，与比他小二十岁的春苗私奔，过起逃亡者的生活。庞抗美身为县委书记贪污腐化，终于东窗事发，判处死刑自杀于狱中。他们一个个都为贪欲所困扰所驱使，仿佛是地狱之鬼一样，挣扎在欲火烧烤之中。虽然蓝解放与庞春苗的爱情精神得到了作家赞扬，但在作家的价值判断中仍然属于“从贪欲起”之一种典型，所以最终不得善果，春苗连同所孕的婴儿遭遇了飞来横祸而身亡。这一辈人中唯有西门宝凤——地主西门闹的女儿，马改革的母亲，一个最为平淡、郁郁寡欢的女人，成为比较自在的农村赤脚医生。

生死疲劳，本来是指生、死、疲、劳，四种人生现象，皆源于贪，终于苦。现在我们来看西门屯的第一代人：西门闹虽然自以为乐善好施、仁慈多多，土改时仍然被当作恶霸地主枪决，冤气冲天，阴阳不宁，轮回在畜道继续遭罪不得超度，这是死之苦；他的原配妻子白氏一生是苦，三十几岁就被丈夫嫌弃，土改后丈夫被枪毙，家产被没收，两房小妾都反戈一击另适他人，唯她被定了地主婆的罪，生不如死，这是生之苦；蓝脸一生热爱土地，因为坚持单干而受尽磨难，家庭破散，土地瓜分，连心爱的家畜都不能保护，驴被杀，牛被烧，终日劳苦于一亩六分的土地上，唯有月亮相伴，好容易挨到人民公社垮台，土地保住了，人们很快地又为贪欲所驱使放弃了土地，他亲手抚养长大的下一代一个个走到了他的前头悲惨死去，他那“黄金铸成”的土地最后变成了一片坟场，自己带着老狗躺到自己掘好的坑里，埋葬了自己，此人筋疲力尽到了极点，这是疲之苦；洪泰岳一生宁左毋右，自以为是，一旦时代变化，理想成了镜中花水中月，他也随之发生了“辛辛苦苦三十年，一觉回到解放前”的错乱，所有劳碌最终一场空，可谓是劳之苦。生死疲劳之苦，在老一代的西门屯人中间一应俱全。洪泰岳与金龙同归于尽，在洪泰岳，是乌托邦理想破灭走向极端，在西门金龙，是恶贯满盈咎由自取，两者都有死的理由，但这样的恐怖暴力行为发生的原因，倒是更加值得人深思。洪泰岳是西门一家两代人的血仇之人，由西门金龙推溯到西门闹，可以想象作为几千年封建地主阶级的成员西门闹，虽然本人或无血债，但是作为身处在残酷的经济剥削和政治压迫的专制关系中的一员，他无法避免恐怖暴力冲突的发生，也无法避免个人成为其中的牺牲品。我们从小说开篇地主西门闹成为阶级复仇的牺牲品到小说结尾西门金龙与洪泰岳在暴力冲突中同归于尽，都看到了作家对所面对的财富两极分化、贫富冲突激化怀有极大忧虑与悲天悯人之心。所以，他要用他在西门闹一代人的遭遇中看到的“果”来警告西门金龙一代戒贪节欲，不要重蹈当年的历史覆辙，也就是从西门闹一代的生死疲劳追溯到贪欲之因，从金龙一代的贪欲中推导出苦相之“果”，贪即是苦，苦皆因贪，互为因果，互为因缘。生死疲劳从贪欲起，少欲无为，身心自在，在西门屯三代人的命运演绎中全部都包括进去了。我以为，这是《生死疲劳》最隐蔽的主题，也是作家直面当前痛心疾首的感受而后返诸历史寻找教训的创作本意。

或者有读者问：西门闹、白氏为地主阶级成员，他们的贪欲为其阶级本性使然，在生死之苦报应前已有孽债，洪泰岳是权势中人也自有报应，这且不去说它，唯有蓝脸忠厚本分热爱土地，蓝解放为爱情而挂官印弃党籍在所不惜，这都是作家所同情所赞扬的自由精神之象征，怎么把他们也归入贪欲呢？我想这正是小说叙事中最为复杂的现象。在小说的显性文本中作家确实是用赞美的笔调描述蓝脸的故事；作家对于蓝解放的婚外恋故事虽然语多讥刺调侃，但仍然是赞美有加。这是作家不加掩饰，读者心领神会，两无隔膜的。但是从小说的叙事结构来看，小说第一部和第二部的主要情节就是围绕着蓝脸坚持走单干道路引起的悲剧惨剧，第四部的主要情节是围绕着蓝解放的婚外恋事件。而这些冲突事件的性质本身似无绝对是非可言，它只是体现了时代变化中不同观念的互不相容。因为观念的执着，惹出了无穷无尽的烦恼，一切悲剧皆从中来。从佛教的理念来说，两者都离不开贪欲的执着。蓝脸偏执于一小块土地，蓝解放偏执于自己的情欲，假如对此横加干涉，暴力扼杀，固然有背人道，但一味坚持，偏执无悟，也是注定要劳苦终生，疲惫不堪，也如水中月镜中花，于己于人都是幻象。这在蓝解放和春苗的爱情悲剧中已经表现得很清楚。再以蓝脸为例，他坚持单干道路是因为抱定了一个自古以来的观念：亲兄弟都要分家，一群杂姓人，硬捏合到一块儿，怎么好得了？应该说，这是几千年小农经济生产方式所派生的农民生活经验和伦理观念，农民在自己的土地上劳作是一种理想，但并非是真正自由自在。蓝脸的形象告诉我们，农民是热爱土地的，但他爱的是属于自己的土地，并非广义上的土地；对照贾平凹的《秦腔》中的夏天义的形象，他也是一个离不开土地，最后葬身于此的老派农民，但是他并不在意土地是属于集体的还是属于自己的，他只是本能地热爱土地热爱劳动，认定了农民只有靠地吃饭才是最可靠的。所以夏天义与土地的关系比较宽泛，出于一种农民热爱土地的本能，而蓝脸的界限是热爱自己的土地。最后他在自己土地上种出来的粮食吃不完，作为陪葬，都埋到了自己的坟墓里。这个意象似乎也暗示了土地最终成为蓝脸自我束缚的枷锁。因此，蓝脸父子的逆潮流而动都是个人的欲望所驱，就个人的追求而言自有其动天地泣鬼神之伟力，但从一个大的境界而言，也只能看作孽障未尽、心魔犹在的证据。所以佛说，要少欲无为，才能真正做到身心自在。由于小说叙事复杂，作家自己的复杂心态也难以清晰表述，主题被掩埋在一般的历史事件背后，很难完整呈现。

三

很显然，这部小说的真正主题完全是来自现实的感受，作家借助于佛的说法来警告现实生活中的贪婪者们，警告他们这样下去不配做人，轮回里应该进入畜道受苦受难。由此他追溯历史，推出了一部冤冤相报的阶级斗争的苦难史。对于作家这种宗教的历史观是否能够准确表达历史的真相，我不想做评论，因为任何作家都有权利从他个人的理论认识出发来解释历史，但我想讨论的还是一个文本的“缝隙”，即如前面所说的，少欲无为，身心自在，这种形如枯木、心如死水的理想境界，是从宗教箴言的逻辑推理出来的理想境界，还是莫言心底里的理想境界？因为我们明明看到，莫言惯有的元气酣畅的文笔、稀奇古怪的艺术想象，以及充满生命肉感的语言艺术，与他在小说里所表彰的“幸福美满”生活的西门宝凤、马改革等人物的生活方式和生命状态显然是不符合的。这种没有欲望，没有痛苦，也没有罪恶感的生活理想，是几千年来中国小农经济生产关系下的道德理想标准，这种标准放在现代社会的技术发展中，显然是苍白无力，或者说是难以为继的。小说第四十七章有一段对西门宝凤母子俩的正面描写，是从西门闹的生命转世者狗小四的眼睛看出去的：

> 在我所有的记忆中，她都是郁郁寡欢，脸色苍白，很少有笑容，偶尔有一笑，那也如从雪地上反射的光，凄凉而冷冽，令人过目难忘。在她的身后，那小子，马改革，继承了马良才的瘦高身材。他幼年时脸蛋浑圆，又白又胖，现在却长脸干瘪，两扇耳朵向两边招展着。他不过十岁出头，但头上竟有了许多的白发。

这就是西门家族里最安全、生活也最平静的一对母子，他们安贫乐道、少欲无为，但是他们的身心是否就自由自在呢？至少在小说文本里我们是看不出的。如果按照题词里的四句话的逻辑，那么这对母子是可以作为“幸福美满”的理想人物，但是在现实生活中他们恰恰是被压在最底层、生活最困难、在我们这个时代最没有发言权的人。如果阴司地府要把生龙活虎、敢在太岁头上动土，蒙了杀身之祸又不甘心，大闹地狱人间的血性人西门闹改造成这样了无生趣、形同狗猴，那么，人生还有什么意义呢？当然是有意义的，但只能是对于另外一种人有意义了。我们这个时代，一方面从残酷的阶级斗争到疯狂的经济竞争中，涌现了无数呼风唤雨的西门闹、洪泰岳、西门金龙、庞抗美等剥削者、贪婪者、流氓泼皮、政治打手、贪官污吏，精心制造各种各样的罪恶；可是另一方面，地狱人间共同携手，把无数蒙冤受苦的人打入畜道不许他们鸣冤叫屈，不许他们面对着不公正的世界喊叫和反抗，要他们从阴间转世前就改造得服服帖帖，这样的人如果通过轮回（改造）成批量地制造出来，究竟会创造出一个什么样的世界呢？人之所以为人，就是因为人比牲畜懂得一点是和非，生出一点知耻之心，也会对于罪恶的人和事进行抗争。老作家巴金在《随想录》里引过一句西方作家的话：奴在身者，其人可怜；奴在心者，其人可鄙[①]。我觉得如果是按照“佛说”的四句话所推导出来的逻辑而言，那些阎王们在阴司地府里要做的工作，似乎就是要把人的心换成畜的心。这就使我又一次想起了《聊斋》里的席方平的故事里那些鬼魅们的勾当了。

但是，我要说的这个文本的“缝隙”，恰恰就在这里产生了意义：当作家莫言利用副文本的“佛说”来构思小说的叙事

①巴金：《随想录》合订本，上海：三联书店，1987年，第377页。

结构时，他不能不推导出这样一种“少欲无为，身心自在”的理想标准；但是，作家莫言从一贯的大气磅礴的创作风格与他一贯的民间立场出发，他也许是不自觉地跳出了这个宗教箴言的逻辑和戒律，露出了连阎王也管辖不住、佛也控制不了的顽童的自在真相。那就是，西门闹的生命经历了畜道轮回，阎王小鬼煞费苦心后的投胎转世者，据说是已经忘记了仇恨的灵魂托生者——大头儿蓝千岁，依然是一个喧闹不息、炯炯有神的怪胎式人物。小说第三十三章有一段描写：

> 连续几天来大头儿的讲述犹如开闸之水滔滔不绝，他叙述中的事件，似真似幻，使我半梦半醒，跟随着他，时而下地狱，时而入水府，晕头转向，眼花缭乱，偶有一点自己的想法，但立即被他的语言缠住，犹如被水草缠住手足，我已经成为他的叙述的俘虏。为了不当俘虏，我终于抓住一个机会，讲说这伍方的来龙去脉，使故事向现实靠拢。大头儿愤怒地跳上桌子，用穿着小皮鞋的脚跺着桌面。住嘴！他从开裆裤里掏出那根好像生来就没有包皮的、与他年龄显然不相称的粗大而丑陋的鸡巴，对着我喷洒。他的尿里有一股浓烈的维生素B的香气，尿液射进我的嘴，呛得我连连咳嗽，我感到刚刚有些清醒的头脑又蒙了。你闭嘴，听我说，还不到你说话的时候，有你说话的时候。他的神情既像童稚

又像历经沧桑的老人。他让我想到了《西游记》中的小妖红孩儿——那小子嘴巴一努，便有烈焰喷出——又让我想起了《封神演义》中大闹龙宫的少年英雄哪吒——那小子脚踩风火轮，手持点金枪，肩膀一晃，便生出三个头颅六条胳膊——我还想到了金庸的《天龙八部》中的那个九十多岁了还面如少年的天山童姥，那小老太太的双脚一踩，就蹦到了参天大树的顶梢上，像鸟一样地吹口哨。

这段绘声绘色、令人忍俊不禁的叙述，典型地刻画了蓝千岁神态中的一个“闹”字，他上蹿下跳、动手动脚、神通广大又粗俗不堪，极其传神地传递出文本叙事的特征。蓝千岁是西门闹经过了六道轮回转世而后脱胎而出的生命体，但是性格喧闹如故，往事历历在目。其实蓝千岁才是真正的叙事者，小说第二部开始，就由他来说破轮回事，主导了文本叙事风格。这也就是说，阎王企图通过五次畜道轮回让他忘记历史忘记仇恨的目的并没有达到，他的身体里依然保留了前五世生命的孽缘精神。也就是说，这个人物的出现，对于阎王的轮回策略进行了消解，不经意中证明了阴阳两界改造灵魂的破产。其次，蓝千岁是西门闹身后的两条生命链合二而一的产物，所以其生命遗传不是单一的，而是有了更大的丰富性。在小说第十二章作家这样描绘：“看看他脸上那些若隐若现的多种动物的表情，——驴的潇洒与放荡、牛的憨直与倔强、猪的贪婪与暴烈、狗的忠诚与谄媚、猴的机警与调皮——看看上述这些因素综合而成的那种沧桑而悲凉的表情……”这就是蓝千岁的神态，他全盘继承了从西门闹到各类牲畜的遗传因子，勇敢而霸道，“野气刺人”，这是作家对他的评价，这种精神状态要比默默劳作的马改革要更健康，更有希望，也更加符合作家莫言一贯的民间审美精神。除了继承了六世因缘的遗传以外，蓝千岁的父母是蓝开放与庞凤凰，蓝开放是蓝解放的儿子，庞凤凰是西门金龙在大杏树下与庞抗美野合而生的女儿，因此他继承了西门家族和蓝脸家族的血缘。但这还不够，作家写道，大头儿蓝千岁不是一个正常健康的人，而是一个血友病患者(血友病指自发性或周期性出血，并且出血不止；病人经常要靠紧急输血才能挽救生命)。他需要黄互助的“神发”不断充血而活着，其构思别出心裁，或许作家莫言正是为了让蓝千岁患有血友病，才设计了黄互助的神发，并且有过一次抢救小狗的成功试验。但这种设计有刻意的隐喻意图：蓝千岁完整地继承了三家血统——西门闹、蓝脸和黄瞳，如论文之一所分析的，这个人物将全盘继承西门大院的血缘。我们知道，这三家人在第一代是严峻的阶级对立关系，第二代是互为姻亲的秦晋关系，到了第三代，是共同承受上代人的贪婪恶果、患难与共的关系，而第四代——只有一个蓝千岁，成为融合为一的象征。西门闹的强悍，蓝脸的厚德，黄瞳的阴鸷，都凝聚在他的身上。虽然有病在身，却是神奇之人——意味着对“少欲无为，身心自在”

的解构。其三，作家毫不掩饰对这个人物的偏爱，这段叙述里用了红孩妖、哪吒、天山童姥等一连串中国小说里的神话人物来形容他，这些神话人物都是半人半神，兴妖作怪，不受三界的束缚，追求自由自在的境界。如果从叙事的角度来理解，这个人物更像歌德《浮士德》里的“人造人”何蒙古鲁士。何蒙古鲁士引导浮士德漫游古希腊，演出了浮士德与海伦的一场爱情悲喜剧，而在莫言的这部叙事里，蓝千岁（携同爷爷蓝解放）引导了读者漫游中国农村历史五十年，看到了惊心动魄也是稀奇古怪的种种现实与幻象，上天入地，贯通三界，起到了重要的作用。其四，大头儿蓝千岁的古怪形象也可以与平庸老实、未老先衰的马改革形象做一个对照，但他是个不正常的怪胎，身体萎缩而脑袋奇大，生殖器粗俗而丑陋，前者暗示了其精神智力的丰富发达，后者象征了生命力的旺盛强悍，而偏偏肉身萎缩，不成比例。我觉得作家莫言创造出这么一个怪胎的形象，并不是一个理想的形象，而恰恰是莫言自身夹在“佛说”宗教箴言与他自身的民间文化之间矛盾两难中而结成的怪胎。作家希望以佛教的轮回说来警告世人要戒“贪欲”，也就是杜绝肉欲享受，但由于对佛这一“说”理解过于简单肤浅，结果导致了头大身体小，智力超常而肚腹干瘪，这是形象一；又以莫言一贯的民间文化立场，生命如土地生生不息，天造地设，因而生殖功能威猛，筋骨彪悍，充满活力，这是形象二。两个形象合在一起，就变成了两头肥大而中间干瘪、四肢乱动上蹿下跳的怪胎。生死疲劳，从贪欲起，这句话本身无错，少欲无为，身心自在，这句话也没有错，但是结合在一起并且推向极致，就会推导出马改革的干瘪无力的形象，再给以生命力充沛强盛的民间文化来补救之，但如不协调不得法，就会出现大头儿蓝千岁的怪胎形象。本来气(精神)血(生殖)两旺是要靠身体来贯通，身体不壮则会气血两亏。所以我以为，大头儿蓝千岁是作家莫言精心塑造的艺术形象，但只是一个过渡性的形象——他综合了由阶级斗争到全民和谐、由经济发展到贪欲无度的种种因素，企图有所克制，走出怪圈的过渡——而不是理想与圆满的形象，大头儿应该利用他的硕大的脑袋去思考，并利用孔武有力的生殖器去努力，努力创造出一个新的更加合理的下一代。在这个意义上，《生死疲劳》的叙事如同它的叙事形式一样，并没有最后完成。

2008 年 8 月 27 日于黑水斋

原刊于《当代作家评论》2008 年第 6 期

补编

从《带灯》看“法自然的现实主义”叙事艺术

21世纪以来，贾平凹的创作处于井喷状态。过去是每隔十年必有佳作，近十三年中贾平凹连续创作了《秦腔》《高兴》《古炉》《带灯》四部有分量的长篇小说，几乎每一部作品的问世，都引起了文坛的震动。《古炉》出版到现在已经四年，我一直想写一篇文章，通过从《秦腔》到《古炉》的创作，谈谈贾平凹的叙事艺术，但还没等我写完，《带灯》又出版了。这部小说某种程度上又颠覆我已经形成的想法。读贾平凹的小说真是一种挑战，《带灯》给我的感觉与前面两本小说不一样。我读《秦腔》《古炉》，有一个非常强烈的印象：贾平凹的叙事艺术摆脱了早年的抒情风格，小说语言与生活状态融化在一起水乳难分，形成一种属于本乡本土、自然丰腴的民族叙事语言。从讨论民族形式与民族气派的意义上来说，贾平凹在当代是独步的，没有人具有他这种浑然天成的将口语、方言、乡土气融为一体，又有高度艺术性的语言能力。

但是《带灯》很不一样。《带灯》是一部复调小说，两个语言系统相生相克交织在一起形成了阅读的张力：一种是从《秦腔》《古炉》而来的，自然状态下的生活语言系统；而另外一种，如诗如诉，仿佛平凹又回到20世纪80年代创作的抒情语言系统。这部分语言自成文本，由主人公带灯通过手机向她的精神偶像元天亮发出的24则短信组成[①]，其实这些称之为“短信”的文本篇幅并不短，语言多浪漫幻想，让人想起贾平凹早年师宗孙犁时代的抒情作品。在小说结尾处，24则短信已经用尽，小说也进入尾声，作家在题为“带灯大哭”的段落里，突然插入一段类似短信语言，似乎要将两种语言系统混淆起来。那是描写带灯一场噩梦醒来，梦里她的偶像元天亮离她而去，她如怨如诉地说了这么一句话：“或许或许，我突然想，我的命运就是佛桌边燃烧的红蜡，火焰向上，泪流向下。”意象极佳。这部复调小说在整体上表达了这样一种悖反的意象：像倾听一个纯洁而苦恼的灵魂独白，带灯面对丑陋的沉重现实，精神向上，力量积蓄向下(民间)。

我曾经把贾平凹自《秦腔》以来的小说叙事艺术，称之为“法自然的现实主义”，这个词组里，关键在于对“自然”的理解。这个概念虽然无比繁复，但择要说来，“自然”作为名词的意义主要有以下三种。一是指宇宙万物构成的物质世界，

①小说里题为“给元天亮的信”的小标题共有25个，即带灯给元天亮写了25则短信，但第23则短信被带灯错发给了自己的助手竹子，一下暴露了自己的内心世界，故事也即将接近尾声。因此实际上带灯给元天亮发出的短信是24则。

二是指没有拘束的生命运动现象，两者均指非人力刻意追求的状态。又由于客观的宇宙物质世界或者生命本来状态都不是静止形态，而是充满了自我运动的力量，所以又派生出第三种：“自然”包括了人类在自由运动过程中的客观形态，即社会的现象。在文学流派中，“自然”的第一种含义引申出寄情山水、讴歌大自然的流派，这一流派偏重于对原始的自然现象的颂扬，在今天已发展为生态文学倡导环保；“自然”的第二种含义强调人类生命运动的规律，引申出以描写遗传密码、生命的神秘现象为特色的自然主义文学；“自然”的第三种含义比较复杂，所谓客观真实地描摹现实生活。如以第一种含义为标准的话，社会现象不属于“自然”，它是人类实践中刻意追求而产生的组织形式，属于自然的对立面；如以第二种含义为标准的话，人类的生命自由运动的最终结果，就是在实践中形成某种社会形态和社会现象，它是属于“自然”的一种特殊现象。一般来说，自然主义文学排除人类生命运动中的理想或假设成分，只承认当下的社会呈现，“自然”就是这样一种呈现的“真实”状态。法国自然主义文学大师左拉在《卢贡—马卡尔家族》的皇皇巨著中，示范性地描写了法国“第二帝国时代一个家族的自然史和社会史”，“家族的自然史”指的是生命遗传秘密，“社会史”指的是当时法国社会方方面面的“呈现”，也就是“自然”的第二种与第三种含义的有机结合。由于自然主义文学摈除了理想的成分，文学描写不讨论社会应该有什么样的形式，只讨论现在的呈现形式，暴露负面因素为多，批判现实成为它的主要特征。而贾平凹的创作中，“自然”的基本意义集中在第三种含义即社会的自然形态，第一种和第二种含义略有涉及却不显现，他主要描摹的是三十多年来中国农村经济衰败演变及其相关文化的自然状态。在这一点上，他与张炜刻意描写自然环境的生命现象不一样，与王安忆、余华小说里偶尔出现的血缘与遗传也不一样。

接下来我们要讨论“法自然”，指的是文学创作中以自然为师，忠实描摹现实社会的自然呈现形态，而不讨论何为理想的社会形态。左拉的自然主义创作是从遗传学出发，以此为观察社会的视角，批判社会上形形色色的负面呈现，所以他并不是完全客观地描摹生活，而是按照某种科学理论逻辑在描摹社会，到了晚年创作的《三名城》《四福音书》中理想的成分愈加浓厚，已经脱离了自然主义文学的色彩。而我用“法自然”来概括贾平凹的艺术创作手法，有意识地规避了左拉的自然主义的遗传学理论以及社会主义理论的预设，“法”即“师法”之意，夸张一些说，就是无条件地服从、学习、效法，主观上不带有理论预设，说贾平凹创作的“法自然”，就是强调贾平凹与左拉为代表的西方自然主义文学的区别。他的“法自然”，首先是服从自然，自觉摒弃主观因素，服从社会呈现出来的自然形态，忠实社会的真实；其次是学习（研究）社会发展变化的自然过程，放弃人为设定的因果关系，力求完整地表现社会真实的全貌，完整地呈现社会发展变化的自然形态；

再次就是效法自然，以自然的运动方式来描摹自然，这一点导致了贾平凹非常特殊的小说语言风格。

《带灯》与《秦腔》《古炉》不同之处，在于它是复调结构的小说。现在我们暂且搁置带灯短信的抒情文本，考察第三人称的客观叙事部分，即可发现贾平凹叙事采取了极为冷静旁观的自然呈现立场，而把自己的感情倾向深深地隐蔽起来。《带灯》的主要背景是秦岭山脉中一个小镇(樱镇)引进大工厂投资的过程中，各种社会矛盾被激化，民众与镇政府之间的冲突加剧。镇政府一方面积极推动筹建大工厂，紧锣密鼓进行准备，另一方面又必须坚持维稳，努力平息民众的对立情绪和低调处理各种社会矛盾。而民众这一边可以分作三类人群，一类是围绕在政府周围的支持者，小说里称之为“老伙计”，他们并非热心政府的各项措施，只是与某些干部(如带灯)私交好，或者受惠于镇干部，甘心为镇干部跑腿，充当内线，但他们在社会矛盾冲突中处于游离状态；另一类是既得利益者，如小说里的元、薛两家族，他们利用政府的改革政策，开拓自己的发财途径，他们与镇政府干部互相勾结，甚至采用违法手段、流氓火并手段，等等，追逐最大的经济利益；第三类是社会弱势群体，他们因为受到各种伤害，与镇政府之间处于长期的矛盾冲突，他们的反抗形式就是利用上访来威胁镇政府，这就构成了地方政府不择手段“维稳”的迫切性和困难性。带灯出任镇政府综合办主任，奔波于各类维稳事件之间，她怀着美好的心愿从事这项工作，天真地希望利用手中的微薄权力为民众排忧解难，但最终被严酷现实碰得头破血流，以失败告终。这个题材非常难写，也可以做多元的诠释。如果站在传统知识分子立场来描写，就是一场社会弱势群体反抗政府权力的旷日持久的“秋菊打官司”，是批判现实的尖锐题材；如果站在官方立场上来描写，就是现代化过程中改革力量与各种消极力量之间的斗争和冲突，描写深化改革后必然遭遇的困境；如果站在环保主义者的立场去描写，那就是围绕“发展”与“反发展”之间的冲突；等等，都有各类理论预设作为解读的导向。但是贾平凹与众不同，那就是法自然的特点。他的立场是自然的，他用纯客观的态度来描摹这个特定时代的冲突事件，作为叙事者他是超越的，没有任何理论导向作为解读矛盾的路径，他就事论事，把这个时代的冲突事件原原本本地描述出来。在镇政府和上访者的冲突之间，在追逐利润的各家冲突之间，几乎没有什么黑白是非之分，可能在某一件小事上镇政府有道理，但接下来一件事可能是民众有道理，对与错、是与非、主动和被动、同情和可恨互相渗透难分难解。带灯与她的助理竹子之所以与众不同，因为她们还是有一点精神理想，这种理想本来就是社会主导力量传授给她们的，她们理应在社会实践中进一步发挥这种理想的正能量，弥合民众与政府的关系。可她们又是孤立的，不仅在社会大背景下无援无助，就连在镇政府里也孤掌难鸣，不断受到委屈和伤害。她们的失败，还没有到民众对她们的善意不理解的程度，也没有到为镇政府体制所不容忍的地步，可是在阴差阳错的混乱之中她们却成了官场牺牲品。贾平凹准确地写出了当下社会矛盾的诸种特点及其方方面面的问题，既不夸张也不淡化，而是通过“自然”的描写来刺激人们进一步深究思考。这是贾平凹师法自然的一个基本立场。他笔下的矛盾冲突几乎很少有坏人破坏、小人挑拨之类的人为因素介入，一切社会矛盾仿佛本来就存在着，慢慢地自然发展，最终发生了质的变化，酿成大祸。所以，他的笔下总是洋溢出现实主义的强大的真实力量。

其次是贾平凹娴熟于社会自然形态的方方面面，而放弃了各类理论预设，他的小说叙事里，没有简单的因果链关系。如我们前面提到，小说描写的背景是，镇政府引进大工厂的投资项目激化了各种社会矛盾，但小说最后部分写到的恶性斗殴事件，以及对上访者的肉体摧残等，既与这个项目的推进有关，又没有直接关系，而是历史积累下来的恩怨在此激化。贾平凹不是把社会发展中的各类事件看作一组有序的因果链，而是描写了彼此间没有直接联系，只是同一个大背景下各种散乱的无序状态，由此表明生活本身的无序性、丰富性和荒诞性。读贾平凹的小说是一种挑战，因为它完全打破了一般读者对阅读小说的期待，把生活的无限丰富性拆解成无数看似彼此无关的生活细节，不是具体细节提供了生活的典型事件，而是需要你从整体的艺术世界中把握生活的丰富复杂。文学描写的虚拟世界，上乘境界不在真实，而在自然，看上去没有什么人工做作痕迹，好像天地间的一切现象就是这样发生的，每天、每时都是一会儿这样，一会儿那样，无穷无尽。为了达到这个艺术目的，小说叙事结构采取了段落连缀的形式，不是一个一个故事的连缀，也不是一章节一章节的连缀，而是一段落一段落的连缀，每个段落都是独立的，设立了小标题。就像带灯和她的同事们，一会儿吃面了，一会儿看书了，一会儿看到窗外在打架了，一会儿又下乡工作了，随着作家的琐琐碎碎描写，一句话是一个场景，一段落又是一个场景，移步换景而叙事一点不乱，渐而整个艺术世界就以破碎的形态完整呈现在我们的眼前。什么叫本质？什么叫表象？艺术世界不存在这样的分割，真正的艺术世界里里外外混元一体。这种具有东方文化特色的叙事形式，在西方文学叙事传统里很感陌生，在“五四”以来以西方文学为样板的现代小说叙事里也很感陌生，但它直接秉承了《红楼梦》的叙事传统，这需要对世事有非常透彻的洞察和非常高超的表现能力，才能达到艺术上的极致。《红楼梦》的叙事传统不在于家庭盛衰或者色空幻灭，而在自然主义地表现世事百态的本相，贾平凹所遵行的法自然的现实主义创作手法，是有师承有法象，样样都到位的。用自然形态处理和呈现散漫的社会现象的创作方法，可以称它为法自然的现实主义。

贾平凹小说叙事艺术的第三个特点是效法自然，以自然形态的运动方式来描摹自然世界，这是贾平凹叙事艺术最重要的特点，也是上两个特点发展而来的。近年来，我一直在比较当代作家的叙事特点。在当代优秀作家中，贾平凹是很独特的"这一个"。一般来说，每一个优秀作家都有自己最擅长的小说元素。有的作家擅长于故事元素，小说叙事主要靠编织精彩故事，这是最基本的；但贾平凹不在这里下功夫，从《秦腔》到《带灯》，他把故事全部拆解了。有的作家擅长于叙述元素，像莫言，他可以用驴啊牛啊猪啊，或者各色人物作为叙事主体，把故事讲得风生水起；贾平凹似乎也不太在意叙述，他的叙事非常朴素，非常口语化，叙事角度也缺乏变化，这种叙事风格有点像赵树理那一派，但比赵树理丰富得多。也有的作家重视细节元素，故事不一定好看，但细节却写得极好，许多细节连缀在一起可能感觉上有点散漫，但具体到每一段细节描写都无与伦比。而贾平凹小说叙事的重心却在句子，他几乎把故事拆解了，叙述淡化了，所有的重心都在句子的营造上，尤其在《秦腔》和《古炉》里，有些片段构不成一个完整的故事，甚至也不是细节描写，可是他就是这样一句话一句话地写下去，每一个句子都饱满有力，非常耐读，这些句子串起来构成一个复杂的叙事。如《带灯》开篇有一组类似楔子的段落，其中一段题为"皮虱飞来"，写的是樱镇西街村长元老海带领居民反对修建高速公路，暗示了现代化进程的阻力。这个段落结构上类似《红旗谱》的"朱老巩大闹柳树林"，对全书有重要铺垫作用。但是作家的写法完全不同，既不是典型化，更没有传奇化，而是日常生活化的纪实白描。他先是用大批虱子附皮吮血的难受感觉来形容闹剧的后果，然后才进入正题写"元老海一生干过的最大的事"：

元老海带领着人围攻施工队，老人和妇女全躺在挖掘机和推土机的轮子下，喊：碾呀，碾呀，有种的从身上碾过去呀?!其余的人就挤向那辆小卧车，挤了一层又一层，人都被挤瘦了，车也被挤得要破，外边的还在往里挤，再外边的还仍要往里挤。在这种混乱中，皮虱粘附在皮肤上吮血，人是不觉得痒的，即使痒了，也是伸手在怀里或裆里抓一下，又往里挤了。

紧挨着小卧车的是元黑眼，喊：尿泡挤打了，我要尿呀！没人理会，元黑眼就在裤裆里尿了，尿道子像蛇一样在人脚下乱窜。换布那时还小，能从人窝里钻出来，因为他摘下车窗里一个人架在额颅上的墨镜，说：我给你拿拿。就拿着跑了。

这是贾平凹的小说中常见的场景描写。第一句提纲挈领："元老海带领着人围攻施工队"非常有气势，但接着就写老人妇女都躺在地上耍赖。接着一句写一群人拼命往一辆小轿车挤，用了一连串的"人……瘦了""车……要破""外边的……""再外边的……"烘托混乱的氛围。第三句腾出闲笔写虱子吮血而人却顾不上，用戏谑笔调解构前面所写的"围攻"的紧张气氛。再下面又是两句独立的句子，一句写元黑眼被挤得尿裤，挤不出去；另一句写换布乘机抢了别人的墨镜，却挤出来了。贾平凹叙事的每一个句子都非常饱满，每一句都含有独立意义的叙事，都有完整具体的内容，而且起着互相解构的作用，句子与句子之间构成了张力，所以特别给人丰腴饱满的感觉。在这么有限的句子结构里，他还插入了“皮虱粘附”和“尿道子像蛇”两个戏谑性的修辞，还注意到时间的提示——因为这是一件“二十年前”的事件，所以特意加了一句：换布那时还小。我们从这六个句子里看到的是六个互相独立的场景，不同的主语（分别是元老海、老人妇女、群氓、虱子、元黑眼和换布），连缀起来，构成一幅乌合之众反对现代化工程的生动图像。

贾平凹的小说语言看似朴素简单，却极具表现力，这种把功夫做在句子营造上的写作特点，有利于完整地刻画繁复混乱日常生活的原貌。因为日常生活的呈现形态本来就是杂乱无章的，以前传统的现实主义文学看不清自然无序状态社会的内在完整性，所以急于抛弃生活的自然状态，从中提取所谓“本质”的概念来重新整治社会现象，结果是简单化了生活的丰富状态，这样的艺术作品不可能克服雷同化和概念化的弊病，违反了生活的自然形态。文学只有把这种杂乱无章的形态逼真呈现，才能刻画出这种形态背后的完整性。西方先锋文学也意识到这一点，才会出现类似意识流、心理时间描写以及颠倒时空的穿越描写等现代主义创作技巧，从深层次上表达生活（生命）的真实状态。而贾平凹则是在东方文学传统的叙事中同样感悟到这一点，他的描写看似杂乱，却最能体现出完整的生活内在联系，生活的完整性不是通过排斥所谓“非本质”因素来瘦削生活，而是包容各种看似矛盾的现象而达到丰腴生活的效果。小说里有一段关于土地的描写，我觉得可以用来说明贾平凹的小说美学的精髓要义：

> 带灯来了，耕犁过后的土地，表皮上却结了一层薄薄的壳，又长出了庄稼苗和各种野草野菜。带灯看到了猪耳朵草的叶子上绒毛发白，苦苣菜开了黄花，仁汉草通身深红，苜蓿碧绿而苞出的一串串花絮却蓝得晶亮，就不禁发了感慨：黑乎乎的土地里似乎有着各种各样的颜色，以花草的形式表现出来了么。

这个段落一共两个复合句，第一句里两个主句，“带灯来了”和“耕犁过后的土地”，后面都是描写“土地”的状态，但加上了“带灯来了”这个主句，“土地”的状态都因为“带灯来了”才得以展示。于是第二句从“带灯看到”引出一系列植物的颜色，从句的结构富有变化：“猪耳朵草……绒毛发白，苦苣菜……黄花，仁汉草……深红，苜蓿……苞出……蓝得晶亮”，等等，表述都不一样。读着读着，你就像带灯亲眼看见这些花草一样，情绪慢慢被带动起来。而带灯呢，从中悟到了一个道理：“黑乎乎的土地里似乎有着各种各样的颜色，以花草的形式表现出来了么。”写得多么好！土地的颜色看上去是黑乎乎、脏兮兮的，最为暗淡，但土地的黑色里包藏了极为丰富的五颜六色；土地本身不显现色彩，却通过土地里长出的花花草草把藏于黑色中的丰富色彩都完整呈现出来。我把贾平凹的这段描写视为民间藏污纳垢的诗学体现，这是作家长期在民间观察学习研究的结果。

从《秦腔》开始，我们基本上无法用一个既定理论去阐释贾平凹的小说，它是一个主客观完全交融在一起的艺术镜像，达到了出神入化的艺术境界，不是哪个作家想这么做就做得到的，但是贾平凹确实做到了。他是用那样的叙事艺术与我们当下现实生活进行碰撞，极端现实的描写，看上去很土气，却非常有力量有生趣。他的那种把重点放在句子营造上的叙事方法，与他效法大自然的艺术目标是完全一致的，也引起对传统小说观念的解构。因为作家讲了一个完整故事，读者就会思考：你这个故事讲了什么？你在批评什么？提倡什么？如果作家写一个完整的细节，也会引起这样的效应，但是到了句子层面，我们读了后很难获取固定的信息，前面句子好像在批评一个刁民，后面句子却又对这个刁民表示了同情，一个句子与另一个句子的不同内涵在互相补充或互相消解，因此形成张力，艺术的趣味也在这里呈现。

法自然的现实主义的叙事艺术，一个重要特点就是作家的主观倾向性非常隐蔽，几乎没有对笔下人物事件月旦评说，只有大量的细节描写，但是对真正大手笔来说，即便是纯客观的细节叙事，仍然有感情的自然流露。如在“书记和镇长的小车”段落里有一段对话：“一天，竹子悄悄给带灯说：你注意了没？以前书记车停在左边，镇长车停在右边，现在有好多次了，我发现镇长车来得早停在左边了，书记车就正门口停下堵了门口路。带灯说：你咋注意这些？看着领导有车，小心眼不服气啦？竹子说：我觉得这里边还复杂哩。带灯点了一根纸烟，却说：这话你埋在肚里！”这段对话里作家没有任何评说也没有暗示，连书中人物带灯对此现象也没有发表任何评说，但是作家对乡镇基层的权力斗争以及办公室政治内情洞若观火，标点符号都没有随意乱用。读到后来，又出现一个段落题为“镇长的车翻了”做呼应，结构上也是相当严密。其实，作家对书中人物的褒贬态度是清楚的，只是不明白地写出来。只要写到弱势群体，作家的民间立场马上鲜明了，他总是把贫苦农民遭遇的悲惨命运毫无伪饰地描绘出来，坚持真实而产生了艺术的震撼力。小说里有好几个段落描写都催人泪下。如“黑鹰窝村的老伙计不行了”里，写贫困妇女范库荣生病快死了，家徒四壁，带灯在她弥留时去探望，感到非常无助。还有“朱召财”“朱召财死了”以及“朱柱石从监狱回来了”几个段落里写的，朱召财夫妇因儿子被冤枉抓进监狱判了无期徒刑，不断上访申诉就是得不到解决，冤案拖了很多年，最后朱召财死了。儿子从监狱出来与父亲遗体告别，得知老母亲还要继续上访，就表示回监狱要求判处死刑，因为只有自己死了，母亲才能够真正解脱。这些故事，作家都写得非常绝望，非常无助。这些令人窒息的苦难是当下农村弱势群体中普遍存在的现象，像带灯这样一个“萤火虫”根本就照顾不过来，所以，小说在更大层面上就有了一种震撼性。贾平凹在法自然的民间立场上挖到了生活本质的残忍性因素。

现在我们可以讨论小说的复调艺术，即小说中带灯和元天亮的形象。带灯是作家钟爱的人物，不但在后记里特意介绍了这个人物的原型，而且还用了 24 则手机短信来描写这个人的精神世界，构成了红烛的火焰与烛泪的悖反意象。作家既要冠带灯为书名，也就是为这样一个农村基层干部的精神现象作传。对于这个形象，评论界有不同的理解，有一种观点把带灯放到“五四”新文学的知识分子形象谱系上，可以追溯到社会主义文艺的早期阶段，比如丁玲的《在医院里》里的陆萍，象征一个知识分子与农民政权下的现状之间的碰撞。我对此的感受不太一样，我觉得带灯不是一个知识分子，她不是一个像陆萍那样的医生，从局外人的立场来看农民权力体制。“五四”新文学中，乡土小说这个概念是在现代化视野下产生出来的，因为在启蒙文化中，落后的中国作为一个象征，成为现代化进程的对立物，这个时候才出现了“乡土”的概念。在某种意义上说，从鲁迅开始，他们笔下出现的农民都不是真正意义上的农民，而是一个在现代化对照下的愚昧落后的典型，由此来说明农民为主体的旧中国必须被启蒙、被改造和被教育。到了新世纪，莫言、贾平凹这样一批真正从农村出来的作家，才把农民变成了小说的叙事主体。他们在描写农民的时候，不再把农民当作需要被同情拯救的、有待提升的艺术形象，更不需要通过知识分子的眼睛来表达农民究竟需要什么。所以，贾平凹笔下的知识分子多少都含有被讽刺的意思，而他所赞美的带灯，则是农民的理想化身。小说最后就是一群萤火虫飞过来把这个人物照着，这是一个浪漫的写法，带灯就像个菩萨。这个菩萨是来引渡农民脱离苦难的，但是她失败了。她是像菩萨一样普度众生的形象，她没有站在批判农民或者统治农民的立场上，尽管她也了解农民的弱点，懂得“只有现实的生存和后代依靠这两方面对他们有制约作用”，但她仍然希望像萤火虫一样用自身的光亮带领农民走出苦难。但是，在今天的官场里，她这么一个善良愿望也无法实现，正如微小的萤火虫无法与弥天大暗相抗衡。我隐隐约约觉得她有某种象征意义：在这么一个暗夜里，有这么一个萤火虫，它带了朦胧的光飞来飞去，可是照出来的都是苦难，无能为力，所以这个引渡者最后也像萤火虫一样熄灭了。小说的最后部分写得特别好，作家没有让这个人彻底失望，或者随波逐流，或者随便嫁了个人等。带灯是带着使命下来的，最后失败了，但她还是幽灵似的在现实大地上飘荡。这是民间传说里最有力量的艺术形象，符合劳动人民对于正面理想的想象。

小说里有一个小段落有助于我们理解带灯与弱势群体的关系。镇政府建立综合办主要是用来对付农民上访，而樱镇最顽劣的“上访专业户”王后生，属于滚刀肉一类的人物。但是在两者矛盾冲突最尖锐的时候，作家写了一个小段落，题为“带灯和王后生的对话”，内容如下：

在镇西街村的石桥上，他们迎面碰上了。

带灯说：你怎么变得这么坏呢，让人恨你！

王后生说：我一生下来就是坏人吗？瞧你多凶！

带灯说：我凶不也是像你这样的人逼成这样?!

王后生说：哦，那咱们是同类人么。我低血糖犯了，快给我一块糖。

带灯说：给你屎。

带灯还是给他了一块糖。

读完小说你才会意识到这个仿佛是闲笔的段落如此重要，它暗示了带灯真正的立场所在，她与王后生竟是“同类人”。王后生当然不是生下来就是“坏人”，他之所以变得如此“坏”正是带灯们用“凶”逼出来的；反过来也可以理解，带灯们之所以变得如此“凶”，也是王后生们的“坏”逼出来的。“坏”和“凶”都是人性在现实环境里发生的异化，所以他们是“同类人”。当带灯最后受尽委屈，精神出现异常还得不到乡镇领导信任的时候，她的助手竹子竟也不得不借助王后生之手上访了，殊途同归，逼上梁山。带灯对王后生的“恨”是属于工作职责，骨子里她对于农民上访者怀着深深的同情，只是她无力改变这个现实，这是带灯的困惑，也是作家贾平凹的困惑。

于是就出现了带灯发给元天亮的24则短信。按照小说的叙述介绍，带灯给元天亮发出的短信大约不止这24则，但最后一则应该也是小说里的第24则，因为接下来带灯的精神状况出现了问题，短信也应该停止了，更深的原因，恐怕不在工作受挫或者生病，而是她对元天亮这一偶像产生了信仰危机。从文本的结构上说，短信的文本内容自成系统，表达了带灯对元天亮的精神恋爱。元天亮代表着外部的理想世界，象征与世界接轨的现代文化。小说开篇写元老海反对修建高速公路而被捕入狱丧了性命；而元天亮则是元老海的反面：他积极推动樱镇的现代化进程，引进大工厂，修建一级公路，等等，他文星高照官运亨通，成为樱镇在外面的一张“名片”，镇政府更是把他视为靠山。如果说带灯象征了农民的超度苦难的理想，元天亮则是农民的一个虚幻希望，当农民遭遇现实层面上解决不了的问题时，盼望上面有一个人能够帮他们解决一切问题，这个人就是元天亮，所以，他也成为农民心目中的偶像。带灯不是樱镇人，从学校毕业分配到镇政府工作，在她对自己的工作满怀理想的时候，作为镇政府的一名公务员，她对元天亮的尊敬在情理之中；同时作为一个年轻漂亮的知识女性，她不安于日常公务的狭小天地，渴望更高更远的精神寄托，于是阅读元天亮的书就成为她的精神理想。24则短信就是在这样的背景下开始的。短信是精神恋爱的产物，带灯并不认识元天亮，也没有收到任何含有实质性内容的回信，因此元天亮不是她人生道路上的良师益友，更谈不上精神知己，不过是一种偶像与粉丝的关系。这些书信都是感情浓郁文辞优美的抒情散文，表达一个婚姻不如意的农村知识女性的内心欲望和精神追求，刻画一个为爱而生的女人丰富而热烈的内心世界。这些信的文本主要在抒情，没有明确地陈述写信人的思想演变，但是从第20则短信开始，带灯渐渐地表现出对于元天亮所代表的现代化理想的怀疑。如第23则短信中她这样写道："前天读报纸，看到你又高升为省委常委了，真是可喜可贺，但我觉得你是那么的遥远了，有些不想跟你要了……"进而她又问："哦，引进的大工厂真的是高污染高耗能吗，真的是饮鸩止渴的工程如华阳坪的大矿区吗？什么又是循环经济？樱镇上有人议论，说你的长辈为了樱镇的风水宁肯让贫困着，而他的后辈为了富裕却终会使山为残山水为剩水。但我不相信，这怎么可能呢？"这对于一个元天亮的忠实粉丝来说几乎就是发出了"天问"。元天亮当然不可能对这个问题做出明确的回答，贾平凹也无法回答，而带灯依靠着自己本能的觉悟，对自己所从事的工作的价值和意义，同时也对我们今天集体在追求的现代化目标，进行了自我的超越。

《带灯》中的短信文本是特殊的文本，它的内容即使从小说的叙事文本中游离开去，或者没有构成呼应，仍然有必要独立存在。我们不妨设想，如果小说删除这24则短信，小说叙事照样可以进行下去，并不损害其完整性，但是会让人感到更加沉闷；而加上了这部分看似不很协调的短信文本，形成了小说叙事的"复调"，带灯作为一个独立的艺术形象就更加完整、更加丰富，产生了《秦腔》《古炉》所不具备的新的叙事效果。《秦腔》里白雪这个人物，也同样寄托了作家的理想，但作家对白雪的描写始终是单面的第三人称叙述，我们没有办法知道白雪的丰富内心世界，这是法自然的现实主义叙事艺术规定所决定的，而《带灯》的复调结构就突破了这个局限，用重重的浪漫手法重新塑造了带灯的内心世界。或许是《带灯》所面对的愈为严峻无望的现实更需要一些精神的氧气，不然有良知的人会被窒息。这 24 则短信在独立内容上犹如一道精神之光，春夏秋冬，24 则短信犹如一年 24 个节气，形成一个循环始终的轮回。麻木的人性社会里需要有爱情有热力的生命去燃烧出光亮来，黑暗中总需要光的，哪怕是萤火虫那样朦胧的点点微光。所以在小说最后，带灯梦见偶像离去，喊出了红烛的“火焰向上，泪流向下”，并非传递“蜡炬成灰泪始干”的消极意义，而是一个兀自独立、两头燃烧的美丽的意象，隐含了另一个新的开始。

2014 年 2 月 5 日完稿于鱼焦了斋

原刊《江南·长篇小说月报》2014 年第 2 期

试论贾平凹《山本》的民间性、传统性与现代性

春节期间，我没有做其他事，除去正常的会客应酬贺年，只读贾平凹新近创作的长篇小说《山本》。厚厚的四大册手稿，不分章节，不设标题，绵绵密密，一气贯通，由作者风格鲜明的文字连缀组成。作者的小说题记写道："一条龙脉，横亘在那里，提携了黄河长江，统领着北方南方。这就是秦岭，中国最伟大的山。《山本》的故事，正是我的一本秦岭志。"在后记里，作者又写道："秦岭里就有了那么多的飞禽奔兽，那么多的魍魉魑魅，一尽着中国人的世事，完全着中国文化的表演。当这一切成为历史，灿烂早已萧瑟，躁动归于寂静，回头看去，真是倪云林所说：生死穷达之境，利衰毁誉之场，自其拘者观之，盖有不胜悲者，自其达者观之，殆不值一笑也。巨大的灾难，一场荒唐，秦岭什么也没改变，依然山高水长，苍苍茫茫……”[①]再就是小说结尾，涡镇毁灭于炮火之中，女主人公陆菊人说：“这是有多少炮弹啊，全都要打到涡镇，涡镇成一堆尘土了！”另一个主要人物陈先生回答：“一堆尘土也就是秦岭上的一堆尘土么。”于是，作者写道：“陆菊人看着陈先生，陈先生的身后，屋院之后，城墙之后，远处的山峰层峦叠嶂，一尽着黛青。”[②]

读着这些文字，恍惚觉得，作者化身为秦岭山脉博物风情的说书人，一个从历史烟尘中慢慢走出来的老者，他引导读者举头远眺——看得远，看得更远，直到你看懂了苍茫间一片黛青山色，若有所悟。前文所引倪云林语录，在“殆不值一笑也”后面，还是被略去了一句重要的话：“何则？此身亦非吾所有，况身外事哉！”[③]这句话才传递出作者此时此刻的苦涩心情。人在苍茫历史面前，就如同飞入秦岭的一只小小的鸟，微不足道犹如芥子之渺，复何言哉？然而作者终究是“言”了，那就是《山本》。大山的山，本来的本。山指秦岭，但秦岭又不仅仅是秦岭，它熔铸了一部家国痛史；本即真相，也是根本之本，本来应该是隐藏在世间万象演化之中。作者既然想说出他所感悟的历史真相，那也只能是依靠世间万象演化本身，在假语村言中，透露甄士隐（真事隐）的某些故事。

---

①贾平凹：《山本》（精装本），北京：人民文学出版社，2018 年，第 541 页。

②贾平凹：《山本》（精装本），北京：人民文学出版社，2018 年，第 539 页。

③陈雨杨：《倪瓒》，石家庄：河北教育出版社，2003 年，第 13 页。

上篇：民间说野史

——《山本》中“民间说史”的传统与特点

《山本》的故事当然是中国故事。如果中国就是CHINA(瓷器)，那么，作者要讲的故事也是一地破碎的瓷片，既有飞禽奔兽，也有魍魉魑魅，前者是自然，后者是人事，都依托了秦岭这个大背景，絮絮叨叨地显现本相。这个言说结构，在《老生》的叙事中已经演绎过一次。不过在那里，自然是通过典籍《山海经》来呈现，而在《山本》里，演示自然的部分被融化到了人物口中，成为故事的一部分。如麻县长在秦岭任上无所作为，只留意秦岭的草木虫鸟，辛苦采集标本，编撰了两本大书，一本是秦岭的植物志，一本是秦岭的动物志。尽管这两本书到了小说最后也没有完成，写成的部分也将毁于炮火，但是不管有没有秦岭博物志，秦岭依旧巍然存在。炮火可能毁了麻县长的著作，但秦岭的黛青山色苍茫依旧。麻县长的故事也是作家胸中块垒，《山本》里大量描写秦岭博物风情的段落，可以看作作家创作这部小说的初心所在。《山本》作为秦岭志的存在，其寿命要比山本各路贤愚性命长得多，但是《山本》在巍然存在于世的秦岭面前，同样也是微不足道。这就是来自秦岭的自然、人事与言说的关系。

然而《山本》是小说，秦岭博物风情只能通过人物故事传递出来方才有趣，所以，在小说言说中，秦岭的主人，上演了一幕幕威武雄壮、可歌可泣的悲喜剧。作家说他要写一本秦岭志，“志”也包括了秦岭的民国史，从历史故事中呈现博物与风情。但是如何来叙述历史？这要比描绘博物风情复杂得多。作家在后记里坦称《山本》开始构思于2015年，“那是极其纠结的一年，面对着庞杂混乱的素材，我不知道怎样处理”。纠结在于言说立场的选择。回顾文学史传统，历史题材叙事从来就分两类：一类是官史，是胜利者帝王将相文治武功的历史，那是被钦定正史，被作为统治者意识形态的教材，所谓孔子作《春秋》而乱臣贼子惧，就属此类；还有一类是失败者流传到民间乡野的口传史、歌谣史、戏文史，野调无腔，却构成正史不载的野史。文艺创作起源于民间，在被士大夫文化改造之前，它是走在后一脉野史的源流之中。这已经被文学史无数作品所证明。中国当代文学发展到20世纪90年代，最为绚烂的成果，就是作家重归民间的自觉，贾平凹与莫言为佼佼者。当代民间说史滥觞于20世纪80年代的《红高粱》，中经90年代刘震云的“故乡黄花”系列，到了新世纪贾平凹的《老生》《山本》，已经日臻成熟，俨然形成创作流派。民间说史的特点在于：它自觉分离庙堂话语编构的正史，另筑一套民间话语体系，这一点与20世纪五六十年代的《红旗谱》《林海雪原》等寄民间因素于正史话语体系的革命历史小说有所不同；同时与“五四”新文学传统中的知识分子说史的话语体系也有所不同，它更多偏重民间小道的传播、街头巷尾的流言、青山渔樵的讲古，荒诞不经，藏污纳垢，为官家御用所扼腕，为知识良心所不齿，但是它以老百姓喜闻乐见的低端形态赢得民间草莽的倾心欢迎，故而禁毁不得，与世长流。古代文学的民间说史传统里犹有庙堂的权力话语渗透，如《三国》《水浒》之正统思想，依然不脱旧文人酸腐窠臼，但当代民间说史，可贵的也就是摆脱了这一大阴影，形成新世纪文坛上活泼健康的审美风格。

以《山本》为例，我们不妨探讨民间说史的一些叙事特点。首先就是历史时间的含混处理。一般正史叙事里，时间是最重要的线索，也是叙述统治者走向权力顶端的重要节点。没有时间就没有历史，没有准确时间的历史就是靠不住的历史。但是在民间说史的传统里，时间永远是模糊的，正是为了要避免历史故事的精准性(所谓甄士隐)。民间故事的开端总是“从前啊……”，或者“古人说……”，民间说史的历史往往是虚拟的，就如《红楼梦》讲述的是清朝故事，叙事时间竟追溯到女娲补天，一下子就变得含混了。但是没有谁会去认真纠正这些故事细节的真实性，只是在更广泛的审美领域，人们可能宁愿相信小说所提供的艺术真实。读《山本》的第一个感觉就是故事时间的不确定。小说开篇第一句：“陆菊人怎么能想得到啊，十三年前，就是她带来的那三分胭脂地，竟然使涡镇的世事全变了。”[①]也就是说，小说叙述的历史内容，大致在十三年的范围内。我粗粗查阅了陕西近代史，冯玉祥部队

---

①贾平凹：《山本》(精装本)，北京：人民文学出版社，2018年，第1页。

进驻长安围剿土匪白狼，是在1914年，小说一开始写陆菊人与杨钟结婚不久，便发生冯玉祥与白朗(白狼)的激战，应该是在那个时候。但紧接着陆菊人怀孕期间，就发生了井宗丞参加红军绑票自己父亲的事件，由此牵连弟弟井宗秀坐了一年的牢，出狱后杨掌柜把三分地送井宗秀葬父，那正是陆菊人坐月子的时候。当然1914年以后几年里不会有红军这个名词出现。陕北红军早期组建是在1927、1928年间。从1914年到1927年前后，差不多十三年。但小说叙事中的“十三年”与现实历史上的“十三年”内容完全不一样。现实历史中相隔十多年才发生的故事，在小说里几乎是连成一气发生了。这就是民间叙事的时间模糊性。又如，小说里曾写到时间背景：

> 形势已经大变，冯玉祥的部队十万人在中原向共产党的红军发动进攻，红军仅两万人，分三路突围，一路就进了秦岭。秦岭特委就指示游击队一方面与冯部十二军周旋，牵制他们对进入秦岭山区的红军的堵截，一方面还要护送一位重病的中原部队首长尽快通过秦岭去陕北延安。①

这段描写中夹杂了许多个时间节点，冯玉祥与蒋介石联合反共，应该是在1927年以后不久，但那时反共主要是清党，还轮不到大规模作战。1927年毕竟是陕北红军草创时期，小

---

①贾平凹：《山本》(精装本)，北京：人民文学出版社，2018年，第252页。

说写到阮天保与井宗秀分裂，从保安团倒戈成为红军，可能是影射1927年10月共产党人唐东源、李象九、谢子长等利用陕北军阀井岳秀部第十一旅第三营发动清涧起义，创建陕北红军的历史事件。红军与冯玉祥的军事交锋应该是发生在1928年6月，冯玉祥以三个师的兵力围剿唐东源、刘志丹等人创建的工农革命军，革命军失败后，有一路军队进入商洛山区，与当地零星的游击武装结合在一起，也就是小说里蔡一风、井宗丞领导的游击队。而冯玉祥在中原发动战争，是与奉系军阀以及河南当地军阀作战，不是与红军的中原部队作战。至于游击队护送首长去延安的事迹更加离奇，在20年代末红军既不可能有中原部队也不可能有延安根据地，护送事件只能发生在抗战以后（刘知侠的小说《铁道游击队》描写过护送首长去延安的故事）。但是在民间传说里，因为没有准确的时间坐标，才可能把不同时间的历史事件混合在一起加以编纂传说。贾平凹巧妙运用这样一个看似明显有误的叙事时间，透露了民间说史无时间感的叙事特点。

其次，民间说史脱胎于民间说书。早期的话本小说擅长表现市井故事，反映了古代农耕社会向都市商业社会转化过程中的人性向往。中国是史传大国，正史向来是皇家重臣、儒家圣人的禁脔，老百姓无缘染指。因此，民间说史起源渔樵讲古、戏文传授以及民间歌谣的流传，以后才慢慢形成文字读本。老百姓对历史真相并不感兴趣，替古人担忧只是一种审美功能，并无功利实效。但是它从民意的角度补充了正史之不足，《说岳》《杨家将》《包公案》等都是这类作品。在现实历史中遭遇了不公冤案的人物，在演义里总是冤情得以昭雪。民间说史传统的道德基础是民间正义，它虽然被掺入传统道德说教的成分，但更多的还是民间的想象力与正义感，这也是读《山本》的一条路径。《山本》写到了两个真实的历史人物，冯玉祥是实写，指名道姓，但只是一笔带过；另一个是井岳秀，则是以虚拟手法，塑造了井氏兄弟井宗丞、井宗秀两个人物，似为井岳秀树碑立传，但是真名真事皆被隐去，留下的全是假语村言。井岳秀被称为“榆林王”，在进行榆林地区经济建设、维护汉蒙统一等方面政绩显著，可以说是与冯玉祥、杨虎城等一流的枭雄。但是在国共争斗中井岳秀倾向反共，这与冯、杨后期亲共不同，所以他们在民国史中的地位也明显不同。《山本》对冯玉祥的介绍凸显了与红军作战的经历，而对以井岳秀为原型的虚构人物井宗秀则给予了很深的同情。这也可能是作者在创作这部小说初期纠结的原因。但是从民间说史的角度看，井岳秀其人对榆林地区的治理和保护，还是功不可没。《山本》不是故意做翻案文章。

陕北军阀井岳秀本人就是一部传奇。他的兄弟井勿幕是陕西辛亥革命先驱，曾被孙中山誉为“西北革命巨柱”，仅31岁被人暗杀。井岳秀为兄弟报仇，将仇人李栋才活捉回来，用砍头、挖心、抽筋等酷刑祭兄弟灵前，还剥了人皮做成马鞍，整天骑于胯下解恨。有了这段历史做垫底，小说写到井宗秀派人剥了奸细三猫的皮做鼓，为兄报仇肢解邢瞎子的身体，也都落到了实处。井岳秀擅长骑马，治理榆林二十余年，每天晚上都骑马巡查，这一点在小说里刻画井宗秀时也被描写出来。井岳秀之死也充满传奇性，据说是在看家眷打牌时，自己身上的手枪坠地走火，命中要害而死。但也有传说是被刺客暗中枪击而亡。小说取后说，暗示被阮天保行刺。从小说文本结构来分析，井宗秀作为一个民间英雄，这样的死亡甚为尴尬，但是从民间野史传统中寻找，同样的例子仍然存在，《三国演义》猛将张翼德一世英雄，最后死于两个裁缝的行刺，何况阮天保在书中作为井宗秀生死宿敌，身怀绝技，也算是旗鼓相当死得其所。从这样的构思安排也可以体会作者当初纠结之情，既从民间正义出发为井岳秀讨个公道，也在国共军事争斗的钢丝绳索上把握了平衡。

民间说史的第三个叙事特点，就是历史与传奇的结合。这也是民间说史最凸显的娱乐功能。正史不录的怪力乱神，在民间说史里却是不可缺少的元素。贾平凹的小说叙事里不缺因果因缘，但传奇成分都是在无关紧要处聊添趣味，真正涉及历史是非处则毫不含糊。读《山本》，最重要的传奇是通过三个人物来传达的。第一个是女主人公陆菊人，小说开始就说，因为她的陪嫁三分胭脂地是暗通龙脉，带到涡镇造就了“官人”井氏兄弟，但同时也给涡镇带来了毁灭。小说里以铜镜为鉴作为线索，构成了陆菊人与井宗秀的对应关系。第二个是民间医生陈先生，是个瞎子，但能洞察世事，逢凶化吉，此人提供的神秘信息都是正能量，他与以邪术蛊惑人心的周一山形成对应关系。第三个是地藏王菩萨庙里的哑巴尼姑宽展师父，她不言不语，却以尺八音乐来普度众生，她是出世的、无声的、精神的，与小说里所呈现涡镇内外的现实的、混乱的、欲望的世界构成对应关系。以铜镜立戒指向过去，以救世行医指向当下，以宗教慈悲指向未来，三世均有指点。但是铜镜无声，瞽哑具残，对于这个杀人如麻的无道世界，充满无奈与慈悲。

小说结尾处，涡镇已经毁灭，各路英雄都化为灰烬，唯独陆菊人、陈先生和宽展师父还在人世间的苦难中继续生存。这又让人的思考回到小说最初要表达的秦岭意象。这些传奇人物本身就是秦岭的一部分，经历自然荣枯，阅尽人间苦难，而秦岭一脉的青山默默，成为永恒，既包容了自然、人事与言说，也包容了前世、今生与来世。

中篇：当代“水浒”魂
——《山本》：向古代小说致敬

仍然以《山本》为例。贾平凹对当代小说民族风格的建构，有着非凡意义。中国“五四”新文学一脉传承的当代小说，基本上是在西方近代文学(尤其是俄罗斯文学)现实主义传统的余荫下发展而来。其发展中略有变异。以赵树理为代表的西北乡土文学是一次向传统文学的自觉回归，在当时(抗战)的环境下，回归传统即被视为顺应社会潮流，但顺应的是抗战教育与启蒙需要，却回避了反省与批判中国文化自身的缺陷。赵树理对中国农民的理解及其美学表达朴素而真切，贴近生活本来面貌，从而在一定程度上所达到的艺术真实，比意识形态化的创作要高明得多。但毋庸讳言，赵树理朴素的现实主义创作未能贯彻到底，也未能达到应有的深度，在越来越严峻的政治权力干扰之下，赵树理后期创作动辄得咎，他本人也死于非命。但是他为新文学传统开创了一条有别于西方现实主义创作方法的本土化道路，成为当代文学民族风格的先驱者代表。贾平凹是赵树理文学道路最优秀的继承者。他在21世纪以来创作的《秦腔》等一系列长篇小说的艺术风格，都是带有原创性的、本土的、具有中国民族审美精神与中国气派。贾平凹既能够继承"五四"新文学对国民性的批判精神，对传统遗留下来的消极文化因素，尤其是体现在中国农民身上的粗鄙文化，给以深刻的揭露与刻画；又能在文学语言的审美表现上，极大地展现中国本土文化的力量所在。他所描绘的人物都仿佛是从古老中国的土地上走过来的，风尘仆仆，扎扎实实，原汁原味，他不仅褒扬农民身上善良淳厚的文化因素，还连同他们性格里与生俱来的恶魔性因素，也一股脑儿地赤裸裸地呈现出来，真正做到了一鞭一条痕，一掴一掌血，毫不留情。他所采取的创作方法，没有新文艺腔的做派，也不同于典型环境典型性格的概念先行，他遵行的是法自然的现实主义。什么叫"法自然"？春夏秋冬自行运转，人不能左右，自然变化不是通过个别的标志性事件来显现，而是依据自然运行规律自然而然地发生。这样的自然生态也可以用于观察人事社会的运行演变，尊重社会现象的本然发展，也就是法自然。一切皆来自自然法则，天地山川人事都是自然而然地演绎自己的运作轨迹，在极其琐碎的万象叙事中保持了完整的艺术张力。读贾平凹的作品能够强烈感受到天地运行四季轮回，草木盛衰人事代谢，一切的一切都是在动态当中，又是被平平淡淡地叙述出来。这就需要非常高超的写作手段与艺术能力。而贾平凹之所以能做到这一切，主要是得益于中国传统文化的营养熏陶。

《山本》来自民间说史的传统，也是法自然的叙事传统。人事社会的运行演变有其自然规律，也同样是自然的一部分。贾平凹善于把书写自然规律的方法用于描写人事社会。《秦腔》平平淡淡、琐琐碎碎就把农村衰败的演变轨迹写了出来，读者读到最后，才发现社会已经发生了天翻地覆的变化。《山本》同样如此，通过大量细节的琐碎叙述，呈现了历史轨迹在其中慢慢发生的变化。《山本》的叙事很有特点，无章无节，仅以空行表现叙事节奏，人事浑然一体，时空流转有序。这种叙事形式可以看作对世道自然形态的高级模仿，所谓山之“本”也就隐在其中了。虽然作家没有明确告诉我们山之“本”究竟是什么，但是从文本展示的大量细节（如小说里写到大批人兽微不足道的死亡、老皂角树的神秘自焚、人性的残忍与酷刑种种、涡镇在炮火下的灭顶之灾等），我们不仅感受到作家对秦岭自然形态的敬畏之心，也能体会他面对秦岭人事兴衰生活形态的认知与悲悯。在大祸临头前夕，中医陈先生与陆菊人有一段对话：

> 陆菊人说：那你看着啥时候世道就安宁啊？陈先生说：啥时候没英雄就好了。陆菊人愣了，说：不要英雄？先生，那井宗丞是英雄吗？陈先生说：是英雄。陆菊人说：那井宗秀呢？陈先生说：那更是英雄呀。陆菊人就急了，说：怎么能不要英雄？镇上总得有人来主事，县上总得有人来主事，秦岭里总得有人来主事啊！是不是，英雄太多了，又都英雄得不大，如果英雄做大了，只有一个大英雄了，便太平了？陈先生说：或许吧。①

陈先生一言道破天机。陆菊人却不理解，她虽然也看不惯井宗秀嗜血成性，但是她认为这个世界还是需要有英雄来主事，她只是希望英雄不能太多，要少些，要做大英雄，天下才能够太平。陆菊人代表了中国百姓最善良的愿望，也是中国文化传统里的皇权正统意识。正如鲁迅在《文化偏至论》里讨论的“一独夫”与“千万无赖”之关系，而“不堪命”之民则希望把“独夫”的暴虐统治压缩到最低限度。② 但是，大英雄救世观还是给中国传统的吃人文化留下了余地。《山本》里嗜血成性者也可能被人视为英雄，却不是世道所需要的英雄。遵

---

①贾平凹：《山本》（精装本），北京：人民文学出版社，2018 年，第 515 页。

②鲁迅：《文化偏至论》，收《鲁迅全集》第 1 卷，北京：人民文学出版社，2005 年，第 47 页。

循道家哲学的陈先生意识到这一点，在他看来，英雄辈出，恰恰是反自然的，但他也不便明说出来。其实这就是尊自然为至高无上的法自然观，也就是山之“本”，继而是世道之“本”。

《山本》还是一本向古代伟大小说《水浒传》致敬的书。《山本》是写山的大书，写了秦岭，也写了秦岭里世代居住的百姓们如何在官、匪、兵三大压力下毫无人权保障的生活现实，一部分不愿任人宰割的底层百姓在自己的领袖发动下揭竿而起。小说里的井宗秀当然不是现代史上的军阀井岳秀，而是以井岳秀部分故事为原型虚构的艺术形象。井宗秀领导的涡镇预备团有点像民团，既与官府军队(冯玉祥部下)有一定的联系，又与县政府保安团有冲突，是独立的武装组织，旨在维护自己家园(也不能排除他们一旦武装力量壮大，可能成为割据一方的地方军阀)，如果在《水浒传》里，那就是祝家庄、曾头市等民团武装。再进而分析，《水浒传》所写的梁山好汉打着替天行道的旗号只反贪官不反皇帝，也属于这类地方武装割据，官匪不过是其身份的两面。以往当代文学所描写的农民武装，要么是农会，要么是土匪，或者就是被改造了的土匪，总是不脱国共两党军事势力的诠释。直到 20 世纪 80 年代中期出现了以《红高粱》为标志的民间说史，土匪形象(余占鳌)直接登上了文学叙事舞台，体现出鲜明的民间性。《山本》在民间说史的基础上有了新的创意，第一次正面描写了民国时期西北地方武装在国军与红军之间反复周旋。民国史上陕西地区红枪会等民间武装组织可能是其原型。《山本》用复调结构写了井氏兄弟的行状，哥哥井宗丞组织红军武装需要经费，设计绑架自己父亲，导致井掌柜之死，弟弟井宗秀被牵连入狱。宗秀被麻县长释放后周旋于官府土匪之间，终于成为民间武装领袖，名义上则是国民党军队所属预备团（后改编为冯玉祥军队的预备旅）的最高长官。兄弟俩从此走上不同的政治道路，但彼此内心常有牵挂。哥哥曾建议红军与预备团两不相犯，后被党内当作右倾机会主义整肃；弟弟获知哥哥被害，为报仇不惜与红军对立，导致全军覆没。预备团主体是涡镇的底层市民，也有农民与收编的土匪，是民团、土匪、军队三合一的地方武装组织。预备团在民国乱世中从崛起到覆灭的经历，充分表现出中国旧式农民武装的复杂性、局限性及其悲剧性下场。他们在现实利益面前，有可能联共，也有可能投靠政府军队，甚至可能勾结土匪为害一方。我读《山本》时不止一次联想到肖洛霍夫描写顿河边上哥萨克民族武装军队在红军白军之间反复周旋的伟大史诗《静静的顿河》，但是我更愿意把《山本》与《水浒传》联系在一起来讨论。梁山好汉们从单纯的反抗压迫，到一个个被逼上梁山，再到千军万马抗击朝廷军队，最后又被招安转而去镇压别的农民起义，在这样的大反复大起落的过程中，我们可以领略农民革命在历史洪流中呈现的复杂性，体会到《山本》是对《水浒》做了一个历史的回响，因为千百年来中国农民阶级的文化性格并没有脱胎换骨的变化。

其次，《山本》对农民革命残酷性的描写，也是对《水浒传》暴力书写的一个辩护。《水浒传》的英雄人物几乎个个嗜杀成瘾，在安良除暴的过程中不仅对坏人施以酷刑，也多次滥杀无辜，如武松血溅鸳鸯楼、石秀大闹翠屏山。最让人不忍的是，扈家庄在投降以后还遭到李逵的灭门屠杀，其残酷令人发指。即便是正义惩罚邪恶，如宋江之杀黄文炳、卢俊义之杀李固，也是种种酷刑无所不用其极。为此《水浒传》经常遭人诟病，尤其受到当代学者的严厉批判。其实，古代文明形成过程中，人性尚未完全摆脱进化中残余的兽性基因，这种兽性基因在以往历史的政治斗争、军事斗争中被认为是英雄行为，嗜血成为英雄标记。种种酷刑首先来自官府刑律，来自统治者的无上权力，其次才会在民间被效仿而流传，成为普遍的野蛮风俗。中外风俗，莫不如此。刘再复先生称屠杀快感是国际性现象，非中华民族独有。诚哉斯言。[1] 从进化论的角度来考量，血腥残酷都是人类生命中的坏基因，在当代中国人性的展示中也不乏血腥残酷的残余物。在文化上，从古罗马斗兽场到现代战争暴力影视与游戏，都是血腥残酷的美学道具。既然血腥残酷来自人性坏基因，文学作品自然可以给予刻画描写，这也是法自然的一种形态。但作家以何种态度去表现血腥暴力，却是一个问题。在罗贯中、施耐庵的时代，游牧民族统治中国，仁义充塞，率兽食人，人将相

①刘再复：《双典批判：对〈水浒传〉和〈三国演义〉的文化批判》，上海：三联书店，2010 年，第 79—83 页。

食而天下亡。视人兽同列，草菅人命不足为奇。统治者可以食人，被食者也可以食人，而且还被蒙上一层正义复仇面纱，所以李逵抡起板斧“排头儿砍将去”，也会让人觉得出了一口恶气。暴力美学由此而生。所以在《水浒传》里，杀人者，英雄也。但是在文明日益坚固的当今，这类暴力只能产生在艺术创作中，而不允许在现实生活中被激活。弄清楚这个前提，我们才能来讨论《山本》中的残酷书写。贾平凹在《山本》里以空前胆识书写了人性残酷基因与人类暴行，而且这些暴行不是发生在侵略者或者统治者一方，施暴者正是来自农民和下层市民参与的各种武装力量，既包括土匪，也包括所谓的英雄。上篇说到过，井宗秀为兄报仇的酷刑取材于现实生活中军阀井岳秀对仇人剖心剥皮的事例，也就是说，直到民国时期，中国还大量存在着对人体施行各种酷刑的事实，这正好证明了新文学初期鲁迅对中国传统文化“吃人”的控诉。“吃人”既是一种象征性修辞，但也不能排除中国文化中确实含有摧残人的身体性命的“吃人”基因，如果把这类嗜血暴行仅仅说成是来自侵略者或者统治者一方，那就大大减轻了文化反省的责任。《山本》的严肃性与批判性就在于深刻揭露了普通人性中遗传的坏基因。小说在叙述这些残酷的细节时，仿佛是不经意的，没有过于渲染和耸人听闻，却产生了令人战栗的效果。如写到预备团袭击保安队，结果卖凉粉的唐景被打死，他的儿子唐建为报仇又杀了保安队队长阮天保的父母。小说里这样写道：

土屋门前有人在看守着，他(唐建——引者)爬上后墙的小窗，跳进去。阮天保的爹娘在草铺上睡着，老汉抬起头说：你是来救我的？唐建说：先睡好，不说话。老汉就睡下。唐建说，你儿杀我爹，我就杀你！一斧头劈过去，老汉的头成了两半。老婆子拿眼睛看着，却一声没吭，唐建说：你儿没杀我娘，我也不杀你。老婆子还是一声没吭。唐建再看时，老婆子死了，是吓死的，眼还睁着像鱼。①

这段描写是典型的贾平凹叙事风格，没有夸饰性的描写，没有呼天抢地的感情，而是纯然客观地描写了一个杀人事件。唐建杀人复仇自有理由，两个老人却是无辜的，唐建杀人时还没有完全丧失理性，只杀阮父不杀阮母，但阮母还是受惊吓而死。寥寥几笔，把三个人的惨状都写出来了。本来井宗秀成立预备团得到了全镇人民的拥护，镇民们愿意靠自己的力量来抗击土匪侵袭保卫家园，结果因为有了武装，镇上死的人更多了。小说里杨掌柜临死前有一段沉思：井氏兄弟与杨钟、阮天保都是从小一起长大的，为什么现在要闹得自相残杀，让镇上死了那么多的人？杨掌柜至死也想不明白这个道理，英雄井宗秀到死也没有反思自己的行为，他的人格在厮杀中渐渐异化，朝着兽性转化，于是大毁灭就跟着

---

①贾平凹：《山本》(精装本)，北京：人民文学出版社，2018年，第214页。

来了。

井宗秀是个残忍而且虚伪的人，但是涡镇居民都把他当作救星似的大英雄。如果对照《水浒传》，井宗秀就是宋江一流的人，从文字表层上看，他是呼保义及时雨，但是在细节描写上却不断透露出另外一种信息。井宗秀在陆菊人的陪嫁土地里葬父，受人大恩，可是当他意外从土地里获得宝藏时，却有意瞒过了陆菊人，宝藏成为他发迹的第一桶金。陆菊人的弟弟陆林保护井家祖坟有功，后来陆林患狂犬病发了疯，井宗秀却对他毫无体恤。还有，井宗秀与宋江一样被戴了绿帽子，但他谋害妻子的手段比宋江杀惜要残忍得多也虚伪得多，不仅不露痕迹害死妻子，还设计谋害小姨和岳父一家。他不动声色地利用土匪力量谋取了涡镇上吴、岳两家富户的家产，取而代之。他每一次发迹都制造了血债，又偏偏瞒过全镇居民，包括善良的陆菊人。唯有陈先生没有被瞒住。但陈先生是瞎子，宽展师父是哑巴，一个看不见，一个说不出，于是涡镇居民就有祸了。《水浒传》里称宋江是呼保义及时雨，那是叙事人对宋江的性格行为都有所认同，而《山本》的作者则用非常高明的反讽手法来写一个嗜血成性的英雄人物。这种冷峻无情的批判、不动声色的反讽，在《水浒传》的境界上又大大提升了一个台阶。

《山本》是一部向传统经典致敬的书。所谓致敬，不是对传统经典顶礼膜拜，而是处处体现了对传统经典的会心理解，对于传统经典的缺陷则毫无留恋地跨越过去，以时代所能达到的理解力来实现超越。读《山本》以《水浒传》为参照，可以看出《山本》在精神认识上怎样超越《水浒传》，从而达到对中国传统文化的深刻洞察与批判；然而在细节描写与笔法运用上，又处处可见传统小说的影响。贾平凹在继承古代白话小说遗产方面显示了炉火纯青的化解能力。小说里写陆菊人的宽厚胸怀以及对井宗秀的真挚感情，写井宗秀因性无能而生出阴毒之心，都是通过一系列传神的细节给以展示；小说塑造的人物对话精练隽永，行动干脆利索，用不同层次的笔法，刻画出不同的性格。如井氏兄弟、陆菊人、杨钟、陈来祥、周一山、夜线子、杜鲁成、阮天保、麻县长等贯穿全书的人物，都性格卓然、栩栩如生。还有一些次要人物，通过一两个故事，把人物性格刻画得鲜明突出，让人读过难忘。如井掌柜为还债奔波而死，杨掌柜毅然把三分胭脂地赠送葬人是一个故事，把老一代秦岭人的古道热肠就刻画得入木三分。崔掌柜起先不服陆菊人掌茶行，故意拿架子，后来服了，便忠心耿耿，后被保安队抓去逼供，为维护茶行咬舌而死，又是一个故事，写出了秦岭人朴实刚毅的传统美德。更有许多人物在小说里只有几个细节、几个片段，如那个专治骨折的莫郎中、那个被奸死的井宗秀的小姨、那个发了疯的井宗秀岳父、那个为父报仇的唐建、那被杀害的阮氏父母等，都是寥寥几笔，也能给人留下深刻印象。这都是来自中国古典小说的叙事传统。小说中许多桥段，都会让人联想到《水浒传》《三国演义》。譬如，冉双全被派去请莫郎中来为剩剩治病，结果误会打死了郎中，让人想起李逵斧劈罗真人、曹操误杀吕伯奢等故事；井宗秀为邀周一山参加预备团，先将其母迎来供养，以安其心，阮天保投奔红军，先举枪射鸟炫耀枪法，这些也都是传统小说里的常见手法。虽然像《水浒传》也无法把一百零八将的每个形象都写得很鲜明，但大致上能够分层次把各种人物性格容貌都清晰地刻画出来，让人记得住、说得出，可见贾平凹对古代小说融会贯通的功力之深。

下篇：文学现代性

——《山本》中的决绝与茫然、自我救赎和破碎意象

在贾平凹的小说创作中，其所呈现的现代性特征比较复杂，较之前两者——民间性与传统性，似乎更有探讨的空间。文学的现代性并不等同于西方现代主义文艺，而是指人类社会摆脱了传统农业生产关系以后，人们在现代生产方式中感受到的人性异化与精神困惑，并且把这种强烈感受熔铸于文学创作之中，以追求美学上的震撼效应。现代性包含了自身内在的分裂。和古代田园风味与小农经济生产方式之间的和谐关系不同，它是以内部尖锐冲突的不和谐性构成时代特点。在中国现代文学初期，现代性是通过作家描绘出的一系列分裂与不安的画面，传递出时代信息。最明显的是郁达夫的《春风沉醉的晚上》。他笔下的烟厂女工陈二妹，依靠出卖劳力换取薪酬，维持着低端生活标准，她对自己的劳动产品非但不

爱惜，反而特别憎恨，她劝小说的叙事者，为爱惜身体最好不要抽烟，如果一定要抽，那就不要抽她所在工厂生产的烟——并不是这家厂生产的烟质量特别差，而是她痛恨自己所在的厂，连带痛恨自己的劳动产品。这就形成了现代工人阶级的早期精神特征。郁达夫也许并不自觉，但他的创作表现出劳动使人性异化的现代生产规律，这与传统农民对土地、对庄稼的深厚感情完全不一样。再讨论现代乡土题材的创作，可以说，中国古代文学很少涉及农村镜像与农民形象塑造，恰恰是现代化进程启动以后，文学创作才出现了“乡土”这个视角，用以反衬现代化的艰巨与必要。所以，中国乡土题材从一开始就呈现出在现代性的巨大压力下令人不安的艺术图像，用沈从文在《长河》里的说法，就是仿佛“无边的恐怖”压顶而来。鲁迅在为数不多的小说里描写了这种危象。如《故乡》，作家不仅仅描写了农村的凋敝与农民的艰难生计，也不仅仅要为民请命，提出“何以为蒸黎”的发问，从小说结尾部分的艺术处理来看，鲁迅对于衰败的农村（即便是自己的故乡）以及生活在这块土地上的人们绝无眷恋，他要求人们义无反顾地摒弃旧的生产关系与旧的生活方式，同时又犹疑着未来能否走上一条目前尚不存在的新路。这种决绝与茫然，正是现代人身处急剧变化中的社会所产生的特殊感情。从精神现象上说，这也正是我们所面对的现代性。然而这种本质地反映现代人精神特征的文学现代性，随着20世纪30年代抗日战争发生以及民族主义复兴而悄然隐没，尽管现在学界有人将随后出现的社会主义进程也列入现代性进程，但是无论如何，在意识形态与审美范畴里，社会主义文艺是不提倡也不存在鲁迅式的主体的决绝与茫然的。社会主义文艺对未来充满自信与乐观。这样一种创作模式作为国家文艺主流，一直延续到20世纪80年代末，其余流还延续到90年代。在21世纪以后才出现了新的美学范式的嬗变，仿佛又重新回到鲁迅所发出的现代性的追问。这是以贾平凹的《秦腔》为标志的。

对于旧的生产关系及其经济制度崩溃的大量细节的真实描述，对于未来世界的发展充满茫然与怀疑，是《秦腔》所呈现的文学现代性的两个标志，缺一不可。20世纪80年代许多农村题材作品一方面真实揭露了人民公社制度对生产积极性的破坏，同时又把农村的未来放在家庭联产承包责任制等一系列新经济政策之上，并以全力讴歌之，如高晓声、何士光等作家在当年的创作。这当然是真实反映了农村经济政策改变的情况以及作家当时的心情，是现实主义的创作，但很难说已经达到现代性的高度。包括贾平凹本人以前创作的《腊月·正月》《鸡窝洼人家》等农村题材作品，都可以做此类解读。我觉得一直到20世纪90年代的《浮躁》，贾平凹创作中仍然保留了五六十年代社会主义文艺传统的基因。然而《秦腔》就不一样了。关于这一点，我在《试论〈秦腔〉的现实主义艺术》[①]一文里已经有过分析，不过在那篇文章里，我主要分

①此文初刊《中国现代文学论丛》2006年1卷1期（创刊号）。

析的是法自然的现实主义的创作特点，没有具体讨论现代性的问题。但是我们读到夏天义葬身山崩之中，读到夏天智死后无人抬棺，以及白雪生育的孩子是个怪胎(学界有人把这个细节纳入文学创作中的“无后”现象)等细节，都能强烈感受到现代人面对命运的无奈与痛切。现在，这种感受又一次从《山本》中弥散开去，而且更加浓烈呛鼻。我们不妨将两部小说的某些情节做个对照比较：

其一，以夏天义对照井宗秀。夏天义的理想是某种已经被实践证明失败了的社会经济制度(人民公社)，井宗秀的理想则是旧式农民(城镇市民)通过武装斗争来实践自治的社会制度，两者均有乌托邦性质。夏天义固然有很多缺点，但他的人格力量、政治立场与信仰都是一贯坚定的。夏天义最后的死，显得轰轰烈烈、山崩地动，这个结局与他的形象内涵是一致的，具有古典的悲壮。井宗秀则不同，他的性格发展始终在变化中，是由小奸小坏朝着大奸大恶转化，影射了农民在追求自己理想的过程中，精神与人格都将会产生异化。井宗秀之死不但不崇高，反而有些匆忙、意外，更有些猥琐不堪(如洗脚、看内眷打牌、莫名死亡等细节)。而另一个英雄井宗丞的下场也同样如此。井氏兄弟在人生道路上充满凶险，并不像夏天义那样有所依恃有所信仰。而无所依持、无所信仰造成的人生价值的虚无感，正是现代人的精神特征之一。《山本》最后写到涡镇被炮火轰毁，人的生命如覆巢危卵、无枝可依茫茫然的精神现象，正是从这种虚无的价值观延续而来。

其二，以夏天智对照麻县长。夏天智是一个传统文化熏陶下的农村文化人，他着迷于秦腔艺术，但仅止于画脸谱，说空话，并无实际作为。夏天智在日常生活中是庞然大物，空架子十足，但死后连棺材也无人抬得动。这是一个被嘲讽的形象。作家通过夏天智与白雪两人对秦腔艺术不同的承扬态度，提出了民间艺术要在民间大地上自由发展才能激活生命力的重要思想，指出了像夏天智那样仅仅满足于符号化地保护民间艺术，并不能真正促使民间艺术自然生长。作家通过这个人物，对传统文化及其在当下的保存方式，提出了批判性反思。而《山本》里麻县长的形象，则是从正面阐释了作家的文化思想。麻县长与井宗秀在艺术形象上有合二为一的功能，麻县长肥胖臃肿的外形，来自军阀井岳秀的真身。也就是说，人物原型井岳秀的某些特征，分别体现在麻县长与井宗秀两个人的身上，两个形象互为映衬。井宗秀的人生道路表现为权力对人造成的腐化与异化，麻县长正相反，他的人生道路是从权力阴谋的陷阱中及时抽身，以研究民间文化为自遣，造福于秦岭的自然生命。这个人物身上寄托了作家的夫子自道。《山本》也可以被视为麻县长身后留下的两卷《秦岭志》的续篇。

尽管作家对两卷《秦岭志》评价很高，但是这两卷手稿的最终下落还是耐人寻味。我们不妨读下面一个段落：

> 蚯蚓抱着纸本一时不知道往哪里去。他家没有地窖，他也不晓得他家是不是被炸了，就想把纸本藏到这家门楼脑上，藏好了，又觉得不妥，看到巷子中间有一棵桐树，树上一个老鸹窝，立即跑去爬上树，就把纸本放在了老鸹窝里。桐树或许也会被炮弹击中的，可哪儿有那么准，偏偏就击中了树？蚯蚓却担心天上下雨淋湿了纸本，脱了身上的褂子把纸本包了，重新在老鸹窝里放好。①

这段引文里，“桐树或许也会被炮弹击中的，可哪儿有那么准，偏偏就击中了树？”是人物的心理活动，是意识流，被天衣无缝地衔接在客观描写的叙事中，看似随意，却道出了重要信息：在炮火连天的涡镇，蚯蚓竟把麻县长的两卷手稿藏于树上鸟窝里，必毁无疑。但有意思的是，这个段落里隐藏了好几处耐人寻味的符号。首先是“纸本”，即麻县长长期研究著述的两卷《秦岭志》手稿，一卷《草木部》，一卷《禽兽部》。其次是“蚯蚓”，即井宗秀的勤务兵。“蚯蚓”之名象征了秦岭土地，蚯蚓是低端动物，生于土，食于土，无声无息，秦岭大山中最微不足道的生命。由蚯蚓在炮火下获纸本手稿，千方百计予以保存，正适得其所。其三是“桐树”，树的意象：树根深深扎入大地，树枝又不断地往上生长，不断伸向天空，树就成了天地间的连接物。蚯蚓把手稿纸本藏于树上的老鸹

①贾平凹：《山本》（精装本），北京：人民文学出版社，2018年，第537—538页。

窝，树杈枝枝丫丫，鸟窝只能置放于树杈间，即“丫”的分叉口。“丫”字倒置便是“人”字。因此，“丫”在天地之间，构成了天地人三元素的诗学意象。《秦岭志》的手稿最终被人置于树杈鸟窝，将化入天地之间。因此，依我分析，这个段落应该是暗示了两卷《秦岭志》无论是否毁于炮火，都已经化入天地，回归秦岭土地了。这也是应验了本文前面所引陈先生说的话：“一堆尘土也就是秦岭上的一堆尘土。”

这段文本分析，是为了联系《秦腔》来说明作家对民间文化的基本观点。《秦腔》嘲讽夏天智满足于表面的、符号化地保护民间艺术，他虽然爱好秦腔艺术，对于秦腔艺术在八百里秦川劳苦农民日常生活中的精神慰藉意义却非常漠然，甚至及不上疯子引生，所以他始终写不出一篇像样的关于秦腔的文章。然而白雪正相反，作为秦腔剧团的当家花旦，她酷爱秦腔，宁可拒绝城里剧团的聘用，与下岗的演员们一起穿街走巷为普通人家办红白事，企图让秦腔重新回归民间大地，回归到民间日常生活中去，一切都从头开始，从生活实践中一点一点积聚精气，真正来激活秦腔艺术的生命力。于是，在疯子引生的眼里，白雪就成了救苦救难的观世音菩萨。由此来理解《山本》里麻县长的《秦岭志》手稿最终消失于天地之间，便可理解作家基本一致的文化立场。麻县长撰写的秦岭博物志，取材于秦岭，也属于秦岭，人们认识大自然，不是为了攫取自然或者统治自然，而是需要回归自然，把自己也奉献给自然。麻县长最后含笑自沉，他是意识到了这一点。[①]从夏天智到白雪再到麻县长，体现了贾平凹一贯的文化思想。贾平凹的文化思想是符合现代精神的，但是在实践的过程中又是充满凶险、毫无胜算的把握的。在权力意志与权力资本的双重制约下，文化艺术回归民间既是走向昌盛的自然之道，又不能不是暂且无法实现的乌托之邦。作家把这种深刻的悲观非常隐晦地熔铸在独特的艺术构思之中，感知者不能不为之动容。

其三，以白雪的女儿牡丹对照陆菊人的儿子剩剩。《秦腔》中女演员白雪生有一个女儿取名牡丹，患有先天性肛门闭锁。以此疾暗喻秦腔处境，既可联想为毫无出路，或也可悟为衰运见底、一阳可生。两面均可领会。与《秦腔》里的女孩牡丹相对应的，是《山本》里陆菊人的儿子剩剩。牡丹的残疾是先天的，剩剩的残疾是后天的；牡丹的性命与秦腔有缘，剩剩的人生命运与小说的一只猫的隐喻有关。而那只仿佛不死的猫，又似乎与秦岭的某种命数相关。小说结尾写到战火中万物皆毁，唯独剩剩没死，他抱着精灵似的老猫，默默地

---

①麻县长这个艺术人物，就其官场上不得志，转而发愤著述，研究秦岭生态，继而战争毁灭了一切，手稿失落，最后含笑自沉于水潭等元素来看，如果以古典文学的创作手法来写，就是又一个呼天抢地的三闾大夫式的悲剧人物。但是现在出现在读者眼前的，是一个带有几分玩世不恭、滑稽小丑式的形象。他在整本小说里虽然贯穿始终，但其性格形象一直都是模糊不确定的。是老于世故？是谙于官场？是悲愤欲绝？是大智若愚？很难做具体推测。我以为在这个人物的塑造上，足以可见作家非常谙熟现代艺术创作手法。

站立在废墟上，这似乎也可以理解为作家对秦岭文化精神的自信。如果做进一步思考，以上所分析的，都是建筑在象征文学手法上的认知，即牡丹象征了什么，剩剩又象征了什么；但我们如果摆脱象征主义文本分析的思维模式，把这两个形象直观为艺术创造的世界里的两个自然人物（法自然的现实主义描写的人物，应该都是来自自然生活状态的），那么，围绕这两个生命诞生过程中出现的各种异象都可理解为目前人们还无法科学解读的神秘生活现象。但即便如此，我们直面这两个孩子的命运，将会产生怎样联想：幼小的生命，经历了残酷的遗弃、疾病、伤残、浩劫、战争等等磨难，终将还要带着凶险的预兆，浑然无知地走向未来。这种感觉不正是现代人面对荒谬世界的决绝与茫然吗？

夏天义井宗秀指归在政治理想、夏天智麻县长指归在文化传承、牡丹剩剩指归在人类命运，三者之间环环相扣。现代革命骤起，中断了传统农业社会的生产关系及其道德理想，杨掌柜、井掌柜等一代老人的死去，便是一例；农民的政治乌托邦在实践中失败，导致了传统文化的崩溃与人类未来命运的凶险莫测，夏天智、麻县长之死与牡丹残疾便是三例；但《秦岭志》寄托于天地之间，万物生命皆归于秦岭，“山本”即民间大地，而剩剩、蚯蚓等下一代决绝与茫然地崛起，又预兆了作家所期盼的现代人的自我救赎。在这一点上，《山本》比《秦腔》更加强烈，更为悲壮。我们通常理解的现代性，是意味着与传统的彻底断裂，而断裂所引起的各种强烈的反应与突变（物质的和精神的异化），由艺术家通过天才想象力给以诗学的表达，由此形成文学的现代性特点之一。关于这一点，我们在贾平凹的创作中能够深刻地感受到。

其次是关于现代人的自我救赎，这是文学的现代性的又一个特点。一般来说，救赎观念来自传统宗教，不为现代人所独有。在贾平凹以往的小说里，救赎往往与民间宗教意象联结在一起，如白雪、带灯等形象，在故事的结局里，都变形为某种民间宗教的菩萨。一边是对现实中人类困境无伪饰的描写，一边又是通过虚无缥缈的宗教想象来祈求救赎，这是中国语境下文学的现代性与民间性相妥协与融合的结果。然而在《山本》里，这一类民间宗教的救赎祈求都被严肃的现代意识所取代。《山本》里虽然有民间幻想的神道异人隐身尘世，如陈先生、哑尼姑等，但是作家用现实主义的笔触无情地写出了这些形象的虚无性，他们眼睁睁地看着世风衰败与人性堕落，竟毫无办法，于是，最后就出现了人类自我的救赎：剩剩。

剩剩的艺术形象值得我们进一步分析。首先是血缘上的传承。古道热肠的杨掌柜是老一代伦理代表自不用说，杨钟也是文本里难得的一个淳朴单纯的赤子形象。他恰如《水浒传》里的李逵，莽撞、粗鲁、不失童心。作家把杨钟写成一个患多动症似的成年顽童，做事毛手毛脚，说话没心没肺，甚至还有尿床宿疾。然而唯有他，直接喊出了“要背枪我也要当井宗丞”的想法，那时井宗丞已经当了红军闹革命，犯下杀头之罪，旁人(包括井宗秀)听了无不大惊失色。于是接下来有这样一段描写：

> 井宗秀一下子闭了口，眼睁得多大。杨钟却还说：你平常眯了眼，一睁这么大呀！井宗秀拧身就走，不再理他。陈皮匠说：杨钟杨钟，你狗日的信嘴胡说了！杨钟说：我说井宗丞又咋啦？他井宗秀不认了他哥，我认呀，小时候，我和井宗丞就投脾气嘛，如果他现在还在镇上，我两个呀……他翘起了大拇指，又对着井宗秀伸出小拇指，还在小拇指上呸了一口。①

其实杨钟对井宗秀也是忠心耿耿，最后还牺牲了生命。杨钟身上具有的革命性，本能地偏向井宗丞参加的红军革命。后来井宗秀起事当了预备团团长后，杨钟还偷偷外出寻找井宗丞的游击队，希望井氏兄弟的武装合在一起，也未尝没有投奔红军的可能。在《山本》里，杨钟与井宗秀是一个对照，就像是《水浒传》里李逵与宋江的对照，一个率真可爱，一个虚伪狠毒。杨钟所代表的社会底层的革命本能正是传统社会正统伦理最不能容忍的罪孽，连深明大义的陆菊人也瞧不上丈夫而感情别移到井宗秀身上。也许是陆菊人本来也不相信

---

①贾平凹：《山本》(精装本)，北京：人民文学出版社，2018年，第86页。

杨钟及其后代能够做官发迹，愿意把三亩胭脂地的风水运气转让给井宗秀，使其权力财富集于一身，结果却是给涡镇带来了毁灭。但是在无意中被剥夺了风水运气的杨钟却并非一无所有，他为涡镇人留下了最宝贵的一条命脉，那就是剩剩。剩剩继承了杨钟的血脉与基因。

我这么分析剩剩的血缘关系，与“红色基因”无关。文学是一种象征艺术。文学作品所表现的人物血缘与人生命运有着密切的关系。我在分析《秦腔》时曾经特别分析了牡丹名为白雪与夏风所生的孩子，其实作家借用太阳光射使女人受孕的神话传说，暗示了牡丹应该是疯子引生的孩子。[①] 这样就使现代人类自我救赎的象征与民间底层的文化力量紧密联系在一起。剩剩与杨氏父子的血缘关系同样如此，前面已经引用过小说开篇的第一句话：“陆菊人怎么能想得到啊，十三年前，就是她带来的那三分胭脂地，竟然使涡镇的世事全变了。”这句话更应该是在小说结尾时陆菊人由衷发出的感叹，也是对十三年来涡镇历史发展发出的忏悔。但是陆菊人到最后也没有这个觉悟，她还是沉醉在世界需要有大英雄的儒家道统观念里。而剩剩的诞生与崛起，则指归在另外一路之上，那就是在底层的民间文化中寻求自我的救赎力量。杨钟与引生终究是这一路上的人。这也是作家贾平凹以其知识背景与认识能力所达到的最为深刻的一个境界。

①关于《秦腔》里引生与白雪、牡丹的复杂关系，请参考拙文《再论〈秦腔〉：文化传统的衰落与重返民间》。

除此而外，剩剩这个形象还包含了以下若干特征：1. 剩剩的出生与杨掌柜把三分胭脂地转让给井宗秀葬父，是同时发生的，井宗秀获得那三分地，亦即他发迹的开始。这也就是说，剩剩诞生于一个错误时代的开始。后来剩剩身体致残，井宗秀虽然对他视如己出，但终究没能治好他的残疾。所以剩剩的残疾既是后天所致，也是命中注定不可改变。2. 剩剩的命运与某种民间神秘文化力量有关，那就是猫的意象。剩剩的名字最初是叫“猫剩”，即“猫吃剩下来”的意思，暗示人类劫难所剩。陆菊人出嫁，陪嫁物中有两样东西被写出来，一样就是三分胭脂地，另一样是那只神秘的猫。这两样“嫁妆”暗示了截然相反的方向：一个是物质的、世俗的、财富权力的方向，也是灾难的方向；另一个却是精神的、神秘的、精灵古怪的方向，也是救赎的方向。财富权力的运气都给了井宗秀，而猫却属于剩剩，这样就平衡了这个世界。剩剩是从井宗秀的爱马上掉下来身体致残的，在骑马之前，那只精灵古怪的猫发出了唯一的一次警告，企图阻止，但终究没能挽回剩剩致残的命运；涡镇成为废墟时，炮火中那只猫陪伴着剩剩，暗示了某种来自民间神秘文化的救赎。3. 剩剩在成长道路上是受过教育的。陆菊人最后把剩剩交到陈先生的安仁堂当学徒，请陈先生培养孩子的德行。如果说，猫代表着“巫”，即民间底层的神秘文化力量，那么陈先生则代表了“道”，即中国古代文化的最高境界，两者的结合，指示中国语境下的现代人类自我救赎的文化力量所在。

我阅读中外文学史，一直持有这样的认识：文学作为人类精神史的审美表达，与人类的救赎希望紧密相关，但是不同时期的文艺思潮，对于希望所在的认识是不同的。在以往的浪漫主义与批判现实主义文艺思潮里，人们的救赎希望在于不同的空间，所以作家往往把天国、教义或者原始蛮荒之地视为拯救灵魂的空间。雨果、夏多勃里昂、托尔斯泰都是其代表。在社会主义现实主义文艺创作思潮里，作家在批判了旧世界的罪恶与不义之后，往往把人类社会的希望寄托于未来时间，也就是相信未来能够出现一个类似天国的救赎之地。至于中国封建时代的传统文学中，救世主则是帝王、清官或者圣人，即现世的权力集团。然而俱往矣，自从尼采以后，现代人已经感受到“上帝死了”以后无所依凭的孤独感与罪恶感，人类精神再度陷入被抛弃在旷野的巨大恐怖与无助，依靠上帝、圣人、天国异地以及未来时间获得拯救已经绝无可能。于是，在现代主义文艺思潮中，救赎也只能是自我救赎，依靠人自己的力量来拯救自己。但是，这个“自己”不再是古典的救世主或英雄，也不是未来的超人，“自己”不仅做不到十全十美所向披靡，而且只能是现代社会中一条带着伤残的渺小生命。张爱玲说过，她遇到真爱时，就会变得很低很低，低到尘埃里，但她心里是欢喜的，从尘埃里开出花来。这是一个比喻，但这个自我矮化到尘埃里后自由开花的比喻，可视为现代人的自我救赎的生动写照。我们对照剩剩形象里的几个重要特征，一个带着“伤残”沉沦到民间底层的“尘埃”

里，依靠民间文化力量开出“花”来，实现自我救赎的形象，正是现代人自我救赎的希望所在。如果套用法国哲学家萨特的话——“存在主义是一种人道主义”，那么文学中的现代性，也是一种现代的人道主义，它不是体现在对帝王将相或者现代流氓的崇拜之上，而是抛弃一切宗教迷信与神话鬼话，带着千疮百孔的肉身，依靠自己的力量，站在民间底层的文化力量之上，自己拯救自己。这，就是现代人的自我救赎。从《秦腔》到《山本》，体现了从民间文化(秦腔)到民间大地去寻求自我救赎的力量，贾平凹的自我救赎的观念越来越深入，因为文化(包括文学艺术)只是依附于人类生活之上的精神与物质的象征，文化本身不可能脱离生活实践去拯救现代人的命运，一切都只能回归普通人生活的民间大地，与这个世界的物质与精神的真正创造者结合在一起，这样，现代人才能够有望被拯救，有望再生。

我还想指出的是，《山本》的现代性不是仅仅表现在具体的人物关系以及某些典型的细节描写中，而是浸透在文本的整体叙事风格之中，整部小说就是现代风的产物。这是作家有意追求的叙事风格，也是他在强调“三性合一”的整体风格时将“现代性”置于首位的用意所在。我以往读贾平凹的小说，有一个长期未解的困惑，就是在贾平凹小说中创造的艺术世界里，描述的总是北方落后简朴的农村生活，语言也是乡土气十足的地区方言，叙事风格更是朴实无华，似乎无法与现代性连接在一起解读，所以阐述贾氏文本，往往偏重在民间性与传统性两个方面。但是读他的文字以及由文字构筑起来的文学意象，却一点也不觉得压抑枯涩，细节密布的文本非但没有窒息气韵游动，反而使隐伏在文字意象下的一股股生气蓬勃上升、气象充沛。我以前一直没有想明白，在他的叙事作品里，这种气象究竟来自何处，是怎样一种文字才能推动艺术气流的涌动？直到解读《山本》文本时我才突然意识到，这种语言艺术的魔力正是来自他的叙事里隐含的一个大意象——破碎，而破碎正是文学现代性的关键词。

从《秦腔》起，贾平凹的叙事艺术进入一个大象无形的境界。他解构了许多传统小说不可或缺的元素，诸如典型人物、完整故事、重要情节等等，他的叙事几乎是细节衔接细节，细节叠加细节，细节隐藏细节，细节密密麻麻浑然不分，显现出大千世界林林总总的生命本然现象，如千百只鸟顿时密布云天，如上万条鱼同时跃江蹈海，苍茫读去，仿佛小说的无数细节描写遮蔽了生活内在本质的揭示，一切都被化解为偶然和无常，就如波德莱尔所言的："现代性就是过渡、短暂、偶然。"然而这种过渡性、短暂性、偶然性的根本特征，就是破碎。破碎的对立面是建构，建构是从无形到有形，而破碎相反，将有形化为无形。但破碎不是空无，破碎还是有形的，是碎片式的形体，碎片与碎片之间存留了大量的空隙，开拓了形体的外延，这就使形体内部凝聚的气韵流动起来，茫然转为"无形"的境界。用一个通俗的比喻，好比我们面前有两幅画，一幅画面上是一只瓮，瓮的形体大小都清楚地呈现在我们眼前；另一幅画面上布满了瓮的碎片，这些碎片加在一起正好能够拼接起一个瓮，与前一幅画上的瓮同样大小，但因为它是碎片，而且布满画面，所以在我们的视觉里，碎片瓮的形体要比完整的瓮大得多，也许整个画面的空间都转换成瓮的空间了。

在叙事对象上，贾平凹不停地描绘旧世界的破碎。《秦腔》写的是农村经济体制崩坏以后的破碎，《古炉》写的是“文化大革命”中民间道德伦理丧失后的破碎，而《山本》里出现的是历史叙事的破碎。可以说，贾氏后期创作的主要贡献就是描绘了碎片般千姿百态的世界。我们不妨将《白鹿原》与《山本》做一比较。《白鹿原》是一部建构型的小说：在清王朝崩溃以后，北方乡绅白嘉轩、朱先生等人企图建构一个民间宗法社会的秩序，他们自立乡规，阐明理法，驱逐鬼魂，正气凛然，具有史诗般的历史建构，是一部描写从无序(形)到有序(形)的历史小说。《白鹿原》算得上一部优秀厚重的作品，但是我们也毋庸讳言，《白鹿原》里处处有建构，却又处处为自己的叙事设下人为之墙，艺术气韵凝重但不畅通。尤其是《白鹿原》是按照官方设定的近代历史框架来演绎民间故事，就不能不受到官方历史言说体系的制约，因而无法自由发挥。这一点也是当代历史小说创作带有普遍性的问题。而《山本》则不同，它以民间说史的方法，让民间言说野马由缰似的奔驰，民国的涡镇社会在王纲解纽、礼崩乐坏后一直朝着无序形态发展下去，土匪、刀客、逛山、军阀、革命、预备队等各路武装力量交织在一起，构成了一个混乱的世界，并且越来越混乱，直至毁灭。井宗秀、麻县长、井宗丞、阮天保、陆菊人……几乎所有英雄的努力都是微不足道的。在这里，有关正邪、官匪、红白、是非等二元对立的价值评价都被超越，传统历史的英雄史观全被解构，文本以一种碎片化的开放形态，还原了秦岭的自然本相。

现在，我们终于回到了本文的起点，一起来讨论秦岭的意象。相对于秦岭孕育的千百万生命不过朝夕的破碎意象，秦岭本身的意象则是完整而永恒的。在《山本》里，唯一完整的有形本尊就是秦岭，但秦岭就是宇宙天地，所有的故事都发生在浩浩瀚瀚、郁郁葱葱的秦岭之中，所有的故事都属于秦岭，又都只是秦岭的一部分，而秦岭的本尊还是若隐若现，起到了大象无形的艺术效应。秦岭是完整的，但是呈现在我们眼前的，则永远是局部的、破碎的；秦岭是永恒的，但当它以各种生命、各种现象以及各种故事的碎片形态展示出来时，又是偶然与无常的。波德莱尔用了“过渡、短暂、偶然”这三个词来归纳现代性艺术特征以后，还继续说下去：“这就是艺术的一半，另一半是永恒和不变。”他认为在艺术创作中艺术家不应该忽略现代性，一个好的艺术家应该“从流行的东西中提取出它可能包含着的在历史中富有诗意的东西，从过渡中抽出永恒”。[①] 波德莱尔的话具有天才的预见性，仿佛是

①见波德莱尔：《波德莱尔美学论文选》，郭宏安译，北京：人民文学出版社，1987 年，第 485、484 页。

针对《山本》这一类作品而说的。《山本》当然不是纯粹意义上的现代主义作品，但是在其特色鲜明的法自然现实主义创作方法中，隐含了深刻的现代性。在《山本》中，“一半”的艺术是表现永恒和完整，秦岭就是永恒和完整的象征，它像造物主一样，创造了一切，阅尽人间春色；秦岭又是有生命的，它演化为大千世界，孕育了林林总总的生命现象，都如春草秋虫，转瞬即逝。短暂而且破碎、偶然而且无常，此乃是“另一半”的秦岭生命的故事。贾平凹在《山本》里用秦岭一脉青山来默默呈现碎片似的现代性，秦岭也就包容了碎片似的现代性，现代性本身也有了具有中国文化特点的呈现形态。秦岭的自然荣枯与人世风雨都是短暂的，但秦岭伟大而永恒，因而也将是人类的真正归宿。“一半”与“另一半”两者达成了高度的统一。

贾平凹在《山本》后记中透露，他在创作《山本》期间，书房里挂了两个条幅，左面写着“现代性，传统性，民间性”，右面写着“襟怀鄙陋，境界逼仄”。甚有趣味。前者说的是作品追求的境界，后者是夫子自道写作状态。一部优秀文艺作品，如果“现代性，传统性，民间性”能够统一于文本，那自然是上上乘。至于文本是否能够达到这个“三性合一”的境界，作家心中自有预设标准，读者也有自己的理解，作家的预设与读者的理解未必就是同一回事。本文仅通过《山本》的文本细读分析，以探讨文本中的民间性、传统性与现代性等各种元素，来寻求对作家“一尽着中国人的世事，完全着中国文化的表演”的真正理解。

2018 年 2—6 月完稿并陆续发表

全文原刊《小说评论》2018 年第 4 期

图书在版编目（CIP）数据

当代小说阅读五种 / 陈思和著. —增订本. —西安：陕西人民出版社，2021.8
ISBN 978-7-224-14163-4

Ⅰ.①当… Ⅱ.①陈… Ⅲ.①小说研究—中国—当代 Ⅳ.①I207.42

中国版本图书馆 CIP 数据核字(2021)第 091377 号

出 品 人：宋亚萍
总 策 划：刘景巍
策划编辑：王颖华
责任编辑：王颖华
封面设计：姚肖朋
版式设计：白明娟

当代小说阅读五种（增订本）

作　　者　陈思和
出版发行　陕西新华出版传媒集团　陕西人民出版社
（西安市北大街 147 号　邮编：710003）
印　　刷　陕西龙山海天艺术印务有限公司
开　　本　787 毫米×1092 毫米　1/32
印　　张　9
字　　数　172 千字
版　　次　2021 年 8 月第 1 版
印　　次　2021 年 8 月第 1 次印刷
书　　号　ISBN 978-7-224-14163-4
定　　价　59.00 元
